शेरपुर 15 मील

शेरपुर 15 मील

विजयमोहन सिंह

राधाकृष्ण प्रकाशन

ISBN : 978-81-7119-229-8

शेरपुर 15 मील (कहानी संग्रह)

प्रथम संस्करण : 1995
पहली आवृत्ति : 2024

मूल्य : ₹395

प्रकाशक
राधाकृष्ण प्रकाशन प्राइवेट लिमिटेड
जी-17, जगतपुरी, दिल्ली-110 051
शाखाएँ : अशोक राजपथ, साइंस कॉलेज के सामने, पटना-800 006
पहली मंजिल, दरबारी बिल्डिंग, महात्मा गांधी मार्ग, प्रयागराज-211 001
1, अनमोल सोराबजी संतुक लेन, धोबी तलाव, मरीन लाइंस, मुम्बई-400 002
वेबसाइट : www.radhakrishnaprakashan.com
ई-मेल : info@radhakrishnaprakashan.com

मुद्रक
राजकमल प्रेस
नई दिल्ली-110 002

SHERPUR 15 MEEL
Stories by Vijaymohan Singh

यह संग्रह

इस संग्रह में मेरी '83 से '93 तक लिखी गयी बारह कहानियाँ संगृहीत हैं। हालाँकि इसमें वे सब कहानियाँ नहीं जो मैंने इस दरम्यान लिखीं।

...यह मेरा 'टट्टू सवार' और 'एक बंगला बने न्यारा' के बाद तीसरा कहानी- संग्रह है। चूँकि कथा-समीक्षक के रूप में कहानी के संबंध में मेरी कुछ निश्चित अवधारणाएँ तथा चिंताएँ रही हैं इसलिए स्वाभाविक रूप से उनका प्रभाव मेरे कथा-लेखन पर भी पड़ा होगा, किंतु प्रत्यक्षतः उन्हें ध्यान में रखकर ये कहानियाँ नहीं लिखी गयी हैं।

...इधर मेरा ध्यान इस तथ्य की ओर गया कि हिंदी में क्रमशः कहानियों से पठनीयता अथवा 'पढ़ने का सुख' गायब होता जा रहा है जो मेरी दृष्टि में कहानी-लेखन की पहली शर्त है। इसके अलावा मुझे यह भी लगता रहा है कि कथा-लेखन में जरूरत से ज़्यादा कहने की प्रवृत्ति बढ़ती गयी है और 'पंक्तियों' के बीच में या कहानी की ओट में कुछ पढ़ने या पाने को नहीं रह जाता। 'स्पष्ट' को ही और अधिक शब्द-विस्तार देकर स्पष्टतर बनाने की कोशिश में कथा-रचना की कुछ अनिवार्य शर्तों का निर्वाह भी नहीं हो पाता है। इससे कहानी अपठनीय और अनावश्यक शब्द-बोझ से दब जाती है। सहज संकेतों में कुछ कह जाने का चलन ही समाप्त होता जा रहा है।

...ये मेरे पूर्वग्रह भी हो सकते हैं और मेरी इन कहानियों में यह सब कुछ मिल जायेगा, इसका दावा भी नहीं कर सकता बल्कि पाठकों को बहुत कुछ इसका उलट भी मिल सकता है। कुछ कहानियों में तत्सम शब्दों का प्रचुर उपयोग एक

विशेष प्रकार की वर्णनात्मक प्रविधि का प्रयोग करने के लिए किया गया है—एक खास किस्म के तंज़िया अंदाज़ अपनाने के लिए भी, जो उन कहानियों की स्थितियों और अंतर्वस्तु पर टिप्पणी भी है।

...इन अर्थों में यह संग्रह पिछले दो संग्रहों से किंचित् भिन्न किस्म का प्रयास है। अन्य टीका-टिप्पणियों के लिए पाठकों के सामने हैं स्वयं ये कहानियाँ।

— विजयमोहन सिंह

क्रम

आईना और लैंप*

हमेशा की तरह मैं उस दिन भी बल्कि उस शाम भी शहर को गाँव की तरह बदलते देख रहा था : ज़मीन के उसी टुकड़े पर निगाह थी, उसी लालच से जैसे कुछ दूर खड़ा मेरा बेटा उस लड़की को देख रहा था, जो रोज़ घर के सामने से कॉलेज आती-जाती थी, सलवार-कमीज में कसी। लड़का, लड़की को देखता था, मैं ज़मीन को। लेकिन 'ज़मीन' एक ही थी।

..तभी वह बालक आया जो चार-पाँच घरों के बाद रहता था, बी.ए. पास या फेल था। वह जब भी आता था तो सस्ती फूलदार टाई और सस्ते सर्ज के सूट में होता था। हाथ-पाँव सींकिया थे, चेहरा तिकोना।

..किंतु वह बालक बड़ा जिज्ञासु था, पहले मेरे ही पास बैठता था, कम-से-कम एक घंटा। धैर्यवान भी था। बड़े बुनियादी प्रश्न पूछता था : धन, पशु, जीवन आदि क्या हैं ? प्रीतीश नंदी ने यह लिखा है... आपके विचार क्या हैं ? 'लंकादहन' के बाद अब यह श्रीलंका-युद्ध क्या है ? आदि।

मेरे घर में चार कन्याएँ थीं। चारों ऊपरी कमरों में रहती थीं। जवान हो गयी थीं या जवान होने की कोशिश में थीं।

..बालक 'ऊर्ध्वमुख' ही रहता था—अपनी जिज्ञासा के अनुसार ही।

..उस दिन भी वह आया और बैठ गया।

"चाचाजी।"

मैंने कहा, "बेटे, कैसे हो ?"

---

* यह शीर्षक अंग्रेजी की एक समीक्षा-पुस्तक से चुराया गया है। — ले.

"ठीक हूँ।" वह पाउच रखकर बोला।

पाउच वह क्यों लाता था, मुझे नहीं मालूम, वह भी केवल चार-पाँच घरों के बीच की यात्रा में!

"चाचाजी, मैं जानना चाहता हूँ।"

मैं उत्सुक हो गया। यह बालक पुनः कोई बुनियादी प्रश्न ही पूछेगा।

"क्या बेटे?"

"यही कि आपने आखिर गाँव क्यों छोड़ा?" पाउच से खेलते हुए, ऊर्ध्वमुख होते हुए जहाँ सीढ़ियों के ऊपर कन्या खड़ी थी।

"बड़ा कठिन प्रश्न है, वत्स," मैंने लंबी साँस लेकर कहा। फिर मैंने आवाज दी उस कन्या को जो किचन में थी: "रोटियाँ, जो बची हैं उन्हें तलो, उनके बीच आलू का भुर्ता भरो, उन्हें रोल करो, धागे से बाँधो और लाओ। आलू का बनावटी अंडा बनाओ, लाओ। पास की छोटी दुकान से गरम समोसा मँगाओ, लाओ। चाय की केतली में गर्म चाय भरो, लाओ।"

बड़ा गंभीर प्रश्न है।

...मैंने बालक की ओर देखा। वह ऊर्ध्वमुख ही था। मैंने कहा, "सुनो।"

वह किंचित् घबराकर निम्नमुख हुआ, "जी?"

"मैं गाँव से इसलिए आया कि..."

तभी रोटियों के तले रोल, बनावटी अंडा और गर्म चाय की केतली आ गयी। बालक निश्चित रूप से बुभुक्षित रहा होगा। वह तत्काल खाने में व्यस्त हो गया। जब वह खाकर संतुष्ट हो गया तो मैंने कहना प्रारंभ किया:

"मेरा घर बढ़ने लगा था। परिस्थितिवश मैंने दो ब्याह किये थे। दोनों पत्नियों की गोदें भरने लगीं—लगभग प्रतिवर्ष बारी-बारी। फिर मेरे भाइयों के ब्याह हुए। उन्होंने भी परिवार के विस्तार में योगदान किया। फिर मैंने 'वस्तुगत-परिस्थितियों' को देखते हुए कुछ रोज़गार किये। सब परिस्थितिवश विफल रहे। रोज़गार का विस्तार हुआ नहीं, परिवार का होता रहा। फिर गाँव तो गाँव है या कह लो था। वहाँ बाज़ार तो था नहीं, न वितरण व्यवस्था। परिणामस्वरूप समस्याएँ विकराल तथा विषम होती गयीं। मैंने नयी तकनीक के लिए ट्रैक्टर ले ही लिया था, किंतु उसका चालक ही प्रायः गुम हो जाता। वह गाँव की शादियों में बरातियों को, अस्पताल जानेवाले रोगियों को पहुँचाने का कार्य बहुत करता

था। उपयोगी काम, परोपकार तथा सामाजिक काम, किंतु खेती का नहीं।"

. . फिर मैंने आँखें बंद कर लीं। (जैसी कि मेरी आदत है) फिर सोचने लगा कि तब भी ऐसा क्या घटित हुआ कि मुझे गाँव छोड़ना पड़ा? मैं उस जिज्ञासु बालक को सच्चा तथा 'भोगा हुआ यथार्थ' ही बतलाना चाहता था। किंतु जब मैंने आँखें खोलीं तो वह बालक अदृश्य हो चुका था। वह निरंतर ऊर्ध्वमुख ही बैठा था, अतएव 'ऊपर' ही गया होगा—अर्थात् घर की ऊपरी मंजिल के कमरों में। वह अपनी 'मंजिल' तय करके ही आता था।

कन्याओं तथा गृह के अन्य प्राणियों में एक 'शिखर-समझौता' हो चुका था : वे जब भी 'गृहस्थ' रहेंगी ऊपर ही रहेंगी। बाकी प्राणी छत पर कपड़े फैलाने या अन्न सुखाने, अचार के बर्तन रखने-उतारने के लिए ही जाया करेंगे। वे प्रायः अपना ब्यालू भी ऊपर ही ले जाया करती थीं। इस समझौते में कई सुविधाएँ थीं : एक तो नीचे रहने पर सब्जी काटो, चाय बनाओ, नहा लो (नहाने में उन्हें विशेष रूप से व्यथा होती थी) या किसी बच्चे को नहला दो—इन सब क्षुद्र कार्यों से बचना हो जाता था। इनके अतिरिक्त सखी-सखाओं से मिलने का निर्बाध अवसर 'ऊपर' ही प्राप्त हो सकता था।

मुझे ज्ञात था, जिज्ञासु बालक पुनः घंटे-दो घंटे पश्चात् ही अवतरित होगा। अतः मैं संध्याटन के लिए उठ गया। पनेरी की दुकान से पान खरीदा और जगदीश हलवाई की दुकान से कुल्हड़ भर रबड़ी। पान अहमद हुसैन—दिलदार हुसैन लखनऊवाले के ज़र्दे में खुशबूदार थे। रबड़ी खूब औंट कर प्रगाढ़ किये गये दूध के सोंधेपन से नासापुटों के अतिरिक्त जिह्वा को भी तरल कर रही थी।

दिवसावसान का समय निकट था, जब मैं लौटा, जिज्ञासु बालक अदृश्य ही था, किंतु ऊपर उसके 'बंस प्रतिष्ठित कंठ' से ताज़ातरीन फिल्मी गाने की धुन वातावरण में तरंगायित हो रही थी। मैंने बालक को रबड़ी का मधुर संदेश भेजा। कुछ देर पश्चात् वह आकुल-आतुर उतरा। मैं तत्क्षण लक्ष्य न कर सका कि वह रबड़ी के प्रति ही था, क्योंकि उसके चंचल नैन उसकी सुराहीदार गर्दन के ऊपर से अभी भी ऊपर ही लौट रहे थे।

तश्तरी में उसे थोड़ी-सी सोंधी रबड़ी पेश करने के पश्चात् मैंने कहा, " गाँव में तब बच्चे बीमार बहुत होते थे—अभी भी होते होंगे किंतु तब वहाँ अस्पताल, डिस्पेंसरी आदि नहीं थे। थोड़ी-बहुत डॉक्टरी तो मैं भी गाँववालों के

लिए कर लेता था, पर बीमार तो मेरे घर में भी बच्चे होते ही थे। चिकित्सा में मैं तीनों पद्धतियों का प्रयोग करता था क्योंकि मैं किसी एक पद्धति पर विश्वास नहीं करता था। किसी एक पद्धति पर विश्वास न करना भारतीय जीवन-दर्शन के अनुरूप भी है। अतएव पहले मैं उपवास करता, फिर विरेचन। यदि इससे भी कोई संतान ठीक नहीं होती तो आयुर्वेद के अरिष्टों, बटियों, घनबटियों का प्रयोग करता, तत्पश्चात् होम्योपैथी के 6× से शुरू कर एक हज़ार पोटेंसी तक जाता, और अंत में टेरामाइसिन या कोई अन्य माइसिन आदि दे देता, साथ में मलेरिया की दवा की दो टिकियाँ भी।

परिणामस्वरूप मेरे घर में कोई बालक, वयस्क, वृद्ध आदि एक बार बीमार होने पर शीघ्र ठीक न होता। वर्ष में एक बार बीमार होना उत्तम है बल्कि आवश्यक भी और क्रमशः अथवा शनैः-शनैः ठीक होना और भी उत्तम।

लेकिन जब भी घर में किसी बच्चे का बुखार अचानक बढ़ने लगता तथा प्रति आधा-पौन घंटे बाद सूचना मिलती 100°, 101°, 102° आदि तो मेरा चित्त विकल हो जाता और घर में हाहाकार मच जाता। तब मैं रात-विरात अपनी पुरानी प्रिय फोर्ड—व्ही—8 निकालता और कस्बे की ओर अपने पुराने डॉक्टर को लेने चला जाता। गाड़ी सुबह या दोपहर तक ही वापस आ पाती क्योंकि रास्ते में आते-जाते वह स्वयं कई बार बीमार पड़ती। बूढ़ा डॉक्टर भी कई बार बीमार ही मिलता पर आता ज़रूर, प्रायः तब तक बुखार उतार पर होता या उतर चुका होता और मरीज गहरी नींद में। तब डॉक्टर चाय-नाश्ता आदि करके नाश्ते की मेज से ही अपना पुर्जा लिखकर गाँव के इक्के से वापस चला जाता। "

तभी जिज्ञासु बालक ने कहा, "चाचाजी, मैं आई.ए.एस. में बैठने की तैयारी कर रहा हूँ, अब कल आऊँगा।"

जिज्ञासु बालक फिर आया किंतु दुर्भाग्य से उस दिन रविवार था और रविवार को मैं मौन रहता था। अतः मैंने उस कन्या को बुलाया जिसका स्थान रसोईघर में निश्चित था। उसे मैंने लिखकर तले हुए टोस्ट पर मलाई रखकर तथा चावल को पीसकर गोले बनाकर एवं उसे बेसन के घोल में डुबोकर पकौड़ियाँ बनाकर चाय के साथ लाने को कहा।

जिज्ञासु बालक हमेशा की भाँति ऊर्ध्वमुख ही था। उसका निरंतर यह उन्नयन मुझे सुहाता था। अपनी कन्याओं की छत से झाँकती पीली आकृतियाँ किंचित,

विचलित करती थीं किंतु उनमें से अधिकांश आस-पास के घरों में भी सुंदर समझी जाती थीं। किंतु जैसा कि प्रायः होता है (प्रायः इसका उल्टा भी होता है) वे मुझे स्वयं कभी भी सुंदर नहीं लगीं और उन्हें देखकर युवा बालकों का पुलकित होना या मुग्ध होकर मुखर एवं वाचाल हो उठना प्रायः मेरी समझ में नहीं आता था।

तभी ऊर्ध्वमुख जिज्ञासु बालक ने कहा : "चाचाजी, आपने गाँव की परिस्थितियाँ बतायीं। गाँव छोड़ने का कारण नहीं बताया। कृपया आज उस पर प्रकाश डालें।"

मैंने टेबिल लैंप की स्प्रिंगदार गर्दन झुकाई और बड़ी-सी स्लेट पर लिखना शुरू किया। मैं लिखता जाता था, वह पढ़ता जाता था। मैं उसे मिटाता, वह फिर उसे पढ़ता। बीच-बीच में वह प्रश्न करता था। यह क्रम तब तक चलता रहा जब तक वह पुनः ऊपरी मंजिल पर न चला गया। जब वह दुबारा पर्याप्त कालक्षेप कर लौटा तो दुर्भाग्य से मेरे कई हितैषी तथा संबंधी आ गये थे और मैं उनसे स्लेट पर लिख कर बतिया रहा था।

अतः उस दिन वह बालक बुभुक्षित ही वापस चला गया। बहरहाल उस दिन जो मैंने उसे लिख कर बताया था, उसका संक्षेप इस प्रकार है :

"बेटे, 'परिवर्तन ही जीवन है' ऐसा स्व. भगवती चरण वर्मा भी अपने महान् उपन्यास 'चित्रलेखा' में लिख गये हैं मेरे भीतर 'बीजगुप्त'* तथा 'कुमारगिरि'** दोनों ही सदैव उपस्थित रहे हैं। गाँव में मैं 'बीजगुप्त' की भाँति जिया तथा 'कुमारगिरि' की भाँति तपस्वी बना रहा। मेरे जीवन में भी 'चित्रलेखाएँ' आयीं किंतु मैंने राग तथा विराग का संतुलन बनाये रखा।

...हाँ, तो परिवर्तन गाँव में भी हुए। परिवर्तन को जीवन मान कर भी मैं अपना जीवन परिवर्तित न कर सका। जीवन परिवर्तित होता रहा, मेरा जीवन यथावत् रहा। मैंने अपनी स्थिति-प्रज्ञता बनाये रखी। अतः परिणाम तो भुगतना ही था। बदलता जीवन मेरे मार्ग का अवरोध बन गया। होली तब भी आती रही, दशहरा और दीवाली तथा मुहर्रम भी।"

...मैंने पुनः एक लंबी साँस ली तथा लिखा—"लेकिन वह बात कहाँ—न गाँव में न शहर में। चलो, शहर में सब चलता है, चला जाता है, किंतु गाँव? यह

*, ** 'चित्रलेखा' उपन्यास के प्रमुख पात्र। —ले.

असह्य हो गया बेटे!"

"क्या गाँव में तब यह सब बिल्कुल अलग ढंग से होता था, चाचाजी?" जिज्ञासु बालक ने अचानक प्रश्न किया।

"अलग ढ़ंग से?–" मैंने उसी के शब्द दुहराये और आँखें बंद कर लीं। "अलग ढंग से?" मैंने पुनः यही लिखा किंतु अबकी मेरी आवाज़ गहरी तथा डूबती-सी थी।

"बेटे वह एक पृथक् जगत् था। क्या तुम सोचते हो कि हम निरंतर एक ही जगत् में रहते हैं? नहीं बेटे नहीं, हम एक जन्म समाप्त करते न करते अनेक जगतों में रह आये होते हैं। वह जगत् वह दुनिया, अभी भी मेरी आँखों के सामने से गुज़र रही है, निरंतर. . .

. . .दशहरा! इत्र, मुश्क, गुलाबजल, केवड़ाजल, नये कलफ लगे अबरखी कपड़े, गुलाबी ठंढक! 'मंदम्-मंदम् नूदति' वाली पवन।

. . .एक विशाल मखमल की ध्वजा थी—जिस पर महावीर हनुमान का पवनवेग से उड़ता, स्वर्णतारों से खचित चित्र अंकित था। शरद के शुभ्र आकाश के वक्ष पर अपनी नोकें चुभोते, पीतल मढ़े दर्जनों मिरजापुरी लाठियोंवाले भाले और बर्छियाँ। अपने पर्वत हाथी पर भाइयों सहित सवार मैं। पर्वत की मखमली झूल मार्ग की धूल को पवित्र करती चलती। फिर ग्राम के उपांत पर जहाँ हमारा स्थायी मल्लयुद्ध प्रांगण था, आसपास के ग्रामों तथा अन्य दिशाओं से आये, मल्ल एकत्र होते, किंतु विजेता हमेशा हमारा पोषित मल्ल ही होता। समस्त अंचल करतल ध्वनियों से गुंजरित हो जाता। बेटा, कल्पना करो मेरे उस सुख, संतोष तथा गरिमाबोध की।

मेरे ग्राम से तथा अन्य आसपास के गाँवों से आये प्रतिष्ठित व्यक्ति उसे नाना प्रकार के उपहार देते, अंत में वह अपने नग्न प्रायः धूल-धूसरित शरीर सहित साष्टांग दंडवत करता—मल्लयुद्ध की प्रक्रिया में प्रायः शरीर के गोपनीय अंग भी परिलक्षित हो जाया करते थे।"

वह बालक इसके पश्चात् शीघ्र ही आई.ए.एस. की तैयारी के लिए विदा लेकर चला गया।

. . .कई दिनों से वह जिज्ञासु बालक आया ही नहीं, मैं थोड़ी प्रतीक्षा भी करता रहा, किंतु बाद में ज्ञात हुआ कि वह आई.ए.एस. की तैयारी में सचमुच व्यस्त

हो गया है। उसके पिता इन्हीं दिनों इनकमटैक्स क्लर्क से इनकमटैक्स इंसपेक्टर हो गये थे और शहर के बाहरी इलाके में एक खूबसूरत घर बनवा रहे थे। बालक उसकी संरचना में भी व्यस्त था। यह सब मुझे अपने घर की एक कन्या से ही ज्ञात हो सका।

...यह भी ज्ञात हुआ कि अब वह नये बनते घर में मुख्य द्वार पर एक दिव्य गाउन पहनकर पढ़ा करता था। घर का मुख्य द्वार पहले बना और उस पर उसने अपना नेमप्लेट लगवाया। मुख्य द्वार पर वह इसलिए भी बैठा करता था कि 'नेमप्लेट' से ही लोग समझ सकें कि यह भव्य निर्माणाधीन निवास उसी युवा का है।

...इस बीच मैं गाँव कई बार गया या कहें कि जाना पड़ा—मुख्यतः आर्थिक कारणों से। घर तो अभी भी साबुत था, उसमें सामान भी कम न थे : पुराने ढेर से फर्नीचर, पीतल, चाँदी (कुछ सोने के भी), ताँबे आदि के अनेक बर्तन, कुछ धातु मूर्तियाँ। जानकीबाई इलाहाबादी, छप्पन छुरी आदि से लेकर सहगल, अंध गायक के.सी.डे. आदि के साथ ही कृष्णावतार नाटक के 78 आर.पी. वाले लाख के नये रिकाड्‌र्स, एक विशाल भोंपूवाला ग्रामोफोन, तथा चूँकि मेरे पिता आर्य-समाजी समाज सुधारक थे इसलिए 'हमें आकर जगाया दनानंद ने' और 'लहराती है खेती दयानंद की' आदि समाज में जागरण उत्पन्न करनेवाले रिकाड्‌र्स भी। सबसे बड़ी चीज़ पिता द्वारा बचपन से सँजोई गयी किताबें थीं—सुनहरी जिल्दों में बँधी। बंकिमचंद्र के ज़माने की किताबें ही नहीं, पत्रिकाएँ भी थीं। हिंदी साहित्य के तानाशाह महावीर प्रसाद द्विवेदी की 'सरस्वती' भी 1903 से लेकर बाद के वर्षों की भी। 'चाँद' का विख्यात 'फाँसी अंक' था। ये सब हज़ारों की तादाद में थे।

मैं भौचक्का तथा व्यथित हो उठता। मेरा वैरागी मन विकल! इन्हें कहाँ जल्दी से फेंक दूँ, जहाँ से पैसा कम-से-कम मिले तथा संतोषधन अधिक से अधिक।

...मेरा यह प्रयास क्रमशः सफल होता गया, वे वस्तुएँ आधी भी न रह गयीं। घर भी आधा से कुछ कम ही रह गया। नगर में मेरे पुत्र अध्यवसायी थे। इस अध्यवसाय में वे व्यवसायी बने, तत्पश्चात् अर्ध-व्यवसायी तथा अंततः व्यवसाय शून्य। मुझे परम संतोष हुआ। मनुष्य 'शून्य' से ही 'शून्य' को प्राप्त करता है जो उसका परम लक्ष्य है।

...हम सपरिवार उस चरम लक्ष्य की ओर बढ़ रहे थे।

...उस बार जब मैं गाँव गया तो मेरे वड़े घर के भीतर भी कई नये 'घर' उग आये थे जैसे पुराने घरों की छतों की दरारों से अश्वत्थ आदि उग जाते हैं। वस्तुतः अपने घर के अहाते में मैंने ज़मीनों के जो टुकड़े बेचे थे, उनके खरीददारों ने उनमें अपने घर बनवा लिये थे, मेरे अपने घर के कई हिस्सों को भी उसी आत्मीयता से अपनाना प्रारंभ कर दिया था : उनके बालक-बालिकाएँ भी स्वच्छंद भाव से वहाँ विचरण करने लगे थे। इस क्रम में प्रायः वे अपनी प्राकृतिक आवश्यकताओं की पूर्ति के अवशेष भी छोड़ जाते थे। जो पड़ोसी संततियाँ किंचित युवा होने लगी थीं, वे 'कुछ शेष चिह्न हैं बाकी मेरे उस महामिलन के' अवशेष भी।

...मुझे कुछ विशेष आपत्ति नहीं थी। जब हम स्वयं परिवर्तित न हो सकें तो बाह्य परिवर्तन को सहज भाव से ग्रहण करना ही श्रेयस्कर है। हाँ, दो विशेष कक्ष मैंने 'थंडर' तालों से 'रक्षित' कर रखे थे। एक बैठकखाना और शयनकक्ष। ये दोनों मेरे पिता के ज़माने से ही बैठकखाना तथा शयनकक्ष थे। वे सबके लिए वर्जित क्षेत्र थे। पुराकथाओं के प्राचीन भवनों में निषिद्ध कक्षों आदि का अर्थ भी अब मेरी समझ में आने लगा था। इस दिशा में अपनी स्वाभाविक उदारता के बावजूद मैंने जो अपेक्षाकृत दृढ़ता का परिचय दिया था, उसका भी एक रहस्य था। ...संभवतः मैं अपने अतीत के चलचित्रों का वर्णन करने में किंचित् क्लिष्ट हो गया था, जिसे वह नागर बालक अधिक सहन न कर सका। 'वैदिक संस्कारों' से संपन्न व्यक्ति के सम्मुख प्रायः यही समस्या आती है। भक्त तो भयातुर तथा आतंकग्रस्त होकर अनेक हो जाते हैं किंतु पल्लवग्रहिता के कारण उनमें एकनिष्ठता नहीं आ पाती। वे उर्दू के उस महान् शायर ग़ालिब के उस शेर के शिकार हो जाते हैं जिसमें कहा गया है कि 'चलता हूँ थोड़ी दूर हर इक तेज़ रौ के साथ,' कह दूँ कि वैदिक संस्कारों से संपन्न प्राणी के लिए उर्दू-फारसी साहित्य आदि का भी ज्ञान आवश्यक तो है ही उद्धरण भी उतना ही आवश्यक है जितना पाश्चात्य साहित्य की अधुनातन प्रवृत्तियों का।

...यह सब मैंने अपने ग्राम में ही अपने पूज्य गुरु श्री विद्यावाचस्पति जी से प्राप्त किया था। उनसे संपर्क में आने की कथा मैं किसी अगले प्रकरण में सुनाऊँगा।

...गाँव जाने पर मैं भी उन वर्जित कक्षों में यदाकदा ही प्रवेश करता। पीतल के बड़े-बड़े तालों का वर्ण अब श्याम हो चला था। दरवाज़ों के ऊपर

मोटे-मोटे गहरे रंगोंवाले काँच लगे थे। बाहर से देखने पर भीतर का कुछ भी दिखायी नहीं पड़ता था। मैं बाहर के दूसरे कमरों में या मौसम के मुताबिक छत पर ही सोता था या बैठता था। नगर में रहते-रहते मुझे पास-पड़ोस का कलरव भी सुहाने लगा था जिसमें बाल-रुदन से लेकर स्त्री-पुरुष कंठों के अपेक्षाकृत अप्रिय आदान-प्रदान के अतिरिक्त अधुनातन संगीत स्वरों का सम्भार भी होता था। प्राचीनकाल में—जिसे मेरे जीवन का व्यतीत कहना चाहिए, पड़ोसियों के घर भी मेरे गृह की प्राचीरों से इतने दूर होते थे कि उनके स्वर हमारे कर्णकुहरों में प्रवेश नहीं कर पाते थे। छतों की दीवारों में निर्मित गवाक्षों से शैशव काल में हम उनकी विभिन्न मुद्राएँ एवं क्रियाकलाप ही देख पाते थे, जो हमारे लिए कौतुकी दृश्य थे। मेरे पिता के बैठकखाने के नीचे एक आभीर गृह था जिसमें काले भुजंग-सा एक विशाल व्यक्ति उपलों से सजी बिंदियोंवाली दीवारों के बीच चक्राकार घूमता रहता था। वर्षा, ग्रीष्म तथा शिशिर आदि समस्त ऋतुओं में वह वैसा ही घूमता रहता था। इसके साथ ही वह निरंतर कुछ बुदबुदाता ही रहता था किंतु उतनी ऊँचाई तथा दूरी से वे ध्वनियाँ हम पकड़ नहीं पाते थे। लेकिन उसकी अनवरत अनथक, चक्राकार चिंतन-यात्रा हमें कौतुक के साथ ही किंचित आतंक से भी ग्रस्त रखती थी। उसके नेत्र रक्तवर्ण रहते थे तथा कभी-कभी सहज भाव से ही उन्हें उठाकर वह हमें देख लेता था, तब हम हड्डियों तक सिहर जाते थे।

...वह हमारे लिए अबूझ ही जिया तथा अबूझ ही मरा। वह वैसे ही मरा जैसे पुराने वृक्ष मरते हैं। बिना आँधी-पानी के ही वे एक दिन वहाँ नहीं होते, केवल उनकी विशाल धराशायी काया होती है। उनका न होना भी प्रायः हम देर से ही लक्ष्य कर पाते हैं।

...ऐसी कथाएँ थीं जो उन कक्षों में कैद थीं, जिन्हें इस एक संक्षिप्त कथा में सुना पाना संभव नहीं है और मैं कुछ अदृश्य तथा अबूझ कारणों से अभी उन्हें वैसे ही बंद रखना भी चाहता हूँ। किंतु अपनी स्वभावतः अडिग न रह पाने की प्रवृत्ति के कारण मैं यदाकदा उनमें आधा-तिहाई या चौथाई घसीट ही लाता हूँ। उन कक्षों में कुछ वस्तुएँ भी हैं जिनके साथ अपने संबंधों को मैं समझ नहीं पाता हूँ उस तीर्थ नगर जहाँ मैं रहता हूँ, वहाँ भी गंगा के दूसरे तट पर बने—लगभग 'गंगायाम घोषः' ही मचान-बाबा के पास जब कभी जाता हूँ तो कुछ ऐसी ही चीज़ों को समझने के लिए ही या यूँ समझिए कि 'दिल के बहलाने को ग़ालिब ये ख्याल

अच्छा है. . .' के लिए (ग़ालिब हमारे प्रिय शायर हैं, यह हमारे ज़माने के वैदिक संस्कारपूर्ण व्यक्तियों का प्रिय मुहावरा है)।

. . उस दिन गाँव में शाम हो चली थी। घरों से धुएँ सहित संगीत लहरियाँ तथा अन्य मधुरता रहित ध्वनियाँ उठ रही थीं। मैं दिन-भर प्रतीक्षा करता रहा था उस व्यक्ति की जो मेरे लिए कुछ रुपयों का जुगाड़ करके आनेवाला था—मैं बिना किसी अन्य कार्य के केवल इसी कारण रुका हुआ भी था। यह सिलसिला कई दिनों से चल रहा था। वह व्यक्ति नित्य प्रातः वचन देकर जाता, किंतु संध्या तथा रात्रि भी बीत जाती, वह प्रत्यावर्तित न होता। अंततः 'अर्थ-चिंतन' करते-करते मुझे भी शयन ही करना पड़ता।

. . जब उस दिन भी संध्या तम में परिवर्तित होने लगी और मेरा एकमात्र सहचर प्राचीन पीतल का लैंप जला कर उस मेज़ पर रख गया जो संगमरमर की थी तथा पिता के ज़माने से ही उसी स्थान पर स्थित थी—तब मैं उस भारी-भरकम लैंप को तथा संगमरमर पर बने उसके आलोकवृत्त को देखने लगा—किंतु निश्चित रूप से ही किसी आविष्ट कलाकार की दृष्टि से नहीं—यद्यपि बाल्यकाल से ही मेरी बद्धमूल धारणा रही है कि मेरे भीतर एक सुसुप्त कलाकार विद्यमान है—किंतु उस क्षण वह कलाकार लुप्त था। गृह के सुदूर कोने में मेरा एक अन्य प्राचीन चर मेरे लिए भोजन निर्माण में लीन था : मिट्टी के चूल्हे में जलती लकड़ियों की लपटों में उसका झुर्रीदार चेहरा आलोक तप्त दीख रहा था।

. . मैंने लैंप उठाया। चाभियों का वह गुच्छा भी पेटिका से निकाला जिसमें उन दोनों निषिद्ध कक्षों की चाभियाँ थीं। . . सागौन के भारी कपाट किंचित् श्रम से खुले क्योंकि मेरे एक हाथ में वह बृहद तथा गुरुत्वाकर्षण से युक्त लैंप भी था।

. . भीतर कई ऋतुओं से बंद रहनेवाली गंध थी जो उन वस्तुओं की गंध से भी सिक्त थी जिस पर वे ऋतुएँ बिना प्रवेश पाये भी अपना अदृश्य प्रभाव छोड़ गयी थीं।

. . सर्वप्रथम मेरे हाथ के लैंप का प्रतिबिंब उस विशाल आदमकद दर्पण पर पड़ा जो पीतल तथा आबनूस के चौड़े नक्कासीदार फ्रेम में जड़ा था। उस पर मकड़ी के ज़ाले थे, मेरे हाथ में लैंपयुक्त मेरा चेहरा था। उस भारी गंध के मध्य भी मेरा ज़ालीदार चेहरा था. . . मैंने कहा—बल्कि बुदबुदाया। उसी . . रक्तवर्णी

नेत्रोंवाले, विशाल-देह आबनूसी अतीत व्यक्ति की भाँति : "समय किसी की प्रतीक्षा नहीं करता। किसी की भी नहीं।" किंतु मैं 'आषाढ़ का एक दिन' के कालिदास की भाँति भागा नहीं। मैंने उस आबनूसी व्यक्ति के विपरीत भी उस विशाल धूल धूसरित दर्पण को निरखा—बल्कि परखा विशेष रूप से उसके चौड़े फ्रेम को। यह आश्चर्य था कि अब उसमें मेरा ज़ालीदार चेहरा प्रतिबिंबित नहीं हो रहा था, किंतु हाथ का लैंप उससे अवश्य संयुक्त हो गया था।

वह आज भी नहीं आया

वह आदमी आज भी नहीं आया। मैं प्रतीक्षा करता रहा। मैं प्रतीक्षा करता रहा और फिर मैंने अपने प्रिय कवि टी.एस. एलियट की काव्य पंक्तियाँ मन में ही मनका की तरह फेरीं :

"मैंने आत्मा से कहा
स्थिर रहो और प्रतीक्षा करो
प्रतीक्षा करो प्रत्याशा के बिना।
क्योंकि प्रत्येक प्रत्याशा प्रवंचना ही होगी।"

(यहाँ व्यक्ति से तात्पर्य है किंतु प्रतीक्षा तो 'वस्तु' की भी है—'अर्थ' की !)

किंतु मैं स्थिर न रह सका। नाउम्मीदी बढ़ती गयी. . . "इंतज़ार और अभी और अभी. . .!" मैंने अपनी प्रिय फिल्मी गीत की पंक्तियाँ दुहराईं।

मैं प्रतीक्षा करता रहा और संध्या-सुंदरी आकाश से धीरे-धीरे उतरने लगी। मेरी दृष्टि सामने के उस चौड़े-ऊँचे घने वृक्षोंवाले टीले की ओर गयी : मेरे संशयग्रस्त मन में अपने अतीत के प्रति भयभीत करनेवाले प्रश्न उमड़ने-घुमड़ने लगे !. . . जैसे चित्र के उस झुर्रियोंवाले चेहरे में आशीर्वाद का भाव नहीं था, वैसा ही प्रतीत हुआ मानो अँधेरे में क्रमशः अपने वृक्षों सहित ऊपर उठता टीला अपने अंधकार-अस्तित्व से मुझे अभिशाप दे रहा हो : लगभग एक शताब्दी पूर्व मेरे पिता अपने बड़े भाई सहित यहाँ आये थे। निश्चित रूप से तब वे भी 'तब हौं रह्यो-अचेत. . .' ही रहे होंगे। इस ग्राम-प्रांतर पर 'चेरोंखरवारों' का शासन था,

ऐसा कहा जाता है। अब उनका एकमात्र अवशेष यह टीला ही है। ऐसा भी कहा जाता है कि इसी टीले पर उनका किला था जिसके अवशेष भी उसी टीले में कहीं प्रसुप्त पड़े होंगे। अँधेरा होने पर ग्रामवासी उस पर जाने में भय का अनुभव करते थे, वरना वैसे तो उनके लिए वह 'सुलभ-शौचालय' ही था। उसकी खोहों में जब काँटेदार साहिल (जंतु-विशेष) निकलते थे तो ग्रामवासी उन्हें चेरोंखरवारों का वंशज ही मानते थे। यद्यपि ग्राम के उपांत पर रहनेवाले मुसहर उन्हें मारकर खाते भी थे और बताते थे कि उनका माँस अत्यंत सुस्वाद हुआ करता था—धान के खेतोंवाले चूहों से भी कहीं अधिक। संभवतः चूहे अधिक खाने के कारण ही उन्हें 'मुसहर' कहा जाता था, क्योंकि हमारी बोली में (भाषा उसे कैसे कहें—संविधान में स्वीकृति तो है नही) चूहे को मूस ही कहते हैं और 'मूस' ही जिनका आहार हो, वे हुए 'मुसहर'। खैर, ये बातें भाषाविद् जानें।

चेरोंखरवारों का केंद्र निश्चित रूप से हमारा गाँव ही रहा होगा, क्योंकि यह गाँव अपेक्षाकृत मुख्य मार्ग, बाजार-हाट से काफी दूर भीतर स्थित है। अभी भी निकटतम रेलवे-स्टेशन यहाँ से बीस किलोमीटर दूर तो है ही। मध्यकाल के इतिहासविद् भी ऐसा बताते हैं कि चेरोंखरवार बड़ी लड़ाकू और घुमंतू जाति थी, मुग़लों से भी उन्होंने डटकर लोहा लिया था—ऐसा संभवतः 'बाबरनामा' में भी उल्लेख मिलता है। मुग़लों से जब पराजित होकर उज्जैन से क्षत्रिय भागे थे तो उन्होंने इसी प्रदेश में शरण ली थी। उन्हें भी चेरोंखरवारों का पर्याप्त प्रतिरोध मिला होगा। किंतु अंततः चेरोंखरवार अन्यत्र जाने पर विवश हुए होंगे। घुमंतू तो वैसे भी थे।

...तो जब मेरे पिता, भ्राता सहित यहाँ आये होंगे, तब चेरोंखरवारों का नामोनिशान नहीं था। उज्जयिनी के राजा-रजवाड़े अंग्रेजों के जमींदार बनकर स्थानीय राज-काज चला रहे थे। मेरे पिता की नानी भी उन्हीं में से एक थीं। वे अल्पायु में ही विधवा हो गयी थीं। अतः स्वाभाविक था कि पास-पड़ोस के अन्य जमींदारों की लोभदृष्टि उनकी संपत्ति पर रही हो। किंतु पुत्र-संतान के अभाव में विवश होकर उन्हें इन 'राम-लक्ष्मण' का आवाहन करना पड़ा होगा... ये 'राम-लक्ष्मण' संभवतः तब 'शस्त्र-शास्त्र' शिक्षा के प्रारंभिक चरण में ही रहे होंगे। किंतु जब नानी की मृत्यु हुई तब तक वे इन्हें पर्याप्त कार्यकुशल बना चुकी थीं। इसके साथ ही पड़ोसी ग्राम के एक त्याग पुरुष किंतु चाणक्य नीति कुशल संबंधी ने इन्हें

नीतिकुशल भी बना दिया होगा। क्योंकि जैसा कि मैं आपको पहले ही बता चुका हूँ, जब हमने होश सँभाला तब घर धन-धान्य से परिपूर्ण था।

..लेकिन मुझे इस इतिहास से क्या लेना-देना! मेरा काम इस 'मुर्दों का टीला' की गवेषणा तो है नहीं। चेरोंखरवार गये, उनके बाद भी जो आये वे भी अब कहाँ हैं? उनके पूर्व की शताब्दियों, दशाब्दियों का लेखा-जोखा वैसे भी असंभव है। मैं तो उस आदमी की प्रतीक्षा कर रहा हूँ जो वचन देकर जाता है और आता नहीं। अतः शीघ्र ही उस कक्ष के 'तलघर' से मैं बाहर आ गया।

..बाहर शीतल बयार चल रही थी। तारकखचित आकाश था। जो सुगंध मुझे मिट्टी के चूल्हे पर लकड़ी की आग में पकते व्यंजन-विशेष की आ रही थी, वह अब स्पष्ट होकर वातावरण में व्याप्त थी—पकते हुए माँस की गंध, अनेक प्रकार के वानस्पतिक मसालों तथा शुद्ध घृत आदि से युक्त। मेरा वह प्राचीन भृत्य पाकशास्त्र में भी निपुण था। बल्कि कहना चाहिए कि उसकी निपुणता वहीं केंद्रित थी! चूल्हे की आँच से निकलते आलोक तक। उसकी निपुणता का एक रहस्य और था, वह यह कि इस प्रक्रिया के मध्य 'महुए' का एक पौआ, तथा भोजन कराने के पश्चात् स्वयं जब भोजनोन्मुख होता तो पुनः उसे एक पौवे की दरकार होती। यह क्रम विगत पचीस वर्षों से चला आ रहा था। वह मितभाषी था तथा सामान्य लोगों की भाँति मद्य ग्रहण करने के पश्चात् भी उसे वाचाल होता हुआ देखा-सुना न गया था।

..उस दिन या उस रात मैं सुस्वादु मांसाहार के पश्चात् शीघ्र ही तारकखचित आकाश के तले शयनशील हो गया... चार-पाँच दिन और व्यतीत हो गये किंतु वह वचनबद्ध व्यक्ति प्रत्यावर्तित न हुआ। मेरी प्रतीक्षा व्यग्रता तथा व्याकुलता में परिवर्तित होती गयी। धैर्य का बाँध टूटता गया, किंतु करता भी क्या? ..कहावत है : 'बैठा बनिया क्या करे, इस कोठी का धान उस कोठी में भरे।' मेरे पास भी इस तथाकथित कोठी में एक 'कोठिला' (धान या चावल रखने का मृत्तिका निर्मित स्टोर) अवश्य था, किंतु यह तो कहावत है जिसका उपयोग अब छात्रोपयोगी ही रह गया है। ..उस दिन अपने ही कक्ष में मुझे प्राचीन पलंग के नीचे एक टीन की पेटिका परिलक्षित हुई। वह मेरे लिए अपरिचित तो थी नहीं किंतु विस्मृत अवश्य हो गयी थी—अपनी 'अर्थ-आतुरता' में मैंने उसे भी ताला तोड़कर खोल डाला—संभवतः कोई चतुर पूर्वज यहीं कुछ सुरक्षित रख गया होगा। किंतु वह

तो मेरे ही लघु भ्राता की पेटिका थी जिसे वह कुछ वर्ष पूर्व यहीं छोड़कर चला गया था। उसमें कागद ही कागद थे किंतु कोरे न थे। संभवतः मेरी ही सुसुप्त अभिलाषा की प्रेरणा से अथवा पूर्वजों के अलक्षित प्रभाव से वह लेखक बनने के प्रयास में था. . .अधूरी, अधकचरी कहानियाँ थीं, एकाध डायरियाँ भी. . . चूँकि मैं खाली बनिया था अतः उन्हें ही पढ़ने लगा। पहले ही एक दिलचस्प बचकानी कहानी हाथ लगी जो संभवतः उसने अपने स्कूल के दिनों में लिखी होगी (उसमें तिथियाँ भी थीं, अतः अनुमान से मैं यह जान सका)। यह कहानी 'भगजोगनी' नामक ग्राम बालिका के संबंध में थी। 'भगजोगनी' हमारी बोली में जुगनू को कहते हैं। कहानी से स्पष्ट था कि मेरा वह किशोर शर्मीला भ्राता उस ग्राम किशोरी पर मुग्ध हो गया था तथा मुग्ध-मुग्धा के मध्य इस प्रेम-व्यापार को व्यक्त करने का प्रयास उसने अपनी बचकानी शैली में कुछ इस प्रकार किया था—" तुम रोज़ कुएँ पर पानी भरते समय सुबह-शाम डोल की डोर पकड़कर मुझे क्यों देखती हो? तुम उस मुद्रा में रुक जाती हो तो मेरे दिल की धड़कन रुक जाती है! तुम मुझसे क्या चाहती हो? मैं तुमसे क्या चाहता हूँ, मुझे नहीं मालूम, लेकिन जब मैं घर के भीतर जाता हूँ तो तुम मेरी माँ के पास अपनी माँ के साथ बैठी पहँसुल पर कोई तरकारी काटती मानो मेरी ही प्रतीक्षा करती रहती हो। तब भी तुम्हारे हाथ वैसे ही रुक जाते हैं जैसे कुएँ की गड़ारी से बँधे डोल की डोर पर! तुम कभी नहीं जान पाओगी मुझे उस क्षण क्या हो जाता है—मैं कभी नहीं जान पाऊँगा कि तुम्हें उस क्षण क्या हो जाता होगा। लेकिन ऐसा क्यों? कब तक? (जेबों में बंद मुट्ठियाँ कब तक?) आखिर कब तक?

. . मैं अपनी माँ के पास आँगन में मोढ़े पर आ बैठता हूँ। पहँसुल की धार की तरह एक तीखी कौंधती निगाह मेरी ओर लपककर गुम हो जाती है। एक आँच-सी उठती है। एक खमीर की सी गंध तुम्हारे जवान होते गुदाज बदन की। 'सोंधी-सोंधी-सी खुशबू ये तेरे बदन की क्या कहिए!' एक आग-सी उठती है, एक शोला-सा भड़कता है।

. . लेकिन भगजोगनी? तुम अचानक कहाँ गुम हो गयीं? ठीक 'भगजोगनी' की तरह। जैसे 'जीवन में एक सितारा था। वह टूट गया तो टूट गया' यही पंक्तियाँ दुहरा-दुहराकर संतोष करता हूँ, लेकिन वह आँच अभी भी बाकी है, वह खमीर की खट्टी-सी खुशबू अभी भी परेशाँ करती है। वे कुएँ की डोर पर ठिठके हाथ, पहँसुल

की धार पर चमक गयी वे कौंधती निगाहें अभी भी दिल में बिजली की लपक-सी जाती हैं। "

...स्पष्ट था, कहानी पूरी नहीं हुई थी... मुझे सहसा यह भी स्मरण हुआ कि उन्हीं दिनों मेरा लघु भ्राता नगर के छात्रावास में खिड़की की सलाखें कौशलपूर्वक निकालकर अपने किसी-न-किसी सहपाठी के संग प्रायः नित्य ही सिनेमा देखने जाता था (एकहिं धर्म, एक व्रत नेमा. .) उसकी ऐसी शिकायत छात्रावास के अधीक्षक ने मुझसे अनेक बार की थी। किंतु वे भी मेरे पुराने सहपाठी थे।

...मैं भगजोगनी से पूर्णतः अपरिचित था, ऐसा नहीं। वह भी मेरी एक प्राचीन परिचारिका की पुत्री थी। किंतु उसे देखना तभी हो सका जब वह 'भगजोगनी' हो गयी। अचानक सरसों के फूल-सी, जुगनू-सी चमकीली, झिलमिलाती। मेरे उस किशोर भ्राता में अवश्य ही विशेष प्रकार का सौंदर्यबोध रहा होगा क्योंकि भगजोगनी ग्राम की अन्य किशोरियों की भाँति अचानक ही युवती नहीं हो गयी थी। ग्राम-बालाएँ प्रकृति का अभिन्न अंग होती हैं या कह लें होती थीं। (इस 'थीं' की व्याख्या मैं किंचित् आगे जाकर करूँगा) जिनके स्त्रियोचित अंग-विशेष सहसा बिना उनके जाने ही हिंसक भाव से विकसित हो जाते हैं और वे उनके भार से बोझिल न होकर उन्नत तथा उतान हो जाती हैं। एक आक्रामक यौन-उत्ताप उनसे प्रज्वलित होता रहता है—जैसे ग्रीष्म में पलाश वन दहक उठते हैं... भगजोगनी में कमनीयता का छंद तथा यौवन का आलोक वैसे ही हिलमिलकर आलोड़ित हो रहा था जैसे वर्षा के बोझ से झुक-झुक जाते मेघमंडल से झरती फुहार। व्याज, व्रीड़ा, कमनीयता, कटाक्ष, हाव-भाव, हेला आदि उसने जैसे अनायास वैसे ही प्राप्त कर लिये हों जैसे खंजन, मृग, खरगोश, गिलहरी आदि अपनी मुद्राएँ स्वतः प्राप्त कर लेते हैं अथवा वर्षा के आघात से पूर्ण परिपक्व सेब, अमरूद आदि फल। वह प्रकृति का 'फल' थी और फल अपने लिए तो होता नहीं। अतः संभवतः वैसे ही वह कब किस बुभुक्षित का भक्षण बन गयी पता नहीं! प्राचीन काव्यों में वर्णित ऐसे अद्‌भुत सामंजस्य से उद्दीप्त करनेवाले सौंदर्य ने ही मेरे भ्राता को उसके प्रति प्रलुब्ध किया होगा। ...सचमुच उसके चंचल कटाक्षों में पहँसुल की धार से अधिक मार थी—जैसे हिम के कौंधते नुकीले कणों में अँगारे की आग होती है—सचमुच वह 'नस-नस रस की फुहार थी।' नायिका भेद के अनुसार तो अज्ञात यौवना या मुग्धा। किंतु वह इन नायिका भेद के ग्रंथों से नहीं बनी थी। वह तो

उस भेद से बनी थी जिसका रहस्य कोई नहीं भेद सका। उस अनबिंधे रत्न को बिद्ध करना जितना सहज था, उतना ही दुष्कर भी। यह निश्चय ही मेरा लघु भ्राता समझता होगा। उस 'दीपशिखा-सी देह' को छूने का साहस कोई बर्बर नर पशु ही कर सका होगा। यह रहस्य, रहस्य ही रहा। वह जुगनू की तरह आयी और गयी। यह 'भेदन' तो मेरा वह लघु भ्राता विचारा क्या कर पाता।

...'ग्राम जीवन' में ऐसे दृश्य प्रायः ही परिलक्षित होते हैं। विशेष रूप से जिन्हें हम 'हरिजन' के सम्मानित विशेषण से जानते हैं, उनके साथ। अब तो न जाने कितनी जन-जातियाँ और उप-जातियाँ बन गयी हैं, किंतु क्या फर्क पड़ता है। उन्हें चमार, दुसाध मुसहर, डोम, कमकर, कोईर, कहार आदि अनेक नामों से जाना जाता है। कुछ के हाथ का तो पानी पीना वर्जित था : वे ग्राम के उपांत पर अपनी अलग 'टोली' (मुहल्ला-सा कुछ) बनाकर रहते थे। डोम चूँकि विसर्जन गृहों में भी कार्य करते थे, इसलिए वे सबसे अधिक निकृष्ट थे। वह 'अनंत शय्या' पर सुलाने का भी कार्य करता है और जलना ही नियति है तो डोम उस दृष्टि से पवित्रतम प्राणी हुआ। कम-से-कम श्राद्ध और अन्य अवसरों पर पूड़ियाँ, कचौरियाँ, दही-बुंदिया आदि का अपूर्व तृप्ति से भक्षण करनेवाले ब्राह्मण पुरोहितों की अपेक्षा। किंतु सब हरि इच्छा है। जस, अपजस, जीवन-मरण—सब विधि हाथ है। हम वैदिक संस्कार से युक्त प्राणियों को इससे क्या लेना-देना ! विद्या और ज्ञान, पराक्रम और प्रतिष्ठा—वह भी निष्काम भाव से, यही तो हमारा कर्म है। अतः ग्राम-जीवन में होता तो अंततः यही है—जैसा कि हम जैसे नागर-प्राणियों को विकसित 'कला चलचित्र' ही बताते हैं। किंतु बंधु, वह तो हमारा 'भोगा हुआ यथार्थ' है। उसके संबंध में क्या देखना और क्या सुनना।

अतः मैंने तो इस दिशा में सोचना ही बंद कर दिया है, बस : "भज गोविंदं भज गोविंदं, भज गोविंद मूढ़ मते।" ...फिर भी भगजोगिनी की बात से मुझे बहुत-सी बातें याद तो हो ही आयीं। सुना है नगर में भी यही सब कुछ होता है, पर वहाँ भी मैं भरसक कुछ देखना-सुनना नहीं चाहता। 'कालचक्र' की दिशा कौन परिवर्तित कर पाया है, वह तो अपनी ही दिशा में चलता जाता है—यही सोचता हूँ और स्व. गुरुदेव का स्मरण करता हूँ। परिवर्तन जीवन तो है किंतु परिवर्तन के अनेक स्तर हैं, यह जानना आवश्यक है। अनेक स्तरों पर परिवर्तन होता रहता है : कुछ स्तर ऐसे हैं जहाँ परिवर्तन संभव ही नहीं है, वे अविचल हैं, अपरिवर्तनीय

हैं, अनंत हैं। उनका ध्यान करना अनावश्यक है। वे सृष्टि के मूल हैं, भूल नहीं : पराशर न होते व्यास कहाँ से आते? विश्वामित्र न होते शकुंतला कहाँ से आती? भरत आदि कहाँ होते? यह महान् 'भरत-खंड' ही कहाँ होता जिसकी अखंडता की चिंता से हम आज 'चितकोबरे' हो रहे हैं? यौन-पक्ष सनातन है। जीवन के अन्य पक्ष परिवर्तित होते रहते हैं। यौन और योनि तो सृष्टि के मूल हैं, उत्स हैं। प्रलय के बाद भी मनु और श्रद्धा आते हैं। 'इड़ा' तो व्यर्थ है।

ग्राम बालाएँ यह रहस्य प्रायः समझ जाती हैं। वे धान, जौ और बाजरे की बालियों की तरह उगती हैं, हरी 'कलगी' बनती हैं, पवन-दोलन पर डोलती हैं। थिरकती तथा खिलखिलाती हैं, पकती हैं, उसी त्वरा से फिर खलिहान हो जाती हैं, बाजार हो जाती हैं। अन्न वही हैं। इसलिए 'अन्नपूर्णा' हैं। अतएव यही सृष्टि का अखंड रहस्य है। अपरिवर्तित रूप है। भगजोगनी आयी, भगजोगनी गयी—किंतु हमें समझा गयी सृष्टि का यह रहस्य, दृष्टि का यह रहस्य। मेरे उस किशोर लघु भ्राता ने पता नहीं इसे समझा या नहीं! मैं तो यही समझ पाता हूँ। इसीलिए मैं 'स्थितिप्रज्ञ' हूँ।

...किंतु वह वचनबद्ध प्राणी आया क्यों नहीं अभी तक? दिन व्यर्थ ही इस स्थूल प्रतीक्षा में व्यतीत हो रहे थे।

...एक दिन मैंने उसी प्रतीक्षा की सांध्य बेला में अपने उस लघु भ्राता का बक्सा फिर खींच लिया। इच्छा हुई उसकी डायरी फिर पढ़ूँ। यह डायरी बहुत पुरानी नहीं थी। उसके वयस्क होने के बाद ही लिखी गयी होगी, क्योंकि उसकी भाषा तथा विश्लेषण-पद्धति में पर्याप्त परिवर्तन आ गया था। किंतु उसकी विषय-वस्तु मुझे किंचित् आश्चर्यजनक लगी : वह मेरी प्रथम स्वर्गीया पत्नी के बारे में थी (मैं बताना भूल गया था कि मेरी प्रथम पत्नी की मृत्यु हो चुकी थी, यद्यपि उनकी संततियाँ मौजूद हैं) और कुछ विस्तार तथा मनोयोगपूर्वक ही लिखी गयी थी। मेरे भ्राता ने तब तक लिखने की शैली अवश्य अर्जित कर ली होगी, क्योंकि वह कथा की-सी शैली में अकस्मात् प्रारंभ होती थी :

"मेरी भाभी जब ब्याह के बाद आयीं तो मुँह दिखायी के लिए मेरे घर में परंपरानुसार कई दिनों तक भीड़ लगी रही। वैसे भी हमारा गाँव काफी बड़ा था, पाँच-छः हज़ार की आबादी तो रही ही होगी। और जैसी कि प्रथा थी, जमींदारों के घरों में जब नयी दुल्हन आती थी तो गाँव के प्रायः प्रत्येक परिवार की महिलाओं,

कन्याओं आदि का वर्ण-जाति भेद के अनुसार आना अनिवार्य ही था। हाँ, अस्पृश्य जातियों के लिए यह वर्जित था।

मैं अपनी भाभी को कई दिनों बाद ही देख सका क्योंकि एक तो मैं बहुत ही छोटा था (लगभग पाँच-छः वर्ष का) और उस भीड़-भड़क्के में मेरी समायी कहाँ होती, दूसरे मैं ज़रूरत से ज्यादा शर्मीला था। यह फ्राइडियन सच भी रहा होगा कि युवा स्त्रियों के दर्शन-स्पर्श आदि से मेरा शर्मीलापन बहुत अधिक बढ़ जाता था। लेकिन उस अल्प वय में मैं जो सुन-समझ सका, उससे लगा कि मेरी भाभी बड़ी सुंदर थीं तथा गाँव भर में उनकी सुंदरता की चर्चा थी। स्त्रियाँ—प्रायः जो एक-दो दूसरे जमींदार परिवार हमारे गाँव में थे, उनके यहाँ की नव-वधुओं की तुलना करके किसी एक को सर्वश्रेष्ठ सुंदरी सिद्ध करने में लगी रहती थीं। (वह अपने ढंग का 'ब्यूटी कॉन्टैक्ट' ही हुआ करता था) यह भी संभव था कि चूँकि ये बातें प्रायः हमारे घर में ही कही जाती थीं, इसलिए स्वाभाविक रूप से उनमें चाटुकारिता का पुट भी रहता ही होगा।

भाभी हमारे घर में मेरी बड़ी चाची के बाद आनेवाले वधू थीं अर्थात् लगभग बीस-पचीस वर्षों बाद यह 'शुभ घड़ी' आयी थी, उत्साह तथा उत्तेजना का आधिक्य इस कारण भी रहा होगा।

जब यह भीड़-भड़क्का थोड़ा कम हुआ तो भाभी को घर के नये बने हिस्से में छत पर जो बड़ा कमरा था उसमें स्थापित कर दिया गया। छत पर्याप्त बड़ी थी लेकिन उसके चारों ओर 'ऊँची-ऊँची दीवारें' थीं जिनमें भुरकियाँ बनी हुई थीं, उन्हीं से बाहर देखा जा सकता था। कमरे में लोहे की सलाखों के अतिरिक्त महीन जालियाँ लगी थीं। छत के कोने में स्नानगृह, शौचालय आदि थे। भाभी के साथ मायके से विभिन्न वय की तीन-चार परिचारिकाएँ भी आयी थीं जिनमें एक उनकी 'धाय माँ' थी अतः उन्हें यह एकांतवास विशेष अखरता नहीं होगा। किंतु यह व्यवस्था बहुत दिनों तक नहीं चली तथा शीघ्र ही मेरे पिता ने एक परिचारिका के अतिरिक्त सभी परिचारिकाओं को वापस उनके गृह प्रदेश भेज दिया। एक तो वे कलरव बहुत करती थीं, दूसरे अन्य प्रदेश की होने के कारण उनकी बोली कर्ण कटु प्रतीत होती थी।

कुछ ही दिनों उपरांत घर का सबसे कनिष्ठ सदस्य होने के कारण तथा प्रायः खाली रहने के कारण भी मुझे भाभी के सान्निध्य में रहकर उनका दिल

बहलाने का गुरु दायित्व सौंप दिया गया। (प्रसंगवश यहाँ बता देना आवश्यक प्रतीत होता है कि उन दिनों हमारे घरों में पति एक तो दिन में कभी पत्नी से मिल नहीं सकता था—विवाह के प्रारंभिक वर्षों में तो बिल्कुल ही नहीं, दूसरे रात्रि को भी सप्ताह में कितनी बार पत्नी से मिले इसका निर्णय भी गृह की वरिष्ठ स्त्रियाँ—यहाँ मेरी माँ तथा चाची, ही करती थीं। ऐसे संदेश संप्रेषित करने की अनेक पद्धतियाँ थीं।)

फलतः मैं प्रातः से लगभग शयन बेला तक भाभी के सान्निध्य में ही रहता था। चूँकि प्रारंभ से ही जन-श्रुतियों ने मुझे पूर्वग्रह ग्रस्त कर दिया था, इसलिए मैं यह मान कर मुग्ध तथा गौरवग्रस्त रहता था कि मुझे इस अनिंद्य सुंदरी के सान्निध्य में रहने का रोमांचक सौभाग्य प्राप्त है।

...मैं अपनी स्वाभाविक बाल-सुलभ जिज्ञासा-वृत्ति के कारण स्वतः भाभी की दिनचर्या तथा गतिविधियों का विस्मय विमुग्धता में अवलोकन करता रहता था।

...वे छोटे कद की (पाँच फुट से ज्यादा नहीं रही होंगी) युवती बल्कि किशोरी ही थीं लेकिन उस समय अठारह वर्ष बहुत अधिक माने जाते थे, इसलिए उन्हें युवती कहना ही उपयुक्त होगा। संभवतः इसी कारण अपने गौरव के उपयुक्त बंद पारिवारिक वातावरण में रहने से उनकी किशोर सुलभ प्रगल्भता तथा चंचलता तिरोहित हो चुके थे। वे अत्यंत गोरी थीं। परंतु 'सुरक्षित वातावरण' में रहने के कारण उनका गौर वर्ण कुंदनवत् ही अधिक था पंकजवत् कम।

...कुछ दिनों बाद मैंने लक्ष्य किया कि उनके व्यक्तित्व में एक उदास स्वप्न था। एक सीमित आलोक स्वप्न। कभी-कभी जब अचानक वर्षा आ जाती या बिना मौसम की फुहारें, और धरती से तप्त सोंधी गंध उठने लगती तो बिना उनके जाने ही पाता कि वे खिड़की की जालियों के पास बैठी कोई गीत गुनगुना रही हैं। कोई उदास-सी धुन। यह तो मैं बहुत बाद में जान सका कि वे तो उस समय की प्रचलित फिल्मी धुनें हुआ करती थीं। मायके से अपने साथ वे एक पुराना ग्रामोफोन तथा कई सारे रिकाड्र्स लायी थीं जिन्हें वे प्रायः अकेले में बैठ कर बजाया करती थीं। मैं आस-पास बैठ कर उन्हें सुना भी करता था। वे न तो मेरी समझ में आते थे, न अच्छे लगते थे। लेकिन गुमसुम उन्हें सुनने में भाभी की मुद्रा न केवल मुझे आकर्षक लगती थी बल्कि यह भी प्रतीत होता था कि

उनमें अवश्य कुछ ऐसा रहा होगा जो न केवल उन्हें ही आविष्ट कर लेता था, मुझे भी बाल-सुलभ मुग्धता में बाँध लेता था।

...अनजाने ही पता नहीं कब मुझे भी वे गीत अच्छे लगने लगे थे। इसी बीच मैंने थोड़ा पढ़ना-लिखना भी सीख लिया था इसलिए उनकी शब्दावली भी मेरी समझ में आने लगी थी जैसे 'पुजारी मेरे मंदिर में आओ', 'मैं वन की चिड़िया बन कर वन-वन बोलूँ रे', 'उम्मीद उनसे क्या थी और कर वे क्या रहे हैं', 'आये भी वे गये भी वे खत्म अफसाना हो गया', 'फागुन की ऋतु आयी रे जरा बाजे बाँसुरी' आदि ऐसे दर्जनों गीत। धीरे-धीरे मेरा हाल यह हो गया कि मैं उनसे अनुरोध करता कि भाभी चाभी मैं भरूँगा और रिकार्ड बदलती जाइए...कभी-कभी तपती दोपहरी होती और वे गुनगुनाती हुई पलंग से उठ पड़तीं और हारमोनियम पर (हारमोनियम भी वे अपने साथ मायके से लायी थीं) गाने लगतीं। मेरी नींद उचट जाती। मैं भी उनके करीब बैठ जाता। उनकी आवाज़ धीमी तथा सुरीली थी, हालाँकि हल्की-सी जुक़ामी। जो पता नहीं क्यों मुझे उस उम्र में भी परेशान करती थी। रेकार्ड से न कोई तितली उड़ती, न उन पर कोई फूल खिलते, न उनसे निर्मित हवा में कोई घोंसला बनता, लेकिन मेरा बचपन कुछ बेकरार होकर मचल ज़रूर उठता। उनके बहुत करीब जाने पर एक खास किस्म की गंध मिलती जिससे पता नहीं क्यों और कैसे मुझे यौवन का बोध नहीं होता बल्कि लगता किसी बीमार कमज़ोर बदन से यह गंध आ रही हो।

...यह मुझे बहुत बाद में पता चला कि वह सचमुच बीमार-सी रहती थीं। संभवतः उन्हें भी यह न पता हो और जो प्रायः 'असूर्य स्पर्शया' स्त्रियों की प्रचलित बीमारी होती है। मायके और ससुराल के बेहद बंद माहौल ने उनमें इसी कारण यह भावना प्रारंभ से ही भर दी होगी जो उनके उदास स्वप्नों, तृषित दृष्टि तथा अवसादपूर्ण गीतों में व्यक्त होती दिखती थी। उनकी बातों से मुझे पता चला कि उनका अतीत पुराने फिल्मी गीतों और बंद जगहों में जो स्वप्न तथा अतृप्तियाँ जन्म लेती होंगी उनसे निर्मित हुआ था।

...उनके इस बीमार-से कृश शरीर में फिर भी बहुत ताप रहा होगा या उनकी कृशता उस ताप के दमन का ही परिणाम रही होगी। जो भी हो मुझे इसका कुछ वर्षों उपरांत पता तब लगा जब दोपहर की नींद में वे बगल में लेटी क्षीण बाल काया को जकड़ लेती थीं और वह दमघोंटती उस लौह शलाका की तरह

तप्त शिकंजे से उजबुजा कर जग जाती थीं। इस प्रकार अनेक घड़ियाँ व्यतीत हो जातीं, उस तप्त शरीर तथा लू की तरह निकलती श्वासों में बिंधे हुए। कभी-कभी उनकी युवा परिचारिका जो स्वयं ही उतने ही पीत वर्ण तथा पीड़ित-सी दिखती थी, अचानक इस निबद्ध मुद्रा को देखती जिसमें वह क्षीण बाल काया सो भी जाया करती थी तथा उनके अव्यवस्थित वस्त्रों को ठीक करके सावधान कर देती थी। तब वह उसे सोता हुआ छोड़कर अथवा सोता हुआ जानकर उठ जातीं। यह उनका अपराह्न स्नान होता जो पर्याप्त प्रलंबित हुआ करता था। परिचारिका उन्हें चिरौंजी, हल्दी, सरसों तथा कुछ अन्य सुगंधित पदार्थों के लेप का उबटन लगाती थी। स्नान भी संभवतः वही करातीं। तत्पश्चात् वे शृंगार के लिए बैठती थीं जो मेरे लिए हमेशा कौतुक तथा चकित करनेवाला दृश्य होता था। सामने चाँदी के चौखटे में मढ़ा दर्पण होता, एक चाँदी का ही ब्रश भी जिसमें किसी वस्तु-विशेष के बाल लगे थे, चाँदी की एक कंघी तथा बालों को चिपकानेवाला कोई लेप-विशेष जिसके उपकरणों को मैं आज तक नहीं जान पाया। फिर बड़े धैर्य तथा अवधान से वे केश में भाँति-भाँति के काकुलें (सर्पवत् अथवा वुर्तुलाकर) काढ़तीं, फिर उसमें चाँदी की क्लिपें लगातीं। परिचारिका ही उनका परिधान परिवर्तित करतीं। वस्त्रों के नीचे कोई आपादकंठ रेशमी वस्त्र पहनतीं—प्रायः मेरे सम्मुख ही।

...उसके पश्चात् गृह के निचले भाग से कोई परिचारिका उनका बुलावा लेकर आती और वे सास, ज्येष्ठ (कभी-कभी श्वसुर भी) तथा अन्य आगंतुक सम्मानित व्यक्तियों के सम्मुख उपस्थित की जातीं।

...हाँ, इसके अतिरिक्त एक विधान यह भी था कि उन्हें पृथक् से बने एक रसोईगृह में कोई व्यंजन-विशेष बनाना होता था जिसे गृह के सभी सदस्य उत्सुकता, चाव और कुछ खोज-विनोद के साथ ग्रहण अवश्य करते थे।

...मेरी जानकारी में उनकी कुल दिनचर्या प्रायः यही होती थी।

...वे मूलतः अन्य विषयों की जानकारी से हीन अबोध-सी स्त्री थीं जिनमें एक प्रवृत्तिजन्य ईमानदारी भी उत्पन्न हो गयी थी। वे छिपाना नहीं जानती थीं। इसी कारण मुझ जैसे अबोध बालक को भी यह ज्ञात हो सका कि वे गृह की कोई अन्य दासी-किशोरियों के साथ भी प्रायः आबद्ध मुद्रा में पायी जाती थीं। यह निबद्ध मुद्रा स्पंदित-सी होती हुई भी दिखती थी।

...उनकी इन स्पंदित मुद्राओं को तो मैं अब समझ सकता हूँ किंतु उन्हें

ठीक-ठीक संदर्भ में विश्लेपित करने की क्षमता मुझ में अभी भी नहीं आ पायी है।"

...डायरी पढ़ते-पढ़ते मेरा वैरागी मन अनायास कब स्वयं अतीत में उड़ने लगा था, इसका पता मुझे देर से लगा। मैं ग्लानि तथा अपराधग्रस्त हो गया। ओफ्फ मैंने स्वयं उस समय यह क्यों नहीं समझा? स्त्री मेरे लिए केवल भोग्य थी 'वीर भोग्या वसुंधरा' तथा अपनी आवश्यकता पूर्ति का साधन। मेरी अवस्था भी अठारह-उन्नीस वर्ष की रही होगी। शरीर उफान पर था। उपयुक्त तथा प्रचुर भोजन एवम् व्यायाम से मंजा शरीर ग्रामवासियों के लिए श्लाघ्य तथा ईर्ष्या का पात्र था। मैं उसके मद में चूर था। पत्नी के निकट जाता तो मल्ल भाव से ही उसे रौंदता तथा परंपरानुसार अपने कक्ष में 'तल्प' पर वापस आ जाता।

...न जाने कितने वासर व्यतीत हो जाते, न अवसर मिलता, न आवश्यकता प्रतीत होती। कभी-कभी प्रकृति अपनी आवश्यकता की पूर्ति स्वयं ही कर लिया करती।

...उसी बीच यह सब घटित हो लिया। संततियाँ भी उत्पन्न होती रहीं और बड़ी होती रहीं। हाँ, मुझे स्मरण हो रहा है उसी बीच यह अफवाह भी सुनने को मिली थी कि मेरी वह पत्नी किसी किशोर के साथ पर्यंक पर परिरंभन मुद्रा में पायी गयी थी। मैं अत्यंत विक्षुब्ध हो गया था। मैंने वर्धा आश्रम में गांधीजी को पत्र लिखा था—'मेरी पत्नी कुलटा है, बापू। मैं क्या करूँ?'

...उत्तर आया था किंतु बापू का नहीं उनके सचिव का कि बापू आश्रम में नहीं हैं। आने पर उत्तर देंगे। किंतु आप उनके (अपनी पत्नी के) परिस्कार तथा उपचार का उपक्रम करें। यह करुणा, दया तथा परस्पर आत्मीयता से ही होगा।

...समस्या थी परिवार की उस व्यवस्था में उपचार तथा आत्मीयता कैसे संभव हो? फिर मेरा आहत पुरुष अहं इस उपचार के लिए संभवतः प्रस्तुत भी नहीं था। प्रतिशोध के लिए मेरे पास ही प्रत्युत्तर था। कितने संभोग की तृप्ति चाहिए उसे?

...जब भी संभव होता एक ही रात में निरंतर संभोगरत रहता। वह क्षीण तथा दुर्बल होती गयी। मैं स्वयं अपने स्वास्थ्य के मूल्य पर वीर्यवर्धक औषधियाँ ग्रहण कर उससे संभोग करता रहा। संभोग की यह मोहक तथा हिंसक क्रिया अधिक दिनों तक नहीं चल सकी।

...अकस्मात् हृदयाघात ने उसे एक दिन मृत घोषित कर दिया। किंतु तब से न मैं अपने को क्षमा कर सका, न उसको।

...मेरे उस लघु भ्राता की डायरी ने मेरे भीतर पुनः वह अतीत का चलचित्र सजीव कर दिया, क़िंतु 'काया कल्प' तो शायद मिथक ही है। मैं निरंतर उस व्यक्ति की प्रतीक्षा में यह सब भी भूल गया।

...अंततः वह नहीं आया। क्यों नहीं आया? यह एक रहस्य है, क्योंकि पहले उसने कभी ऐसा नहीं किया था... वैसे तो सब कुछ रहस्य है। सृष्टि एक रहस्य है। सृष्टि और सृष्टि में जो कुछ भी है, वह भी रहस्य है जैसे उस गृह में ही जो बचे-खुचे सात-आठ कक्ष थे उनमें से किसी को भी मैं जब खोलता तो मानो एक रहस्य का द्वार ही खोलता। हर कहीं कोई भेद बंद है—अतीत का भेद, वर्तमान का भेद और संभवतः भविष्य का भी भेद। किंतु यह सारे भेद ऐसे हैं जिन्हें संपूर्णतः भेद पाना कठिन ही है।

...फिर भी मुझे लौटना तो अंततः इन्हीं भेदों की ओर ही है। विशेषतः इस अवस्था में जब अतीत विस्तृत होता जाता है और भविष्य संकुचित होता जाता है। तब वर्तमान का भी एक बड़ा हिस्सा अतीत का अंग बन जाता है—वर्तमान से ऊबा हुआ और अतीत में डूबा हुआ।

कथा श्यामा सुंदरी

. . तब हम स्वतंत्र नहीं हुए थे—अर्थात् हमारा देश। वह संभवतः 1944 का वर्ष रहा होगा, जब मैं अबोध उस जादू-महल में गया था, जहाँ स्वतंत्रता ही सब कुछ नहीं थी। किंतु फिर भी 'परम स्वतंत्र न सिर पर कोऊ' वाला वातावरण था। ऋतु 'दीरघ दाघ निदाघ' वाली थी, पर उस जादू-महल में शीतलता ही शीतलता व्याप्त थी, पीतवर्ण सौध, पीत परकोटे से घिरा था तथा नगर के 'क्षुद्र' रोर से पूर्णतः मुक्त था।

. . खस की सुपुष्ट टट्टियाँ शीतल जल से तर-ब-तर तथा सुवासित थीं। हरी दूब के शीतल मखमली-कालीन-वृत्त में स्थित उस सौध में भी अनेक उपसौध थे, उनके बीच भी वैसी ही मखमली हरीतिमा बिछी थी। स्थान-स्थान पर ग्रीक मूर्तियों के अनुकरणों से निर्मित देवी-देवताओं के विभिन्न अंगों से निकलते शीतल जल के फौआरे, कमल-कुंड में सरोज की मृदुल पंखुड़ियों तथा पत्रों को प्रताड़ित कर रहे थे। . . ग्रीष्म की सुलगती वायु को प्रवेश का अवकाश कहाँ से होता।

. . सौध के भीतर दास-दासियों की चहल-पहल तथा चुहल से गुंजित वातावरण। उनकी सत्वर तत्परता से प्रतीत होता मानो वे निरंतर किसी उत्सव-आयोजन में व्यस्त हों। मुझ अबोध को समझ में न आनेवाली यह तत्परता किंचित् असुविधाजनक भी प्रतीत हो रही थी : चाँदी के जल-पात्र, पान-पात्र, भाँति-भाँति के क्षुधावर्धक सुगंधों से युक्त भोजन पदार्थों के थाल मानो हवा में उड़ते आते-जाते रहते। फल तथा मिष्ठान्न आदि के लिए विशेष रूप से निर्मित पात्र भी प्रांगण पार करते हुए विभिन्न उपसौधों से निकलते तथा दूसरे उपसौधों

में विलीन हो रहे थे।

...अब मैं वयस्क बल्कि वृद्धप्राय व्यक्ति विचार करता हूँ तो मुझे संस्कार के विरुद्ध रेख्ते का उपयोग करना पड़ता है कि तब संभवतः यही लग रहा होगा कि 'या इलाही ये माज़रा क्या है ?' वस्तुतः इसे माज़रा नहीं मंजर कहना चाहिए। और यह मंजर यहीं समाप्त तो होता नहीं—यह तो मात्र प्रवेश का मंज़र है :

यह संसार मेरे लिए अपरिचित तो था ही, आविष्ट करनेवाला भी था। उस स्वर्ग में आकर मुझे निरंतर प्रतीत होता रहा मानो कहीं दुःख, वेदना या व्यथा जैसे शब्दों के लिए भी अवकाश न हो। सब कुछ सुरभित, आनंदातिरेक से आप्लावित हो।

अधिकांश परिचारिकाएँ, किशोरियों तथा तरुणियों के बीच के वयकूलों में ही तरंगायित एवं प्रवहमान थीं। उनके परस्पर परिहासों, ठिठोलियों से कूजित परिवेश से समवयस्क परिचारकों के ही नहीं, प्रासाद में आने-जाने तथा निवास करनेवाले राजयुवकों के हृदय भी आंदोलित-उद्वेलित होते रहते थे : यह किंचित् कष्टप्रद स्थिति थी क्योंकि जिस स्वच्छंदता तथा सहजता से समवयस्क परिचारक सखी परिचारिकाओं से हँस-बोल लेते थे, इन राजयुवकों के लिए प्रायः सुलभ या संभव नहीं था : अनेक अर्गलाएँ थीं, मर्यादा की तथा अनुभव परिपक्व पिता पितामहों की तथाकथित अनुशासनबद्ध, वृद्ध-गृद्धदृष्टि की भी—जिसकी कठोरता एवं आतंक की कोई सीमा नहीं थी।

अतः प्रायः ये राजयुवक अपने संस्कार, शिक्षा तथा रुचि-स्तर के अनुरूप परस्पर ही लुब्ध दृष्टि से अनेकों उपनाम, विशेषण आदि देकर उन्हें संबोधित कर प्रकारांतर से स्वयं को संतुष्ट कर लिया करते थे।

परंतु हमेशा यह संभव नहीं हो पाता था और युवा-आवेग की उमड़ती धारा बालुकाबद्ध कूलों को तोड़कर उन क्यारियों के पुष्पों को झकझोरकर तितर-बितर कर देती थी।

ऐसी ही एक चंचला परिचारिका थी जिसे प्रासाद के विभिन्न प्रकोष्ठों, प्रांगणों में आते-जाते रोम-रोम में दृष्टिवाणों से सिहरन का अनुभव होता था, कदंब की तरह विकसित उसकी देह-यष्टि उत्तरोत्तर कंटकित होती रहती थी। यह एक साथ आनंद और यातना दोनों का अनुभव था जिसके मत्त झकोरों पर निरंतर दोलायमान वह प्रायः को संध्या में और संध्या को प्रातः में परिवर्तित करती रहती थी।

वह श्यामा थी। हस्त प्रक्षालित, किंचित् धूसर-श्वेत वस्त्रों में आवेष्ठित उसकी युवा देह-वल्लरी, उरोज-द्वय तथा युगल-नितंबों के भार-संतुलन से स्पंदित होकर स्वतः संचारित होती रहती थी। यद्यपि उसके भ्रमरवत नीलाभा से युक्त कुंचित केश कभी अस्त-व्यस्त न दीखते थे और उन्हें भी वह शाटिका के उत्तरीय से अवगुंठित रखती थी किंतु आवागमन के वेग तथा चापल्य से किसी भी निमिष उत्तरीय फिसल जाता था। और उसी क्षणांश में उसकी उज्ज्वल कौंधती दृष्टि जिस दिशा में करकापात कर जाती थी, वह व्यक्ति व्याध के बाणों से बिंधे पक्षी की भाँति प्रहरों लुंठित तथा लहू-लुहान रहता था।

...यह नेत्र-क्रीड़ा भला कब तक चल सकती थी। ...उद्भ्रांत युवराज ने दृढ़ निश्चय किया। उस तिरछे होकर अड़े बाण को पार तो करना ही होगा :

उस दिन संध्या, रात्रि की ओर अग्रसर हो रही थी। प्रासाद के बाहरी प्रांगण में अपेक्षाकृत शांति थी। युवराज का पर्यंक प्रांगण में ही श्वेत चादर तथा तकियों से सज्जित, तारक-खचित आकाश तले स्थित था। नीचे की भूमि संध्या से ही अनेकों बार सींची जाकर सोंधी सुगंध बिखेर रही थी। गृहस्वामी के नगर में न होने के कारण उस रात्रि अतिथियों का आगमन नहीं हुआ था। परिचारक भी ऐसे अवसरों का लाभ उठाकर संध्या से ही शिथिल होकर विश्राम-मुद्रा में आ जाते थे। अनेक विचरण के लिए नगर में चले जाते थे।

..ऐसी ही उस शिथिल-शांत रात्रि में वाण-विद्ध युवराज पर्यंक पर तकियों के दूह को यत्र-तत्र बिखेरता-बाँधता अपनी शयन मुद्राएँ बदल रहा था। क्या आज की रात्रि भी कुछ संभव नहीं? 'हज़ार रातों' की भाँति यह रात्रि भी क्या ऐसी ही व्यतीत हो जायेगी? ...उसका आतुरमन भाँति-भाँति की आधारहीन कल्पनाएँ कर रहा था। ...कोई चमत्कार तो होना नहीं, न ही कोई आयोजन था।

...किंतु कभी आकस्मिक तो कुछ होता ही है। क्या इस क्षण आकस्मिक रूप से कुछ घटित नहीं हो सकता है? ..उसने सात आसमानों के ऊपर की अदृश्य शक्ति की मन-ही-मन स्तुति की।

...स्तुतियाँ भी कभी-कभी सुन ली जाती हैं...उस क्षण मानो उसका हृदय पसलियाँ फोड़कर बाहर आ गया हो, प्रासाद का वह द्वार जो हरम्य (हरम) में खुलता था—हल्के से चरमराया। ...वह तकिये पर मुँह गड़ाये अर्ध-निमीलित नेत्रों से ध्यानस्थ होकर उधर देखने लगा। मानो तीर या बंदूक से संधान कर रहा हो।

...उसका पर्यंक द्वार से दूर नहीं था। अधखुले द्वारों के बीच मद्धिम आलोक में धूसर-धवल आकृति, श्वेत दंत पंक्ति की आभा बिखेरती परिलक्षित हुई : फिर उसके पर्यंक के अतिनिकट मंथर-मंथर चलती काया, द्वार की दूसरी दिशा में अग्रसर हो रही थी—उसमें गति नहीं थी न चलने का आग्रह था : कुछ दिन पूर्व प्रयोग किये गये किसी केश तेल की मद्धिम गंध युवा शरीर की श्रम-सीकर गंध से युक्त होकर युवराज के नासापुटों को उन्मत्त करने लगी। दाहिनी भुजा स्वयं चालित-सी शाटिका एवं कंचुकी के मध्य की नग्न देह-वल्लरी को घेर गयी। श्यामा नृत्य की-सी मुद्रा में पीछे की ओर मुड़ी। अस्फुट शब्दों में कुछ कहा और बाँहों के घेरे से बाहर निकल गयी।

...अंधकार में युवराज की उज्ज्वल भुजा झूलती रह गयी—सहसा उसे अस्फुट स्वरों का अर्थ समझ में आ गया। इंगिति को पहचानता-सा वह उठा, सामने अंधकार का गह्वर था : अभिसारिका 'हरीतिमा कुंज' में थी, 'रीतिकाल' तथा सामंतकाल के 'कुंज' कैसे मिलते हैं। ...दंतछवि की जिह्वा ने युवराज की जिह्वा से वार्तालाप किया।

...युवराज प्रथम स्पर्श में ही आप्लावित हो गया... किंचित् लज्जित भी, क्योंकि 'परिरंभ कुंभ की मदिरा' में वह तत्काल 'धारासार' हो गया था। किंतु यह तो प्रारंभ था : दंतक्षत, आलिंगन, आवेष्ठन, कोमल-उत्पीड़न आदि की अनवरत क्रीड़ा में समाहित वह समाधिस्थ-सा हो गया। इस क्रीड़ा-क्रम में प्रत्यूष हो चला। युवराज श्लथ, श्रम सीकर स्नात किसी विजेता-योद्धा की भाँति कुंज से निकला। भीतर से खनकती खिलखिलाहट सुनायी पड़ी। विजेता कौन था?

...श्यामा सुंदरी परिचारिकाओं की सिरमौर बन गयी। सबको ज्ञात हो गया संध्या के पश्चात् विशेष निर्मित कुंजों में कौन उसके साथ होता है। ...कोई उपहार नहीं, हार नहीं, नकद-ब्याज सहित कोई व्यापार नहीं।

...केवल एक विजेता भाव।

परिचारिकाएँ चकित विमूढ़ थीं। सौध का कार्य-व्यापार चलता रहा।

सौध में राजकुमारियाँ भी थीं : प्रथमा 'प्रथम' थीं। प्रथमा तन्वी थीं, श्यामा न थीं : पीत-गौर वर्ण था। तथापि कृश बने रहने का वह निरंतर यत्न करतीं। सघन बरौनियाँ, करुणा-युक्त आँखें, आवेगविहीन चेहरा, किंतु भावावेग को संयत रखने का प्रयास वहाँ था।

. . . युग परिवर्तन के दौर से गुजर रहा था : प्रथमा, अपना प्रत्येक चित्र कमला नेहरू की मुद्रा में खिंचवाती थीं : एक क्लिप भारी साड़ी को बाजू के ऊपर सम्हालने के लिए, दुबले-तिरछे चेहरे को कैमरे के सामने निकट रखते हुए, काकुल में क्लिपें लगी हुईं। उनके देखे हुए कमला नेहरू के कई चित्र ऐसे ही थे। वह '44 का वर्ष था. . . भारत स्वतंत्र होगा यह लगभग निश्चित था। सामंती युग और 'राजयुग' की मिश्रित संस्कृति थी। 'प्रथमा' कमला नेहरू भी होना चाहती थीं और 'लेडी माउन्टबेटन की बेटी' भी।

'प्रथमा' करुणा की मूर्ति थीं। किंतु उस करुणा में दर्प भाव अधिक था। इस परंपरा में प्रथमा अकेली न थीं। उनकी अनेक भगिनियाँ—चचेरी, मौसेरी सभी उसी सौध में निवास करती थीं। उनमें कलरव नहीं था, एक संयत तथा मंथर-चपलता थी भी तो वह उनके दर्प से दबी रहती थी। सभी अपने-अपने कक्षों में अपनी पद्धति से रहती थीं। भोजन प्रायः एकत्र तथा सार्वजनिक रूप से होता था, किंतु वह कुमारिकाओं का ही समूह-भोज होता था। परस्पर ईर्ष्या, द्वेष तथा मत्सर आदि भावों का अभाव न था, पर उन पर भी एक मसृण आभिजात्य आवरण पड़ा रहता था।

प्रातः जलपान के समय वे अपने-अपने 'समय' से प्रकट होती थीं : एक खूब बड़ी आबनूसी मेज के चतुर्दिक। भोजन की भाँति जलपान की भी उनकी अपनी-अपनी रुचियाँ थीं : प्रथमा अंग्रेजी प्रथा के अनुरूप चाय, टोस्ट, मक्खन और हलका फलाहार करती थीं। कुछ को सुनहरी तली पूड़ियाँ तथा चटपटी सब्जियाँ सुहाती थीं। कुछ जलेबियाँ, समोसे तथा कुछ गाढ़ी गर्म रबड़ी का सेवन करती थीं। कुछ महज़ दो बंगाली रसगुल्ले एवं मूँग की दालमोठ पर ही तृप्त हो लेती थीं। जलपान का यह क्रम दिन के ग्यारह बजे तक तो चलता ही। फिर कुछ का समय फुलवाड़ी में फौआरों के आस-पास आम, लीची या नीबू के पेड़ों तले चहलकदमी करते या अलसाई मुद्रा में कुर्सी पर उपन्यास या कविता पुस्तक पढ़ते गुज़रता। प्रथमा प्रातः यही करतीं। वे बोलती बहुत कम थीं। उनके चलने-फिरने से भी शायद कोई ध्वनि होती। भारी साड़ी को वे चुन्नटें बनाकर दायें कंधे पर चाँदी की क्लिप से बंधित कर देतीं। इससे कंधा किंचित् झुक तो जाता ही, नीचे 'देविका रानी काट' का कंधों पर फूल बना ब्लाउज़ था। उस बंधन के बाद उनकी पीताभायुक्त श्वेत बाँह निरावलंब झूलती-सी रहती। कलाइयों पर दो-दो सोने की

चूड़ियाँ, हथेलियों की ओर खिसकी असहाय-सी पड़ी रहतीं। ...पुस्तक पर नीबू के आधे मुरझाए पीले पत्ते झरते रहते। वे पुस्तक में कम, पुस्तकों से निकले किसी चरित्र-विशेष के साथ एक अज्ञात स्वप्न-यात्रा में चल पड़तीं—एक सुदूर स्वप्न! ...इस क्रम में कब दोपहर ढलान की ओर फिसल जाती, पता न चलता। कुछ धूप के ढलने का आभास और तभी परिचारिका द्वारा सूचित किये जाने पर कि स्नान और ब्यालू का समय हो चला है, वे अलसाई गति से सपनों से बिंधी उनके जाल को समेटने का श्लथ प्रयास करतीं, अपने को खींचती-सी अंतःपुर में प्रवेश कर जातीं।

ब्यालू के समय जलपान का क्रम भी वैसे ही दुहराया जाता। ऋतु-परिवर्तन के अनुसार इस दिनचर्या में यथानुसार हेर-फेर होता रहता। ...किंतु जीवन-क्रम वही होता।

...युवराज सौध के स्वामी का एकमात्र पुत्र था। यद्यपि उसके अध्ययन की व्यवस्था समीप के राजनगर में की गयी थी, फिर भी वह प्रायः सौध में ही निवास करने आ जाता था। बाहरी प्रांगण के किनारे उसके लिए पृथक् से एक लघुकाय किंतु सुसज्जित कुटीर (कॉटेज) विशेष रूप से निर्मित किया गया था। एक भृत्य प्रातः से शयन तक उसके स्नान, प्रसाधन, भोजनादि की व्यवस्था करता। युवराज गौरवर्ण का लंबा, छरहरा युवक था। उसके 'शालिग्राम' के आकारवाले मुखानन में नेत्र प्रधान थे। विशाल, किंचित्, रक्तिम और प्रलंब पक्ष्मवाले। वह संवेदनशील तथा मितभाषी था। आभिजात्यपूर्ण दर्पयुक्त गरिमा भी थी ही।

...कुछ प्रकृति-प्रदत्त प्रतिभा तथा कुछ शैशवकाल से ही नियुक्त शिक्षक के प्रशिक्षण द्वारा उसे तूलिका से चित्र अंकित करने में अभिरुचि थी। प्रभूत मात्रा में रंग-रोगन आदि सहज ही उपलब्ध होने के कारण उसे तैलचित्र निर्मित करने में विशेष आनंद अनुभव होता था।

...उस दिन प्रातःवेला में वह राजा रवि वर्मा या अन्य किसी प्रारंभिक आधुनिक भारतीय चित्रकार से प्रेरित होकर दुष्यंत-शकुंतला का चित्र अंकित कर रहा था।

उसे विशाल पटल पर चित्र अंकित करना अधिक प्रिय था। ...प्रहरों तक चित्रांकन में तन्मय रहने के पश्चात् किंचित् श्लथ होकर जब वह हाथ में तूलिका लिये पीछे हटकर उस अर्धनिर्मित चित्र को निहार रहा था तो सहसा उसका मुख

विवर्ण हो गया—भयातुर-सा भी : उसकी शकुंतला 'श्यामा' थी और मुख प्रायः श्यामा परिचारिका से अभिन्न था। . . .प्रश्वेदयुक्त होकर वह अस्फुट स्वरों में कुछ बुदबुदाया, पटल को उसने विपरीत दिशा की ओर मोड़ दिया तथा पृथ्वी पर बैठ गया : 'राजनगर' से संक्षिप्त अंतरालों के पश्चात् जब भी वह सौध में प्रत्यावर्तित होता था तो श्यामा 'कनक-किरण के अंतराल से' 'लुक-छिपकर' निहारा ही करती थी और यद्यपि हमेशा यह संभव नहीं हो पाता था, तथापि उस संक्षिप्त 'निवास' या उसे प्रवास कहें युवराज उसे किसी-न-किसी 'केलि-कुंज' में प्राप्त कर ही लेता था।

सौध के सन्निकट ही निर्मित एक भवन था जिसमें अधिकतर राज-काज ही होता था और तब की राजभाषा में उसे 'कचहरी' कहते थे। वहाँ राजकर्मचारी 'दिवसावसान' तक कार्यरत रहते थे। राजकर आदि भी वहीं एकत्र किया जाता था। ग्रामों, प्रभागों आदि के अनेक मामले-मुकदमे (यह अधिकार राज्य शासन द्वारा गृहस्वामी को विशेष रूप से प्रदान किया गया था) भी वहीं सुलझाये जाते थे। अतः 'दिनांत' तक तो वह रोर-युक्त रहता था किंतु रात्रि-वेला में केवल कुछ प्रहरी ही—(वहीं राजकोश तथा महत्त्वपूर्ण दस्तावेज़ आदि भी रखे रहते थे) आवागमन करते रहते थे।

भवन के तृतीय खंड पर एक विस्तृत छत थी तथा विशेष रूप से वर्षा ऋतु के लिए निर्मित एक झरोखेदार सुंदर मंडप था।

युवराज अनेक प्रतिकूल परिस्थितियों में उस मंडप का उपयोग 'सहेट-स्थल' के रूप में करता था। श्यामा, सौध के गृह कार्यों को तत्परता से समाप्त कर अपनी सुपरिचित पदचापहीन त्वरा से कभी युवराज के आगमन से पूर्व ही और कभी उसे प्रतीक्षा-पीड़ित करती हुई वहाँ पहुँचती थी। . . .श्यामा के प्रत्येक क्रियाकलाप में आवेग तो होता था पर अपेक्षा नहीं। . . .अपने आवेग को दूसरे में संचरित कर देने में उसे अपूर्व दक्षता प्राप्त थी। जिसे वह नित-नूतन रूप में आविष्कृत करती रहती थी। . . .इस क्रम में कभी-कभी वह उग्र होकर अपनी स्थिति को विस्मृत कर युवराज को आहत भी कर देती थी। अपने फणयुक्त सर्पिल प्रहारों से वह युवराज को मूर्च्छित-सा कर देती। . . .इन बार-बार के प्रहारों से वह चूर्ण-विचूर्ण हो जाता। . . .प्रत्यूष वेला तक यह क्रम अनवरत चलता रहता। युवराज अपने कुटीर में लौटकर ध्वस्त हो जाता।

. . .श्यामा स्नानादि के पश्चात् पुनः उसी तत्परता से अपनी परिचारिका-दिनचर्या में लीन हो जाती। . . .स्वयं द्वारा निर्मित चित्र को श्यामा के रूप में परिलक्षित कर राजपुरुष गंभीर चिंतन में मग्न हो गया था। . . .व्यतीत षडमास उसे पुनः-पुनः अपने भीतर घटित होते प्रतीत होते। एक चित्र-वृत्त था उसके मन में। चित्र में संभवतः इसी की प्रतिकृति प्रत्यक्ष हो गयी थी।

. . .वस्तुतः युवराज ने अपने कौमार्य के प्रथम स्पर्श में यौन-उत्ताप के आवेग के कारण उस सीमा-रेखा का अतिक्रमण कर लिया था जहाँ अनुभव तथा आकल्पन में अंतर शेष नहीं रह जाता है। . . .यह चित्र उसी का परिणाम था।

. . .उस दिन अथवा उस 'क्षण' के पश्चात् युवराज का कायाकल्प-सा हो गया : राजनगर में उसके समवयस्क तथा समकक्ष युवक प्रायः 'आनंदमार्गी' थे। जीवन में आनंद ही उनका लक्ष्य तथा आधार था। युवराज स्वाभाविक रूप से उनके सान्निध्य में नगर के मद्य-गृहों एवं उच्च श्रेणी के आहारगृहों में परिभ्रमण किया करता था। उन दिनों अनेक कारणों से आभिजात्य वर्ग के शिक्षित युवकों की नृत्य गृहों तथा वारांगना गृहों में जाने की परंपरा क्षीण-सी हो रही थी। कुछ विशेष समूहों तक ही वह सीमित रह गयी थी। प्रायः शिक्षित युवतियाँ तथा राज-गृहिणियाँ भी, क्षीण-वपु, क्षीण-कटि तथा कर्तित लघु केशों में—जो वायुवेग से अस्त-व्यस्त होते रहते थे—खुली मोटरकारों में (जिन्हें आंग्ल भाषा में संभवतः 'कन्वर्टेवल कारें' कहते थे, कैनवास के हुडवाली वे कारें उन दिनों अत्यंत प्रचलन में थीं) भ्रमण किया करती थीं। . . .इन कुमार-कुमारियों अथवा निर्भीक गृहिणियों का मिलन भी ऐसे ही आहार गृहों में होता था, जहाँ समलय का कोई विदेशी वाद्य-वृंद बजता रहता था। अदृश्य से मद्धिम प्रकाश में उत्तेजक फुसफुसाहटों में वार्तालाप होते थे। ऐसे 'सुअवसरों' के लिए पृथक्-पृथक् लघुकाय कक्ष निर्मित थे, जिन पर 'आवरण' पड़ा रहता था। . . .अपने इस विशेष युवराज के विषय में सबको विदित था : उसकी कला अभिरुचि, जीवन-पद्धति और उसकी मितभाषिता एवं तरुण गांभीर्य के कारण अनेकानेक तरुणियाँ न केवल उसकी पर्यंकशायिनी अथवा अंकशायिनी होना चाहती थीं, अपितु उसकी जीवन-संगिनी भी होना चाहती थीं। किंतु युवराज का उद्भ्रांत चित्त प्रत्येक में श्यामा के उन्नत उरोज, उन्मुक्त व्यवहार, जम्बूफल की भाँति रस-भरे अधरोष्ठ, दाड़िम-सी दंत पंक्तियाँ, कूजित सीत्कारों आदि की कल्पना भी नहीं कर सकता था। उन पीत, विवर्ण सौंदर्यों और

प्रीत-प्रयासों में वह जीवंतता तथा स्वाभाविक ऊर्जा का भी अभाव पाता था।

युवराज की स्थिति अनेक स्तरों पर दुविधा, द्वंद्व तथा विचित्र विडम्बनाओं से ग्रस्त थी। अपने युवा उन्माद में वह प्रत्येक क्षण श्यामा के कल्पित चित्र निर्मित करता रहता था। निर्गंध किंशुकों की भाँति शुष्क-सौंदर्यों के प्रति वह किसी प्रकार का आकर्षण नहीं उत्पन्न कर पाता था। उनके तथा उसके बीच एक सघन अंतराल था जिसमें अडिग स्पंदित श्यामा का सौंदर्य अपने सभी ऐंद्रिक क्रिया-कलापों के साथ स्थित था। उसकी स्मृति मात्र उसे आवेग तथा उत्तेजना से थरथरा देती थी। ...युवराज चिंतनशील युवक भी था। अपने उन्माद से बाहर आते ही वह श्यामा के संबंध में, उसके तथा अपने संबंधों पर विचार करने लगता : शैशवकाल से ही उसे अपने सौध जीवन अथवा सौध की दिनचर्या से वितृष्णा थी। अपने भावबोध में वह उन्मुक्त तथा सहज दिनचर्या का अभिलाषी था। सौध जीवन की आरोपित दिनचर्या निरंकुश नियंत्रण के आभास को, न जाने कब से वह छिन्न-छिन्न कर देना चाहता था। ...किंतु 'श्यामा' का यह क्रम कब तक चलेगा। क्या उसे वह पूर्णतः प्राप्त कर लेना चाहता है? पूर्णतः प्राप्त कर लेने पर भी इस उन्माद की अनवरतता कब तक चलेगी? अतः युवराज अपने इस उन्माद के प्रति भी सतर्क था : वह अपने इन दो कगारों पर स्थित अनुभवों से शिक्षित तथा संपन्न भी हो रहा था। ...क्या अपने ही उन्माद के प्रति सतर्कता तथा सजगता संभव है? ...एक लंबे अंतराल के पश्चात् उत्तर था ...संभव है।

युवराज के दिवस इन्हीं दो कूलों के बीच व्यतीत हो रहे थे।

...श्यामा उन्मुक्त थी, दुविधा, द्वंद्वविहीन। एक मूर्तिमान ऊर्जा, जो एक कलिका की भाँति पुनः-पुनः युवराज के सम्मुख होते ही सूर्याभिमुख होकर प्रस्फुटित हो जाती थी। यह क्रम चलता रहा। बरस-मास व्यतीत होते रहे।

...सहसा श्यामा विलुप्त हो गयी।

...युवराज ने राजनगर से इस बार कई महीनों के पश्चात् सौध-प्रत्यावर्तित होकर पाया कि अनेक दिवसों की प्रतीक्षा के पश्चात् भी श्यामा न तो परिलक्षित हुई, न सहेट स्थल पर प्रत्यक्ष। युवराज का स्वभाव न तो अपने उद्वेलनों के कारण जिज्ञासा करने का था, न प्रश्न पूछने का। अतएव इसी प्रकार अनेक वासर व्यतीत हो गये। उद्वेलन अंतर में ही ज्वालामुखी बनता रहा—सुषुप्त। लावा न फूटा।

...शनैः-शनैः स्वतः परिज्ञात हुआ कि इसी अंतराल में श्यामा को अपने

ग्राम वापस बुला लिया गया था तथा उसका विवाह अपने ही 'वयकुल-शील' के व्यक्ति के साथ विधिवत् कर दिया गया था। युवराज का ज्वालामुखी वैसे ही प्रसुप्त रहा। केवल वह कुछ और अंतर्मुखी हो गया। उसका अधिकांश समय अपने चित्र-निर्माण कक्ष में व्यतीत होता। इस अवधि में उसने अनेकानेक चित्र अंकित कर दिये थे जो कक्ष की भित्तियों पर क्रमहीन ढंग से यहाँ-वहाँ टँगे थे। प्रत्येक चित्र में श्यामा की ही अनेक मुद्राएँ, भंगिमाएँ, श्वेत दंत-पंक्ति, उन्मुक्त हास्य, कहीं व्याज, व्रीड़ा आदि की रहस्यपूर्ण गोपन अभिव्यक्तियाँ आदि अंकित थीं। यद्यपि युवराज ने कभी श्यामा की नग्न देह को न देखा था, केलिकुंजों अथवा वर्षा मंडप के अंधकार में ही उसकी आवेग अग्नि उद्दीप्त होकर ज्वाला बनती थी। ध्वनि, स्पर्श, स्पंदित-आतुर अन्य अभिव्यक्तियों आदि के माध्यम से ही उस देह को वह चीन्हता था। विचित्र था कि मानो वह दो नेत्रहीनों की रमण-क्रिया थी। कदाचित् स्वाभाविक रूप से इसी कारण उसमें ऐंद्रिक प्रखरता तथा स्मृति की तीव्रता अधिक थी। युवराज अंधकार में आकारग्रहण करनेवाली उस देह को जितना जानता-पहचानता था, आलोक में वह आकार खंडित या विकृत ही होता। अतः उन भित्तियों पर उस देह के भी अनेक चित्र थे। किंतु उन सभी देह-चित्रों में मुखानन विलुप्त थे। यही नहीं प्रत्येक अंग का भी स्वतंत्र रूप से अंकन था : कहीं मात्र मांसल जंघाएँ थीं, कहीं केवल वक्ष, उदर एवं नीवी, पृष्ठ प्रदेश। सबकी मानो स्वतंत्र सत्ता थी। वे मात्र उपांग नहीं थे, 'अस्तित्व' थे। उनसे घिरा हुआ रहकर युवराज मानो आश्वस्त था। श्यामा की आवेगपूर्ण ऊष्मा का घेरा उसे निरंतर आवृत्त रखता था। वह यदाकदा ही अपने उस कक्ष या कुटीर से बाहर निकलता। राजनगर की शिक्षा खंडित हो गयी।

...गृहस्वामी को युवराज की इस उन्मादग्रस्त चित्तवृत्ति से चिंता हुई। राज-काज, अन्य समाज के कार्यों में व्यस्त तथा सक्रिय रहने के उपरांत भी आखिर युवराज उनका एकमात्र पुत्र था। उन्होंने अनेक यत्न किये, शुभेच्छियों तथा विश्वासपात्र सेवकों से मंत्रणा कर उन्मादग्रस्त चित्त के आमोद-प्रमोद के लिए अनेक उपकरणों की सहायता ली, किसी प्रकार उस चित्त में कोई अन्य प्रकार का विक्षोभ उत्पन्न हो, विचलन हो किंतु सारे यत्न व्यर्थ ही गये।

...श्यामा ने विवाहोपरांत एक अत्यंत सुकुमार स्वस्थ, कांतिमय शिशु को जन्म दिया। ...उसे 'कांति शिशु' के अनुरूप ही विकसित भी किया गया। ..

किशोरवय में ही वह कांति शिशु उस प्रांतर् में 'देव-शिशु' के रूप में विख्यात हुआ। श्यामा तथा उसके कृषक पति के गृह में दर्शनार्थियों का समूह एकत्र होने लगा। . . .कस्तूरी की सुरभि की भाँति शीघ्र ही उस 'देव-शिशु' की ख्याति पूरे देश-प्रदेश में व्याप्त हो गयी।

. . .कालांतर में यह सुरभि, युवराज तक भी पहुँची। पर्याप्त काल तक वह उस सुरभि की अवहेलना करता रहा। उसे ऐसी 'सुरभियों' में न विश्वास था, न रुचि थी। वह स्व-निर्मित विश्व एवं 'स्वराज्य' में मग्न था।

. . .युवराज उस 'सुरभि' और श्यामा का संबंध भी न जान सका था। श्यामा उसके लिए उस कक्ष में निरंतर उपस्थित थी। उसके बाहर उसका कोई अस्तित्व न था।

. . .एक दिन अपने कुटीर में शुभकामनाओं के लिए उपस्थित व्यक्तियों के बीच बैठा था। प्रसंगवश 'देव-शिशु' का नाम आया। उन्मथित व्यक्तित्ववाला युवराज सहसा देव-शिशु के पास जाने के लिए प्रस्तुत हो गया। . . देव-शिशु का आश्रम वहाँ से बहुत दूर न था। . . .भक्तों की भारी भीड़ थी। किंतु उस प्रांतर् का युवराज होने के कारण शीघ्र ही उसे देव-शिशु के सम्मुख उपस्थित होने का सुअवसर प्राप्त हो गया. . . आशीर्वाद स्वरूप दिव्य शिशु ने उसे 'फलदान' किया : 'सेब, संतरे और अनार।'

. . .अपने मृत्तिका निर्मित कुटीर से श्यामा यह दृश्य निहार रही थी।

लौटना

अब ठंड इतनी असह्य हो गयी थी कि इस एहसास के बावजूद कि वह एक बेहद खूबसूरत औरत के साथ अपने नसीब को चमकाता हुआ, वहाँ बैठा है—उसे छिपा पाना मुश्किल था। औरत इसे समझ गयी थी, वह मेज पर कुहनियाँ टिकाए झुक कर उससे बात कर रही थी। ठंड उसे भी लग रही थी। उसकी नाक की नोक और कान की लवें सुर्ख हो रही थीं। ऐसा तभी होता था जब उसे सर्दी लगती थी या वह अचानक शरमा जाती थी। हालाँकि उसने एक काला और खूब मुलायम बड़ा कोट पहन रखा था। ठंड इतनी थी कि व्हिस्की के गिलास पर उँगलियाँ पथरा रही थीं। बार-बार घूँट भरने के बाद भी फिर वही हाल हो जाता था, गोया व्हिस्की गले के नीचे नहीं, लॉन की घास पर गिर रही हो।

"तुम्हें ठंड लग रही है ?"

"नहीं, कोई खास नहीं।" अचानक उसे अपनी गर्दन पर लिपटे लंबे-चौड़े मफलर का ख्याल आया, "तुम उसे लपेट लो, यह तुम्हारे गले और कंधों को बचाएगा।" इससे पहले कि वह कुछ कहता, उसने मफलर उतार कर लगभग खुद उसके इर्द-गिर्द लपेट-सा दिया। उसके मुँह से सिगरेट और व्हिस्की की मिली-जुली गंध आ रही थी। वह एक भरी-पूरी कद्दावर औरत थी। केवल शरमाने पर अचानक वह सिकुड़ कर छुई-मुई किशोरी-सी बन जाती थी और वह कब, किस बात पर शरमा जायेगी, बता पाना मुश्किल था। हमेशा गालों की सुर्खी कुछ और दीप्त हो जाती, नाक की नोक और कान की लवों पर जमी। इतना झुकने पर अब वह उसके उरोज देख सकता था—वहाँ हल्का पीलापन और महीन नीली नसों का

जाल था। ठंड का वहाँ दूसरा असर हुआ था। उसका ब्लाउज लहू की तरह लाल था। मफलर लपेटते हुए उसका देखना वह 'देख' रही थी। पर उसकी तन्मयता में कोई खलल नहीं पड़ा। उसे अचरज हुआ कि तब वह शरमाई नहीं।

...वह पिछले हफ्ते से साथ थी और पिछले हफ्ते ही उसने उसे पहली बार देखा था (उसके साथ उसका 'आदमी' था जिसे पति कहने में उसे हिचकिचाहट होती थी—हालाँकि वह पति ही था)। वे दिन-भर साथ रहते थे। प्रायः रात में भी देर तक।

मफलर लपेटकर जैसे उसने किसी बड़े दायित्व से मुक्ति पा ली हो और उसकी ओर देखकर संतोष से मुस्कुराई। जब वह मुस्कुराती तो उसके सुर्ख भरे-भरे होंठ और दमक उठते जैसे सारा लहू वहीं एकत्र होकर फूट पड़ना चाहता हो। लेकिन वह ज्यादा यानी ज्यादा खुल कर कभी नहीं मुस्कुराती केवल ऊपरी ओठ के नीचे दाँत हल्की चमक दिखा कर ही विलीन हो जाते। जबकि उसके दोनों ओठ निरंतर खुले से रहते। वे आपस में पूरी तरह कभी-कभार ही मिल पाते हों। वह यह सब इतनी बारीकी से इसलिए भी देखता क्योंकि उससे बातें कम कर पाता, उसे निहारता ज्यादा। गो कि यह सरासर बदतमीजी थी। किसी भी शिष्टाचार के खिलाफ। वह इसे जानती थी पर उसे बुरा नहीं लगता था। वह भी जानता था उसका बुरा न महसूस करना। वह जब भी चाहती उसे ऐसा करते हुए पकड़ लेती और तब उसकी आँखें हल्की शरारत से चमकने लगतीं। वह हर बार नये सिरे से आश्वस्त हो लेता कि यह छूट उसे 'ग्रांट' हो चुकी है।

"मुझे कल उस औरत के साथ अपने सलूक पर अफसोस है—मैं कैसे वैसा कर सका।" अपनी 'उसी हरकत' के बीच अचानक उसने कहा।

"तुम्हें अफसोस नहीं होना चाहिए। वह तुम्हें 'फँसाना' चाहती थी।" उसके मुँह से 'फँसाना' जैसा फूहड़ शब्द उसे अच्छा नहीं लगा। अभी तक उसमें ऐसा कुछ भी नहीं लगा था जो इस 'शब्द' का उच्चारण कर सकता हो। या करना जानता हो। लेकिन तभी उसे यह भी लगा वह उम्र के बावजूद मूलतः एक पूर्ण रोमांटिक है। रोमांटिक से पहले अपने लिए यह विशेषण लगाना उसे जरूरी लगा। भला इसमें आघातपूर्ण क्या है ? एकाएक लगा कि वह उसकी प्रतिक्रिया की प्रतीक्षा कर रही है। शाम से बैठे-बैठे वह अब बाकायदा नशे में भी आ रहा था। अचानक उसे अपनी प्रतिक्रिया का भी पता चल गया, इसी 'फूहड़' शब्द की प्रतिक्रिया का।

दरअसल इस शब्द पर उसे खुशी हुई थी : कोई औरत उसे 'फँसाना' चाहती थी या है, और दूसरी शाम से साथ बैठकर पी रही बेहद खूबसूरत औरत उसे यह बता रही है। वह गहरे आत्मविश्वास और उत्साह से भर गया। लेकिन यह क्षण बीतते न बीतते उसने अपने उत्साह को बिलखते हुए पाया 'नहीं, तुमने ठीक से गौर नहीं किया होगा। मैं बड़ी बेहूदी हरकत कर बैठा था, मैंने नशे में उसे चूम लिया था, उस औरत को लगभग अजनबी औरत को जिससे कुछ ही घंटे पहले मैं मिला था।' उसने रोनी-सी आवाज में अपने को सुना।

"नहीं, प्लीज, तुम्हें इसका अफसोस नहीं होना चाहिए, उसने केवल तमाशा किया था, तुम्हें फँसाने के लिए।" औरत ने बेजान पड़े उसके हाथ पर अपना गर्म, मुलायम और मजबूत हाथ रखते हुए कहा। पता नहीं उसका हाथ इतना गर्म कैसे था? शायद उसने ओवरकोट में छिपा रखा होगा। पर उसका बिलखना बढ़ गया।

"नहीं, तुम नहीं समझ सकतीं, मुझे पता नहीं था कि मेरे भीतर इतनी ग़लाज़त छिपी हुई है। हालाँकि इसका पता मुझे वर्षों पहले लग चुका था।"

औरत ने उसके दोनों हाथ अपने गर्म मजबूत हाथों में समेटते हुए मुस्कुराकर नर्मी से कहा, "हालाँकि मैं तुमसे काफी छोटी हूँ, पर इस वक्त तुम बच्चों की तरह बिसुर रहे हो।" उसकी दोनों गर्म हथेलियों के बीच नाजुकी से उस आदमी की हथेलियाँ नहीं बल्कि वह खुद बंद था। वह उससे निकलना नहीं चाहता था। जब वह बोला तब उसे एहसास हुआ कि इस दरम्यान एक लंबी खामोशी इस पार से उस पार किसी नाव की तरह आती-जाती रही। हथेलियाँ खुलीं तो वह उस सीपी से बाहर आ गया। मेज पर फिर से ठंडे पड़े उसके बेजान हाथ उसे खुद बिल्कुल अलग लगे। उसे फिर ठंड लगने लगी। बड़ा-सा चाँद ठीक दोनों के सिर के ऊपर आ गया था। बल्कि दो सिरों के बीच। मेज चमक रही थी।

'मैंने अपनी बात गलत जगह छोड़ दी थी,' उसे लगा। लेकिन उसे फिर से शुरू करना उतना ही भद्दा भी था। फिर भी उस आदमी ने कहा, "वह इतने चमकीले कपड़े क्यों पहनती है?"

"कौन?"

"वही औरत।"

"वह अभी तक तुम्हारा पीछा नहीं छोड़ रही है?" उसने बिल्कुल अपनी तरह से मुस्करा कर कहा।

"तुम ऐसी औरत को पहचान कैसे लेती हो?" उसने औरत की ओर सीधे देखते हुए पूछा। वह समझ गयी।

"आखिर मैं भी तो औरत हूँ।" वह फिर मुस्कराई—इस बार अपने हाथों से कम अपनी सपनीली आँखों से ज्यादा।

"उसे बुखार तो नहीं है?"

"किसे?"

"तुम्हारे पति को?"

"नहीं, उसका पेट खराब है, बाहर आने में उसे दिक्कत हो रही थी।"

"क्या तुम लोग हमेशा साथ रहते हो? मेरा मतलब है, रह पाते हो? वहाँ भी?"

"हाँ, क्यों?" उसने तनिक अचरज से पूछा। थोड़ा रुककर वह हँसी, "मैं जानती हूँ, यहाँ सभी ऐसे नहीं रह पाते।"

"हाँ, लेकिन अब कम लोग ही।" वह तनिक उदास हो गयी या लगा कि जरा देर के लिए मुरझा-सी गयी।

"तुम्हें भूख लग आयी होगी, पता नहीं इस वक्त ये लोग कुछ देते हैं या नहीं, शायद हमारे कमरे में कुछ पड़ा होगा।" वह लगभग उठने लगी। पर उस आदमी को भूख बिल्कुल नहीं लगी थी। व्हिस्की और बातों के बीच वे पिछले तीन-चार घंटों में पता नहीं अल्लम-गल्लम क्या-क्या खा गये होंगे। सलाद, भुने हुए पनीर के टुकड़े, कुछ सूखे कबाब और टिक्के भी। लेकिन वह उठकर अपनी स्कर्ट सहेजती हुई कमरे की ओर जा रही थी। पीछे से उसकी चाल में औरत जैसा कुछ नहीं था। उस आदमी को यह अजीब लगा। औरत के लौटने तक उसके भीतर कई बातें गुजर गयीं। नशे के कारण ज्यादा तेज और नुकीलेपन के साथ पिछले हफ्ते में कई बार हमेशा ऐसे मौकों पर इसकी कोई अलग मंशा न रहने के बावजूद उसे हल्के से पीछे धकेल देता था। उसकी चमकीली किस्मत के बीच भी, रेशमी सपनीली आँखों और लहू से लबरेज़ वीर बहूटी ओठ छूते ही फुहार बन जानेवाले चौड़े ओठों और उनकी फाँक के बीच आधे-आधे दमकते दाँत जिन्हें आसानी से जीभ की नोक से सहलाया जा सकता था। इन सबके बावजूद वह पीछे धकियानेवाली चीज क्या थी? वे हथेलियाँ तो नहीं थीं जिनकी मखमली ऊष्मा के बीच अभी कुछ देर पहले वह बंद था। फिर क्या...?

...औरत लौट रही थी। कुछ तेज रफ्तार। उसके हाथ में एक जनाना शाल थी, शोख रंगोंवाली। वह देखकर ही समझ गया, वह कितनी मुलायम होगी। "मुझे थोड़ी देर हो गयी। मैंने उसे दवा देकर लिटा दिया है। वह अभी जगा हुआ है, लेकिन थोड़ी देर में सो जायेगा।" वह फिर स्कर्ट सहेजती हुई कुर्सी पर इत्मीनान से बैठ गयी—मानो उन्हें लगभग रात-भर वहीं बैठना हो। उसके ग्लास में अभी थोड़ी व्हिस्की बची थी। उसने एक नयी सिगरेट सुलगा ली। लाइटर की लौ में सुर्ख शाल में घिरा चेहरा दमक गया। वह उसे उतना ही निहार सका जितनी देर उसके हाथों में दबी सफेद सिगरेट और उन पर झुकी उसकी पलकें दीप्त रहीं। लाइटर बुझाकर सहसा औरत को कुछ ख्याल आया और उसने जलती सिगरेट ऐश-ट्रे पर रख दी और हाथ का शाल उठाकर बिना कुछ कहे उसके दुबले बदन के चारों ओर वैसे ही जतन से लपेट दी जैसे कुछ देर पहले गले के चारों ओर मफलर लपेटा था। उसकी झुकती देह और लिपटती शाल से एक ही महीन खुशबू आ रही थी।

"अरे, तुम यह क्या कर रही हो, यह तो बहुत ज्यादा हो गया?"

"नहीं, कमरे से बाहर निकलते हुए मैंने पाया कि बाहर सर्दी ज्यादा है। कमरा गर्म है। मैं बरामदे से लौट गयी थी।"

"लेकिन मुझे अब चलना चाहिए। रात बहुत हो गयी है और मुझे कुछ दूर जाना है, उस कमरे में नहीं।" आदमी ने उसके कमरे की ओर इशारा करते हुए कुछ मजाकिया लहजे में कहा।

औरत कुछ देर उसे गौर से देखती रही, फिर उठ खड़ी हुई, "चलो, मैं कुछ दूर तुम्हें छोड़ आऊँ। मैं थोड़ा टहलना चाहती हूँ।" वह कुछ बोला नहीं। वे खड़े हो गये और लॉन पार करते हुए चलने लगे। उसे लगा, उसके पाँव कुछ लड़खड़ा रहे हैं। पिछले कई घंटों में कितनी व्हिस्की पी गया होगा? वह याद नहीं कर सका। उस वेटर का चेहरा भी नहीं जो बार-बार कुछ लेकर आता रहता था। उस कुर्सी का आकार या डिजाइन भी नहीं जिस पर वह पिछले वर्षों में न जाने कितनी बार बैठ चुका था। फिर लॉन और बरसाती जिसे वे पार कर रहे थे। आस-पास की कुछ बची-खुची आवाजें और थोड़े से उनींदे चेहरे भी सब धुँधले पड़ गये, फिर भी वह उससे बातें किये जा रहा था।

पिछले घंटों की बातें भी ज्यों की त्यों उसके भीतर जमा थीं। उसने

चलते-चलते उसका हाथ कुछ इस तरह से पकड़ रखा था कि हाथों से ही वह उसके लड़खड़ाते शरीर को भी सँभाल सके। वे बाहरी गेट भी पार कर आये थे। आगे कुछ पथरीली और सुनसान सड़क थी। अचानक वह रुक गया, "अब तुम वापस जाओ, आगे सुनसान सड़क है तुम्हारा जाना ठीक नहीं, न उतनी दूर से लौटना ही।" वह उसकी जिद को समझ गयी।

"अच्छा," कहकर हाथ उसने छोड़ दिया। उतनी सर्दी के बावजूद अलग होती हथेलियों के बीच उनका पसीजना पता चल गया।

"अच्छा।" उसने दुबारा कहा। अबकी बार कुछ बोली नहीं, चुपचाप उसे देखती रही। पथरीली सड़क पर लौटते हुए उसने अपनी मुट्ठी बाँध ली, जैसे मुट्ठी नहीं उस पसीजन को बाँध रही हो।

अपने को सँभालता हुआ वह लौट रहा था। औरत अभी खड़ी लौटते आदमी को देख रही थी। लौटते आदमी को देखती हुई वह सोच रही थी, लौटता आदमी शायद यह कभी नहीं जान पायेगा कि अगले कुछ दिनों में जब वे वापस 'वहाँ' लौटेंगे तो कमरे में लेटे आदमी के साथ वह नहीं रहेगी, हमेशा के लिए।

किला

हम भटक गये थे। हम दोपहर से चल रहे थे और अब शाम हो रही थी। जाड़ों की शाम का अँधेरा पहाड़ी रास्ते को चारों ओर से दबोच रहा था। किसी को पता नहीं था कौन-सा रास्ता हमें पहुँचायेगा। पर हम चलते जा रहे थे, पथरीली चट्टान पर बीच-बीच में ठोकरें खाते। थकान भी अँधेरे की तरह दबोच रही थी। पीछे नाटे बैलों पर हमारा सामान था। उनके गले में बँधी लड़खड़ाती घंटियाँ बज रही थीं। उनके खुर जब भी पत्थरों से टकराते, जंगल का सन्नाटा बढ़ जाता। चढ़ाई और मुश्किल होती जा रही थी—ज्यादा खड़ी और पेड़ों की ऊँची टहनियों की ओर जाती हुई। हम कब तक चलते रहेंगे इस तरह? पगडंडी जिधर ले जा रही थी हम जा रहे थे। हमारे पास सब कुछ था : चावल, आटा, घी, चाय की पत्ती, चीनी, खाना पकाने के बर्तन, स्टोव, थर्मसों में गर्म कॉफी और दो बंदूकें भी। हम कुल आठ थे। पर हम पहुँचेंगे कब? हमारे एक पथ-प्रदर्शक भी थे जिनका कहना था कि वे उस रास्ते से कई बार गुजर चुके हैं और हम ठीक रास्ते पर हैं। उनके हाथ में एक बड़ी-सी टॉर्च थी। वे बीच-बीच में मुड़कर आवाज से उस टॉर्च की तेज रोशनी से ज्यादा-ढाढ़स बँधाते जा रहे थे। पर रास्ता था कि खत्म होने को नहीं आ रहा था।

"पर हम कब तक चलते रहेंगे इस तरह?" आखिर किसी ने पूछ लिया, काफी देर बाद।

"बस, आ पहुँचे हैं।" वे शायद दसवीं बार यह कह रहे थे। अपनी टॉर्च से वे रोशनी की संकरी-सी सुरंग बनाते चल रहे थे और हम सब उसके भीतर

थे। जगह-जगह कँटीली झाड़ियाँ उस सुरंग में 'बैरियर' बनी हुई थीं और हर आदमी हाथ से उन्हें टालता हुआ चल रहा था। हम लगातार कुबड़े होते जा रहे थे, खड़ी चढ़ाई और थकान के कारण।

कुछ देर बाद अचानक चढ़ाई खत्म हो गयी। हम पहाड़ के पठार पर थे। किंतु रास्ता गायब हो गया था। अब कोई रास्ता नहीं था। केवल चारों ओर घनी झाड़ियाँ और लंबी घास से भरा मैदान था। पथ-प्रदर्शक रुक गये, हमारा काफिला भी। हमें ठंड भी लगने लगी थी। बैल झूमते हुए सिर हिला रहे थे। उन्हें सुस्ताने का मौका मिला था। लेकिन हम दिशाहीन थे। जाड़ों की रात में ओस बरसाते आसमान के नीचे भूख, थकान और ठंड में लिपटे हम कुछ सोचने के काबिल भी नहीं थे। हम आठ में से कोई यकायक किसी तरफ चलने लगा। उधर घास कम ऊँची थी और झाड़ियाँ घनी नहीं थीं। फिर दूसरा, तीसरा और आठवाँ भी उधर ही चलने लगा। इस बार पथ-प्रदर्शक सबसे पीछे थे। यह चलना भी चढ़ाई की तरह था। इस बार समतल पर उतना ही लक्ष्यहीन। शायद लग भी नहीं रहा था कि हम समतल पर चल रहे हैं। पैर चढ़ाई का बोझ लिये हुए चल रहे थे। चलते-चलते सबने अलग-अलग पर मन-ही-मन निश्चय कर लिया कि कहीं थोड़ी खुली जगह मिली तो आग जलायेंगे और कुछ खा-पीकर पड़ जायेंगे। इसके अलावा हो भी क्या सकता था?

जब दरअसल खुली जगह मिली, साफ-सुथरी पत्थर की सख्त सतह, तो कहीं से जानवरों के रम्हाने की आवाज आयी, साथ ही खली मिले ताजे कटे चारे की गंध भी। सामने जानवरों का बाड़ा था। करीब पहुँचते ही नादों में मुँह चलाने और चबाने की ध्वनि भी उस गंध में शामिल हो गयी। हम यहाँ सो सकते हैं, गाय-भैंसों के साथ—आदमी न भी हुए तो। हम बाड़े के किनारे-किनारे चल रहे थे, कुछ तेज-तेज।

"कौन?" बाड़े के भीतर से ऊँची आवाज आयी।

"हम यात्री हैं, रास्ता भूल गये हैं।"

"कौन से यात्री?" और हमारे सामने दो कद्दावर आदमी लाठियाँ लिये खड़े थे। हमने उन्हें बताया, जितना उस सवाल की सख्ती और अपनी हड़बड़ी में बता सकते थे। पर वे समझ गये।

हमने पूछा, "किला कहाँ है?"

"बस, पास ही, यहाँ से मुड़ते ही दिखायी देगा।"

"और डाक बंगला?"

"उसके बिल्कुल बगल में।" और वे बाड़े के भीतर लौट गये। बाड़ा खत्म होने के बाद सचमुच मुड़ते ही किला नजर आया। ऊँचे परकोटे से घिरा। उस पहाड़ के सीने पर नक्काशीदार पहाड़ की तरह सवार उसकी बुर्जियाँ अँधेरे को आकार दे रही थीं। परकोटे की बगल से चलते हुए अब हम खुश थे और बातें भी कर रहे थे, एक-दूसरे को छेड़ते हुए। परकोटे के भीतर हमारी आवाजें गूँज रही थीं। गोया उसके भीतर की मनहूस खामोशी में कुछ लोग हों और बातें कर रहे हों।

परकोटा खत्म हो गया। किला हमारी पीठ पर झुका था, पर डाक बंगला? किले की विशाल उपस्थिति के पड़ोस में हमें डाक बंगला तलाशना था। वह काफी देर बाद नजर आया। परकोटे के एक कोने के बाहर दुबका हुआ। खपरैल की छतोंवाला, सफेद नन्हा-सा बंगला। उसके बरामदे में पाँव रखते ही हम लगभग वहीं पसरना शुरू हो गये। हमारे पास एक पेट्रोमेक्स भी था और कुछ लोग उसे जलाने की कोशिश कर रहे थे। मैं बरामदे के खंभे के सहारे बैठा देख रहा था। पेट्रोमेक्स जलाना मुश्किल काम है—लंबा और थोड़ा जटिल। अचानक मैंने देखा कि उस पर झुका हुआ एक हाथ भक् से जल उठा है। मशाल की तरह। अद्‌भुत दृश्य था यह। मेरी थकान उस जलते हुए हाथ की सुंदरता में काफूर हो गयी। मैं देखता रहा मशाल की तरह जलते हुए उस हाथ को—जो खुद एक मशाल था। आखिर लोगों ने भाग-दौड़कर उसे बुझा दिया और अब पेट्रोमेक्स जल रहा था। अपने जालीदार रेशमी लट्टू से झकाझक उजाला फैलाता। मुझे उस जलते हुए हाथ की मशाल बुझ जाने पर निराशा हुई। थोड़ी देर में स्टोव भी जलने लगा। सूरजमुखी के फूल की तरह, उसकी भरभराहट डाक बंगले के बरामदे में भौंरे की तरह चक्कर लगा रही थी। जलते पेट्रोमेक्स के दायरे के बाहर अँधेरा उसी तरह अचल था—अचल और अंतहीन। शायद प्रकाश की सीमा होती है, अँधेरे की नहीं। उस अंतहीन अंधकार से प्रकट हुआ एक आदमी, प्रकाश की सीमा में कदम रखता, अँधेरे की तरह काला-लंबा पूरा, "आप लोग कौन हैं?" उसने पूछा। हमने बताया हम कौन हैं।

"तुम कौन हो?" हमने पूछा।

"मैं डाक बंगले का चौकीदार हूँ।"

हम ज्यादा खुश हो गये, "यह बहुत अच्छा हुआ तुम आ गये, जल्दी डाक बंगले के कमरे खोल दो, हम यहाँ रात वितायेंगे, कल किला देखेंगे।" पर वह हिला तक नहीं, खड़ा रहा, "आपके पास ऑर्डर है ?"

"ऑर्डर ? कैसा ऑर्डर?"

"एस.डी.ओ. साहब का ऑर्डर, नीचे से लिखाकर लाना पड़ता है।"

"नीचे ?" मैंने अँधेरे की ओर देखा, नीचे हम सुवह थे।

"हाँ, विना उसके यहाँ कोई ठहर नहीं सकता, मुझे डेरेवालों ने बताया कि डाकुओं का एक गिरोह बंदूकें लेकर आया है।"

"हम डाकू नहीं हैं, यात्री हैं, किला देखने आये हैं।"

"आप लोग कुछ भी हों, पर विना ऑर्डर के यहाँ कोई नहीं आ सकता।"

"तब हम डाकू ही हैं।" हममें से जिसके पास एक बंदूक थी, बंदूक लेकर उसके सामने आ गया, "हम यहीं रहेंगे और तुम भी, या नहीं तो. . ." उसने अछोर अँधेरे की ओर देखा। चौकीदार का जिस्म आबनूस की तरह चमकीला और तराशा हुआ था। उसका सिर रोशनी के ऊपर अँधेरे में तना था। रोशनी में चमकती बंदूक की दोनाली उसके सामने थी। जलते हुए हाथ की तरह अभी वह भक् से जलेगी. . . चौकीदार काँपने लगा, किसी मलेरिया के मरीज की तरह और दोनाली के नीचे पैरों पर गिर पड़ा, "मुझे मारिए मत, मैं गरीब हूँ, मेरे बाल-बच्चे हैं, यहाँ डेरेवालों के पास भी कुछ नहीं है। बस, गाय-भैंसें हैं, डाक बंगले में कुर्सियाँ और पलंग हैं। आप सब ले जाइए, मुझे मारिए मत।" हमें उम्मीद नहीं थी कि चीजों का रुख इस तरह हो जायेगा।

मैंने नरमी से उसके कंधे पर हाथ रखकर कहा, "देखो, हम डाकू-वाकू नहीं हैं, क्या तुम्हें लगता है कि ये लोग डाकू हैं ?" मैंने बाकी सबकी ओर दिखाते हुए कहा, "हम करीब के गाँव से आये हैं, एस.डी.ओ. साहब हमें जानते हैं, कल जाकर मालूम कर लेना, ऑर्डर का पता होता तो हम जरूर ले आते। पर अब तुम्हीं बताओ, कहाँ जायें, रात है, हम दूर से थके-माँदे आये हैं। तुम्हीं बताओ, डाकू क्या यह सब लेकर चलते हैं ?" मैंने साथ के रसद-पानी और बर्तन-भांड़े की ओर संकेत कर कहा, "तुम हमारी मदद करो, डाक बंगले में न सही, पर क्या हम तुम्हारे मेहमान नहीं हो सकते ? हम खाना बनायेंगे, तुम भी हमारे साथ खाओ, तुम्हारे घरवाले

भी।"

वह चुप रहा, लगभग कुछ न सोचता हुआ, फिर उसने कुर्ते की जेब से चाभियों का गुच्छा निकाला और कमरे खोलने लगा, "कुल तीन कमरे हैं, पलंग पर बिस्तर लगे हैं, गद्दे-तकिये और भी हैं, पर पानी नहीं आ रहा होगा। पीछे के कमरे में वाल्टियाँ हैं। मैं डेरे से ला दूँगा।" फिर थोड़े संकोच से उसने कहा, "मेरे साथ किसी और को भी भेज दीजिए, मैं केवल दो बाल्टी पानी ला सकता हूँ।" हमारे साथ के दो लोग उसके साथ गये और कुछ देर बाद बाल्टियों में भरकर पानी लाये, उससे खूब बतियाते हुए। वह चहक रहा था। उसे रोज ज्यादातर उस वियावान अँधेरे में पीछे की कोठरी में सोना पड़ता होगा। और आज यहाँ आठ लोग हैं, जो डाकू नहीं हैं, मनमौजी और बातूनी हैं। और जो बढ़िया खाना बना रहे हैं। उसने कटते-छिलते ताजा आलू, मटर, गोभी और उम्दा चावलों को देखा और पालथी मारकर मटर छीलने बैठ गया, "साहब, कोई कमी हो तो बताओ, दूध, दही, मसाला ?"

"नहीं-नहीं, कुछ नहीं, अब तुम बैठो।" पर अचानक किसी को याद आया, "अरे, नमक लाना तो भूल ही गये और नमक के बगैर. . .!"

"अभी लाया साहब।" और वह अँधेरे में काले घोड़े की तरह गुम हो गया।

हम अभी भी सशंकित थे, शायद वह लठैत डेरेवालों को बुलायेगा और वे हमारी आफत कर देंगे। पर कुछ देर बाद वह हाँफता हुआ लौटा—एक हाथ में नमक की डिबिया और दूसरे में ताजा हरी धनिया की पत्तियाँ, टमाटर, हरी मिर्च लिये हुए, "साहब, यह आपके डीह की हैं, अँधेरे में जितनी मिलीं ले आया।" धनिये की ताजा पत्तियों की हरी खुशबू स्टोव के जलते तेल के ऊपर तैर गयी। खाना सबने छककर खाया, लेकिन लगभग ऊँघते हुए। वह किसी तरह खाने के लिए तैयार नहीं था पर हमने बड़ी मुश्किल से काफी खाना उसके अंगोछे में बँधवा दिया, दिन के बचे आलू के पराँठे, अचार और भुजिया भी।

बहुत सवेरे वह भैंस का ताजा दूध लेकर आया, पीतल के लोटे में अभी भी भैंस के थनों की गर्मी थी।

डाक बंगले के बाहर दिसंबर की धूप में चाय पीते हुए मैंने किले को देखा।

मटमैले पत्थरों का किला पहाड़ के उस पूरे हिस्से को घेरकर अकड़ा

था—सदियों से पता नहीं कब से? इतिहास के पन्नों से बाहर, किंवदंतियों में, जिनसे बाहर शायद वह रहा भी न होगा। अचानक मैं चौंक गया—मैं केवल किला देख रहा था, पर मेरी निगाह उसके परकोटे पर फिसलती हुई नीचे छलाँग लगा गयी। नीचे, बहुत नीचे पहाड़ के तल पर विराट आईने की तरह चमकती नदी थी। क्या दोनों में कोई ताल्लुक था? किले और नदी में? वह नीचे थी, बहुत नीचे और किला यहाँ ऊपर बना था, नदी से भी विराट आकाश के आईने में अपने को निहारता। दो आईनों के बीच में किला। शायद दो आईने किले को निहार रहे थे—सदियों से, उस समय से भी पहले जब जयशंकर प्रसाद की 'ममता' ने 'शोणभद्र के तीक्ष्ण प्रवाह' को निहारा होगा। पर वह प्रवाह, इस वक्त तीक्ष्ण नहीं मंथर था, बल्कि था ही नहीं, एक ठोस, चमकीली नीली सतह थी, जिस पर कोई चाहे तो चल भी सकता था, मंत्रपूत तपस्वियों की तरह। यह खेल कब से चल रहा था? किले को आकाश और नदी ने देखा। किले ने क्या-क्या देखा?

"साहब, आप बाघ देखेंगे?" मेरे सामने चौकीदार खड़ा था, अपनी चमकती काली काया में उजले दाँत चमकाता हुआ।

"बाघ? कहाँ?"

"यहीं पास ही, पर कुछ दूर जंगल में चलना पड़ेगा।" बाकी सभी लोग भी इर्द-गिर्द जमा हो गये थे, हर कोई बाघ देखना चाहता था, पर कोई बाघ को देख कैसे सकता था, जिंदा बाघ को?

"साहब, घबराइए मत, मेरे साथ आइए। बंदूकें यहीं छोड़ दीजिए।"

"बंदूकें यहीं छोड़ दें, जिंदा बाघ देखने के लिए?"

"हाँ साहब, मेरी बात मानिए, बाघ देखना हो तो बंदूकें यहीं छोड़ दीजिए।" कोई इस बात पर तैयार नहीं था। तय हुआ कि बंदूकें चलेंगी, पर कुछ करेंगी नहीं, वे कुछ करेंगी तो बाघ भी कुछ करेगा। इसके अलावा यह एक कानूनी मामला भी होगा।

वह ज्यादा लंबा सफर नहीं था, पर जंगल बेहद घना था और उसके बीच तीतर, खरगोश और लोमड़ियाँ भाग रही थीं। बंदूकों को कुछ करना नहीं था। चिड़ियाँ उड़ रही थीं और चहक रही थीं, इस पेड़ से उस पेड़ पर। उन्हें शायद बाघ से कुछ लेना-देना नहीं था, वह रुक गया, हम भी रुक गये। करीब पचास गज आगे जहाँ जंगल कम घना था—एक मांद थी। उसके गहन नीले अँधेरे में

सूरज मुश्किल से पहुँच रहा था।

"बस," चौकीदार ने कहा और आसमान की ओर देखा, "अभी समय है, आइए।" वह पास के एक लंबे-चौड़े पेड़ के पास गया और ऊपर पहुँच गया, "सभी लोग धीरे-धीरे यहीं चले आइए, आवाज मत कीजिए, मत बतियाइए।" जाहिर है, सबको पेड़ पर चढ़ना नहीं आता था, पर उसने हाथ बढ़ाकर सबको किसी तरह खींच लिया। ऊपर की चिड़ियाँ उड़ीं और हम समझ गये, किसी ने कहा, "बाघ ?"

वह मुस्कुराया, "नहीं, अभी नहीं, चुपचाप बैठे रहिए।" हम अलग-अलग डालों पर रीछों की तरह बैठे थे। सबसे ऊपर की डाल पर हमारे दल का सबसे भारी-भरकम आदमी बंदूक ताने हुए, पसीने से तर-बतर। काफी वक्त गुजर गया। हम बगैर हिले-डुले बैठे रहे। 'पर आखिर कब तक हम बैठे रहेंगे ?' जैसे कल हम पूछ रहे थे—आखिर कब तक हम इस तरह चलते रहेंगे ? चौकीदार ने फिर आसमान की ओर देखा और ओठों पर उँगली रख ली, उँगली जैसे उसने अपने ओठों पर ही नहीं पूरे जंगल पर रख दी हो। जैसे पवन भी रुक गयी और परिंदे पर मारना भूल गये। जैसे वह मुकम्मल खामोशी एक प्रतीक्षा थी। आदमियों के बादशाह की प्रतीक्षा से अलग। सबकी टकटकी वहाँ थी, जैसे सब एक तोप की नाल के भीतर झाँक रहे हों, पर वहाँ से कोई लपट या शोला नहीं निकला। निकला एक सुनहरा शरीर, चमकीली काली झालरों में लिपटा। वह एक बहुत बड़ा सिर था जिसने सबसे पहले आसमान को ही देखा, फिर एक 'सर्च लाइट' की तरह धीमे से घूम गया। और पूरा शरीर बाहर आ गया, अपनी गर्वीली सालस चाल से हरेक पंजे का पूरा वजन धरती पर धरता हुआ हमारे पेड़ से कुछ दूर वह मंथर-मंथर गुजर गया, पत्तियों की परछाइयों में खोता-दीखता।

चौकीदार का चेहरा दमक रहा था, जैसे उसने कोई खिला हुआ फूल देख लिया हो। काफी देर बाद वह बोला, "साहब, देखा बाघ !" वह हमारी आँख से न जाने कितनी बार देखे हुए उस बाघ को पहली बार देख रहा था। उसी ने देखा बाघ। हममें से अधिकांश के चेहरे थरथराते और गीले थे। बदहवास और पीले। किसी तरह हम नीचे उतरे। उतरते हुए हमारे पथप्रदर्शक पांडेजी लद्द से गिर पड़े। उन्होंने डालों पर जमी काई को भद्दी-सी गाली दी।

"चलो साहब, कोई डर नहीं, वह झरने पर गया है, बड़ी देर बाद लौटेगा, आप इधर से चलो।"

वह दूसरा रास्ता था ज्यादा घना, हरा और नम। सूरज अभी वहाँ की ओस सुखा नहीं पाया था।

"तुम्हें डर नहीं लगता?" मैंने चौकीदार से पूछा।

"नहीं साहब, डर कैसा?" वह मेरे सवाल से हैरान था।

"बाघ से?"

"बाघ से? नहीं साहब, वह तो यहाँ रहता है बहुत दिनों से, सभी जानते हैं।"

"पर कल तुम डर गये थे?"

"किससे साहब?"

"इससे।" मैंने धूप में चमकती काली दुनाली दिखाते हुए कहा। वह झेंप कर हँस पड़ा—अपने सफेद दाँत चमकाते हुए, "साहब, यह तो बंदूक है।" उसने धीमे से कहा और चलने लगा। रास्ते में उसने पेड़ों की छाल और झाड़ियों के पत्तों से चिपके तरह-तरह के कीड़े दिखाये जो हमारे लिए कीड़े नहीं थे—हरी, पीली सुर्ख मखमली बिंदियाँ थीं या जगह-जगह जड़े हुए रंग-बिरंगे नगीने।

अगली सुबह हम लौट रहे थे किले के परकोटे से लगे-लगे चलते। हमारा पथप्रदर्शक चौकीदार था, जो हमें उस रास्ते पर ले जा रहा था जो हमें जल्दी नीचे पहुँचायेगा, बिना भटके हुए। परकोटे का सिरा पास आ रहा था। किला हमारी पीठ पर था, पर शायद हममें से किसी को उत्सुकता या निराशा नहीं थी कि हम परकोटे के भीतर नहीं गये।

प्रूनिंग

. . .इसी बरामदे में बैठे-बैठे देखा है : 'बदलता है रंग आसमाँ कैसे-कैसे ?' . . .किंतु यह किसी लाक्षणिक अर्थ में आसमाँ का रंग बदलना नहीं है, बल्कि सुबह का आसमान कैसा होता है, दोपहर का, शाम का और रात का ? जब अँधेरा हर रंग में एक समता का भाव भर देता है। इसके अलावा अलग-अलग मौसमों का आसमान : धारासार बारिश में, तपती, सूखी, धूल-भरी दोपहरी का, या 'भारहीन तिरते पक्षियों' से भरा अक्टूबर का गहरा नीला आसमान. . .इस बरामदे और उस आसमान के बीच शीशे की एक झीनी दीवार है जो अकसर देखते-देखते आँखों से ओझल हो जाती है—जैसे उसके और आसमान के बीच कुछ नहीं है, अगर कुछ है तो एक अथाह चुप्पी और अभेद्य शून्य !

. . .तब उस कस्बे में—जो तेजी से शहर में तब्दील हो रहा था—आया ही आया था और बरामदे से कुछ नीचे, सेबों की उस छोटी-सी 'बगीची' (उसे बगीची ही कहना ज्यादा मौजू लगता था) को देखा करता था। सितंबर-अक्टूबर के दिनों में जब आसपास का सब कुछ दोपहरी में 'अलस और उदास' सा हो जाता था, वह सुर्ख रंगों से फटे पड़ते सेबों को देखता। उन सेबों के मुकाबले सेबों की टहनियाँ कितनी नाजुक और कमजोर-सी लगतीं, खासतौर पर जब अचानक बादल घिर आते तथा बिना किसी चेतावनी के जोरों से बारिश शुरू हो जाती। सब कुछ धुँधला पड़ जाता। बारिश के नुकीले तीर सुर्ख दहकते सेबों को बेरहमी से बींधने लगते और वे थरथराते हुए उन्हें झेलते। कभी-कभी जब वे हवा में ऊँची-ऊँची पेंगें लगाते तो मालूम होता कि वे टूटकर हवा में उड़ जायेंगी. . .लेकिन

शायद ही कभी ऐसा हुआ हो। टहनियाँ हमेशा ही सम्हल जातीं। ...सुर्ख सेब ऊधम मचाकर शांत और शिथिल पड़ जाते। सफेद, उजली धूप निकल आती। सेबों पर ढुलकती बूँदें पारे की तरह चमकने लगतीं।

...इस बरामदे से दूसरे बरामदे के बीच फासला बहुत कम था। ...उन लोगों के बारे में जानकारियाँ बहुत धीरे-धीरे मिलीं :

"आप बहुत स्वस्थ नहीं लगते।"

..."जी हाँ, मैं इन दिनों कुछ बीमार चल रहा हूँ, वैसे भी मैं दिल का पुराना मरीज हूँ।"

"...ओह, लेकिन आपकी उम्र तो बहुत ज्यादा नहीं लगती।" वे उदास हो गयीं। वह एक बेहद मानवीय बूढ़ी औरत का चेहरा था और उसमें से जो झाँक रहा था, उसे करुणा, सहानुभूति या दया जैसे कामचलाऊ शब्दों में बाँधा नहीं जा सकता।

"नहीं, उम्र तो बहुत नहीं, पर पैंतालिस का तो हूँ ही।"

"पैंतालिस? पैंतालिस की उम्र क्या होती है?" जाहिर था, वे उसकी और अपने पति की उम्रों की अनजाने ही तुलना कर रही थीं। ...वे स्विट्ज़रलैंड में डॉक्टर थीं और केवल लंबी छुट्टियों में अपने पति, बेटे और पोते-पोतियों से मिलने आती थीं।

...उस दिन भी वह बरामदे में बैठा उस बूढ़े दंपति और उनकी गुड़िया-सी पोती को देख रहा था जो अपनी दादी की उँगली पकड़े 'बागीची' में नाचती फिर रही थी। ...वे उस सुबह हाथों में दस्ताने पहने एक बड़ी कैंची से कँटीले गुलाबों के लतरों की छँटाई कर रहे थे।

...अचानक वे रुक गये, उनका झुर्रियों भरा चेहरा और तमतमा गया, "यह कहाँ से आया? कौन लाया इसे?" वे प्रायः चीख से पड़े। पहले उन्होंने अपनी पत्नी को देखा और फिर शीशे के पीछे दुबकी उसकी काया को? ...वह अचानक अपने को अपराधी महसूस करने लगा।

"आपके यहाँ बहुत लोग आते हैं, इसे कौन लाया?"

"किसे?" उसने बड़ी मुश्किल से पूछा।

"इसे, इस जहरीली बेल को? यह जंगल की आग की तरह फैलती है और आसपास के तमाम फूल-पत्तों, पौधों को तबाह कर देती है।"

...दुर्भाग्य से उसे ऐसी किसी जहरीली बेल के बारे में पता न था जो अपनी ही स्व-जातियों को इस तरह बरबाद कर देती है। ...वे अपने दस्तानों वाले हाथ में एक पत्ती को हवा में लहरा रहे थे, वह एक हरी पत्ती थी। एक बिल्कुल छोटी, हरी, निरीह पत्ती। ...जैसी कि तमाम पत्तियाँ होती हैं।

.. वह तत्काल कुछ भी तय नहीं कर पाया। ...शायद उसके यहाँ आने वाला लड़का, लड़की, दोस्त या कोई महज मिलनेवाला अपनी बेखुदी में उसे टूँगता और मसलता हुआ लाया होगा और उसके विध्वंसक परिणाम से बेखबर होगा।

"कुछ लोग इस जहरीली बेल को दूसरों की खूबसूरत बल्लरियों और बगीचों को बरबाद करने के लिए जान-बूझकर ले आते हैं। यह एक व्यापक और सामूहिक षड्यंत्र है जो लोग अपने फूलों, बगीचों को दूसरों से बेहतर या सर्वोपरि बनाने के लिए रचते हैं। आश्चर्य है कि आपको अभी तक इसके बारे में कुछ भी नहीं पता?"

"नहीं, यकीन कीजिए, मुझे इसके या ऐसे किसी षड्यंत्र के बारे में कुछ भी नहीं पता।" वह लगभग रुआँसा हो गया। उसे अपने दिल के आसपास बेहद कमजोरी महसूस होने लगी। .. क्या वह ऐसे किसी हादसे से मर भी सकता है? ...सहसा शायद वे कुछ समझ गये, "मैंने उसे हटा दिया है, वक्त पर देख लिया, अब कुछ नुकसान नहीं होगा। ...शायद गलती से ही कोई इसे लाया होगा। ...आप आराम करें। मुझे अफसोस है, मैंने आपको परेशान किया।" वे अपनी गुस्सैल गुलाबी मुद्रा में लंबी कैंची से बेलें कतरते हुए आगे बढ़ गये।

...वे सुबह कब उठते उसे पता नहीं चलता। वह खुद पीछे के स्टेशन पर जब पहली पैसेंजर ट्रेन आती तो उसकी आवाज से उठता। बीच में इससे पहले उसकी नींद तब खुलती जब तीन-पौने तीन के आसपास मालगाड़ी गुजरती। उस वक्त नींद दुबारा अलसाये सुकून में दुबारा सोने की तैयारी में खुलती थी।

...पर एक दिन सुबह उसे कुछ जरूरी चेक-अप्स के लिए अस्पताल जाना था। बाहर गेट पर जब एंबुलेस ने हार्न बजाया तो वह हड़बड़ाकर उठ बैठा और जैसे-तैसे कपड़े पहनकर एंबुलेंस में घुस गया। गेट के आगे मोड़ पर उसने उन्हें सफेद हाफ पैंट और कमीज में आते हुए देखा। वे दौड़ रहे थे, थोड़ा हाँफते हुए। उनका सुर्ख चेहरा तमतमाया हुआ था, गोया अभी लहू टपक पड़ेगा। बाद में

मिसेज डैनियल ने बताया कि वे रोज सुबह उस छोटी-सी पहाड़ी के चारों ओर कई चक्कर लगाते थे। ...कभी उसकी नींद लंबी कैंची से कँटीले गुलाबों की बेलों की 'प्रूनिंग' की आवाज से खुलती। ...धीमी-सी कट्-कट् करती आवाज कभी पास आती, कभी दूर जाती। उठने पर वह बरामदे के शीशों से किसी भी मोड़ पर उन्हें देख सकता था। वे उसकी ओर देखते नहीं थे, पर उनके चेहरे से उसके बरामदे में होने के एहसास का पता चल जाता था। वे तब तक उसकी ओर नहीं देखते जब तक वह स्वयं दरवाजा खोलकर उनके सामने नहीं आ जाता था। तब वे अपनी थोड़ी फँसी-सी मद्धिम आवाज में 'गुड मार्निंग डॉक्टर' कहते और प्रूनिंग करते हुए आगे सरक जाते। उनकी लगातार ऐसी उपस्थिति या निहायत सीमित, बँधी-बँधाई दिनचर्या से उसे कभी झुँझलाहट नहीं होती थी। हालाँकि कभी-कभी हैरानी जरूर होती थी कि कोई आदमी लगातार बरसों ऐसे कैसे रह सकता है?

...यह अजीब संयोग था कि जिस सुबह वह इस कॉटेज में पहली बार आया था, वे तब भी चमड़े के दस्तानोंवाले हाथों में कैंची लिये 'प्रूनिंग' कर रहे थे और जब वह आखिरी बार शहर और कॉटेज छोड़कर जा रहा था, तब भी वे हाथों में कैंची लिये हुए टैक्सी के पास उसे विदा देने आये थे : "टेक केयर डॉक्टर, गुडबाई।" उनकी आँखों के नीचे की थोड़ी सूजी हुई थैलियाँ थरथरा-सी रही थीं।

...प्रूनिंग करने के कुछ देर बाद वे बरामदे के सामने की शीशेदार बालकनी में आ जाते थे : वहाँ एक छोटा-सा संकरा दीवान स्थायी रूप से पड़ा रहता था। उनकी गाँठदार सख्त-सी उँगलियों में सिगरेट फँसी होती और दूसरे हाथ में झागदार बीयर से भरा हुआ मग। तब भी वे किसी ओर देखते हुए नहीं होते थे। उन्हें उस तरह देखकर उसे लंबे लबादोंवाले कुछ तिब्बती लामाओं की याद आती। ...वे वहाँ तब तक बैठे रहते जब तक उँगलियों में फँसी सिगरेट और मग की बीयर खत्म नहीं हो जाती थी। उसके बाद शायद वे लंच के लिए उठ जाते होंगे।

"...क्या वे कभी बीमार होते थे?" एक दिन उसने मिसेज डैनियल से पूछा था।

वे हँसने लगी थीं, "नहीं, वे कभी बीमार नहीं पड़ते थे। लेकिन उनका कोलोस्ट्रॉल जरूर बढ़ जाता है, तब उन्हें नियमित रूप से इंजेक्शंस लगवाने पड़ते हैं," मिसेज डैनियल फिर हँसने लगी थीं, जैसे उन्हें अपने पति के बीमार पड़ने पर

यकीन न होता हो।

"वे कभी कोई 'पेट्स' नहीं रखते। वे उन्हें अनेक खतरनाक बीमारियों की जड़ मानते हैं जो उनके रोओं से फैलती हैं। इसके अलावा वे अकसर घर गंदा कर देते हैं। इन्हें हर तरह की गंदगी से नफरत है। ये 'पेट्स' बहुत समय और ध्यान चाहते हैं जो अपने-आपमें बेहद परेशान कर देनेवाली बात है। एक तो उन पर इतना समय जाया करना, दूसरे वे जब चाहें आपके काम में खलल डाल सकते हैं, तब हमें उनके प्रति थोड़ा क्रूर होना पड़ता है, जिसके लिए बाद में पछतावा होता है। मेरा भी ख्याल है कि हमें इनसे बचकर ही रहना चाहिए।"

मिसेज डैनियल अपने पति के विपरीत काफी बातूनी थीं और उनके साथ बात करने में लुत्फ भी आता था क्योंकि वे स्वयं अपनी बातों में निश्छल रस लेकर बतियाती थीं।

..उस दिन उसका बी. पी. अचानक बहुत बढ़ गया था। दस बजे उसकी क्लास थी, देर हुई तो क्लास के स्टूडेंट्स वहीं आ गये। कभी-कभी ऐसा होता था। वह घर में ही कुर्सी या बिस्तर पर ही बैठा-बैठा क्लास ले लिया करता था। नोट्स लेनेवाले थोड़े से लोग ही हुआ करते थे। उस दिन भी वे उसके इर्द-गिर्द जमा हो गये थे। दरवाजा खुला था तभी सामने से मिसेज डैनियल गुजरीं, "गुड मार्निंग डॉक्टर, क्या बात है? बहुत से नौजवान इकट्ठा हैं यहाँ? कोई पार्टी-वार्टी है क्या? मैं भी आ जाऊँ?" उन्होंने कुछ ऊँची आवाज में ठिठककर पूछा। जब उसने बताया तो वे चिंतित हो गयीं, "आपने मुझे बताया क्यों नहीं? मैं सचमुच की डॉक्टर हूँ, आप लोगों की तरह झूठ-मूठ की तरह की नहीं।" अचानक उन्होंने एक नजर विद्यार्थियों पर डाली, "ओह, मुझे पता नहीं था, आप लड़कियों में इतने पापुलर हैं।" वे परिहास से चहककर बोलीं। स्टूडेंट्स की आँखें शरारत से चमकने लगीं। वह झेंप गया। सचमुच उस दिन लड़के इक्के-दुक्के ही थे। लड़कियाँ ही ज्यादा थीं। तभी सामने से मि. डैनियल का चेहरा गुजरा। उन्हें किसी भी तरह की भीड़ या लोगों के छोटे-से समूह से भी बेहद नफरत थी। ..वे सोच रहे होंगे ये शरारती लड़के-लड़कियाँ उनके सजे-सजाये बगीचे का सत्यानाश कर डालेंगे।

...ऐसा एक बार हुआ भी था। यह पिछली गर्मियों की बात है। उसे नीचे अपने शहर जाना पड़ा, उन्हीं दिनों मैदानों से उसके एक मित्र आये थे—यूनिवर्सिटी के किसी काम से। जब उन्हें पता चला कि वह महीने-भर के

लिए बाहर जा रहा है तो उन्होंने एक प्रस्ताव रखा : वे लगभग महीने-भर उसकी अनुपस्थिति में उस कॉटेज में सपरिवार रह सकते हैं? उनकी पत्नी और बच्चों को बहुत अच्छा लगेगा। उसे इस प्रस्ताव में इनकार करने लायक कोई बात नजर नहीं आयी और उसने तत्काल स्वीकार कर लिया और उन्हें उनके संकोच के लिए थोड़ा उलाहना भी दिया। . . .पूरा महीना गर्मियों की तपिश में गुजारकर जब वह उस सुबह टैक्सी से अपनी कॉटेज की गेट पर उतरा तो फाटक से कुंडी हटाने की आवाज सुनते ही मि. डैनियल बाहर आ गये। उनका चेहरा बुलडॉग, ग्रेहाउंड, एलशिसियन और कुछ ऐसे ही खूँखार जाति के जंतुओं की तरह खौफनाक ढंग से तमतमाया हुआ था। लेकिन वे बोले कुछ नहीं। थोड़ी देर तक उसका गेट में घुसना, अपनी कॉटेज की तरफ जाना देखते रहे और फिर मुड़कर अपने बंगले में वापस चले गये—ठीक वैसे ही जैसे कोई आहट सुनते ही उपरोक्त जाति के जंतु चौंककर तत्परता से बाहर आ जाते हैं और प्रायः बिना कुछ शोरगुल किये हुए ही मुड़कर वापस चले जाते हैं।

. . .उसने कॉटेज का ताला खोला और नीचे की मैट घसीटते हुए दरवाजा खोला जिसके पीछे महीने-भर की डाक, पत्र-पत्रिकाएँ धूल में सने हुए जमा थे, अंदर सीलन, धूल और बंद हवा की गंध भरी थी। बाथरूम से पानी टपकने की आवाज आ रही थी। कुली ने पीठ की रस्सी ढीली करते हुए सूटकेस और होल्डाल नीचे उतारा और पीठ सीधी करते हुए बाहर के चबूतरे पर सुस्ताने लगा। बरामदे में हमेशा की तरह मेढक-कुर्सी अपनी जगह थी और बगल में किताबों तथा पत्रिकाओं से अटी मेज। सब पर मोटी धूल की तह। वह बिना इन सबकी परवाह किये हुए धम्म से कुर्सी पर बैठ गया—भीतर तीस घंटों की यात्रा की थकान ही नहीं, महीने-भर तक बेतरह प्रतिकूल दिनचर्या में लगातार रहने की ऊब और तनाव भी भरे थे। . . .उसने सामने की ऊँची पहाड़ी पर आफिसर्स मेस की ओर देखा और थकान की गाँठें खुलने लगीं। वह 'वापस लौट' आया है। उसने कुर्सी पर सुस्ती और सुकून से सिर पीछे रखते हुए सोचा। कुली—जैसी कि उसकी आदत थी कुछ देर बाहर धूप में वैसे ही पसरा पड़ा रहा फिर उठकर चला गया। . . .कुछ देर बाद वह भी अलसाया-सा उठा, बाथरूम से देगची में पानी लेकर हीटर पर रखा और फिर वापस कुर्सी पर बैठ गया। . . .तभी फिर सामने से मि. डैनियल दिखायी पड़े। इस बार वह महीने-भर बाद मिलने के उपलक्ष्य में ग्रीट

करने के लिए दरवाजा खोलकर बाहर आ गया, "गुड मार्निंग मि. डैनियल, कैसे हैं आप?" उसने गर्मी और अदब से मुस्कुराते हुए पूछा।

"मैं ठीक हूँ डॉक्टर, आपकी छुट्टियाँ कैसी बीतीं?"

"वैसी ही जैसी इस गर्मी में मैदानों में बीत सकती थीं और फिर शादी-ब्याह का माहौल।"

"ओह हाँ, आप परिवार में किसी शादी में शामिल होने गये थे। मुझे याद आया। इस साल यहाँ भी इतनी गर्मी है और फिर वहाँ तो। ..."

"जी हाँ, मैं तो बिल्कुल पस्त होकर लौटा हूँ।"

"मैं कुछ भिजवा दूँ? चाय, गर्म पानी?"

"जी नहीं, शुक्रिया, चाय और नहाने का पानी मैंने गर्म होने के लिए रख दिया है।" मि. डैनियल अपनी 'प्रूनिंग की कैंची' लेकर आगे बढ़ने को ही थे कि अचानक जैसे उन्हें कुछ याद-सा आ गया, "आप अपनी कॉटेज कुछ लोगों को रहने के लिए दे गये थे क्या?"

"जी हाँ, वे लोग मेरे एक मित्र के परिवार के लोग थे, वे गर्मियाँ यहाँ बिताना चाहते थे। आप तो जानते ही हैं, गर्मियों में यहाँ सैलानियों का सैलाब-सा उमड़ पड़ता है, तिल रखने को भी जगह नहीं मिलती।"

"यस, यस, आई नो, पर वे लोग कुछ अजीब थे, स्ट्रेंज पिपुल।" वे चिंतित और परेशान होकर बोले।

"क्यों? कुछ हुआ क्या?" वह घबरा-सा गया।

"जी हाँ, एक तो उनके बच्चे बहुत थे, बेहद नॉटी फिर वे बहुत गंदे और बदतमीज किस्म के लोग थे।" उसकी सारी थकान हुस्स हो गयी, मारे घबराहट के वह थरथराने-सा लगा।

"उन बंदर बच्चों ने मेरे बगीचे को बरबाद कर दिया, सारी लतरें नोच डालीं, दिन-रात फूल तोड़ते रहते थे, सेबों के कच्चे फल तोड़ लिये। चारों तरफ नालियों में कूड़ा-कचरा भर दिया। ...आई एम सॉरी डॉक्टर, उन्होंने कॉटेज के बाहर 'शिट' भी कर दिया। मैं अपने जमादार से रोज साफ करवाता रहा पर रोज फिर वही हरकत। मैंने आपके दोस्त से यूँ ही कह दिया तो वे बिगड़ गये, डॉक्टर, उन्होंने मुझे 'फिरंगियों की बची-खुची औलाद' कहकर गाली दे डाली। मैं आपकी वजह से चुप रहा वरना मैं उन्हें पुलिस के हवाले कर देता।" वह हैरान और स्तब्ध

रह गया। उसे अपने दोस्त से ऐसी उम्मीद न थी—बच्चों ने जरूर ऐसा किया होगा। सेब उनके लिए नियामत थे और फूल? ...उनके भीतर हल्की-सी शरारत उभरने लगी। गुस्से से खौलते हुए मि. डैनियल उसे दिलचस्प लगे। मानो कोई 'लंका दहन' हो गया हो।

"आई एम सॉरी मि. डैनियल, मैं बहुत शर्मिंदा हूँ। मैं उनकी ओर से माफी माँगता हूँ। अब इस कॉटेज में किसी का परिवार नहीं आयेगा।"

"नो डॉक्टर, आपको दुखी या शर्मिंदा होने की जरूरत नहीं, यू आर ए जेंटिलमैन, आई नो यू। ...पर आप जानते हैं—ये लोग होते ही ऐसे हैं। इनमें जीने, रहने, दूसरों से व्यवहार करने की तमीज ही नहीं है, न आयेगी।" वे अपनी 'प्रूनिंग की कैंची' लेकर आगे बढ़ गये। '...ये लोग?' कौन लोग? वह सोचता रह गया।

दरअसल मि. डैनियल की दूसरों में, दूसरे लोगों में दिलचस्पी खत्म हो चुकी थी। वे अपने-आपमें मुक्कमिल थे। उन्हें किसी दूसरे की जरूरत नहीं थी। किसी भी दूसरे का होना उन्हें अपने होने में खलल डालता प्रतीत होता था। उनकी जिंदगी एकदम नीरंध्र थी। यह ठीक-ठीक अनुमान कर पाना मुश्किल था कि उनके ताल्लुकात मिसेज डैनियल के साथ कैसे थे। यह मिसेज डैनियल से पूछा नहीं जा सकता था। पर ऐसा लगता था जैसे उनमें एक मूक समझौता हो चुका था और वहाँ एक-दूसरे से उलझने की कोई गुंजाइश नहीं बची थी। दोनों की जिंदगियों में एक तरह की स्थिरता आ चुकी थी और इस तरह का कोई समझौता किया जाना असंभव नहीं लगता था।

...मि. डैनियल ने अपने घर में कोई 'कॉलबेल' नहीं लगवायी थी। उसका पता उसे काफी दिनों बाद चला : एक बार उनसे कोई जरूरी जानकारी प्राप्त करनी थी, लेकिन बाहर कहीं वे नजर नहीं आ रहे थे। प्रूनिंग का वक्त भी खत्म हो चुका था और सिगरेट-बीयर का भी। वे शायद सो रहे थे। वे दिन में सोते तो थे नहीं—जाने कैसे उसे इस बात का भरोसा हो चला था। लेकिन आखिर वे उस ढाई मंजिले घर में कहाँ होंगे, यह जानने का कोई जरिया भी नहीं था। हालाँकि उनके शीशेदार घर में खिड़कियाँ ही खिड़कियाँ थीं—जैसे कि अमूमन पहाड़ी घरों में होती हैं, पर उन सब पर दुहरे-तिहरे परदों की पर्त पड़ी थी और हमेशा छाई रहनेवाली खामोशी। खिड़कियों की तरह उनके घर में दरवाजे भी अनेक थे।

उसने घर के बाहर की सीढ़ियों पर चक्कर लगाना शुरू किया—किसी दरवाजे के बाहर 'कॉलबेल' होगी जरूर। बाहर पीतल की एक बड़ी-सी 'नेम प्लेट' थी और वहीं 'कॉलबेल' को होना चाहिए था, पर वह वहाँ थी नहीं। फिर वह कहाँ हो सकती थी? ...उसने बौखलाहट में कई चक्कर लगा लिये। अंत में उसने लगभग सभी दरवाजों को थपथपाना शुरू कर दिया। अंत में जो दरवाजा खुला वह किचन का था। वहाँ मि. डैनियल को पाकर उसे जो घबराहट हुई उससे कहीं ज्यादा हैरान मि. डैनियल वहाँ खड़े थे।

"क्यों डॉक्टर, क्या बात है?" उसके कुछ कहने से पहले उन्होंने फिर कहा, "अंदर आ जाइए।" ...इस तरह वह पहली बार उस घर में गया था, किचन के रास्ते। ...उसे लगा, वह उन्नीसवीं शताब्दी के किसी 'ब्रिटिश उपन्यास' वाले घर में घुस आया है। ...लकड़ी और 'मड' से बने उस पुराने घर में हर चीज़ बेहद करीने से रखी थी। वे तादाद में भी कम नहीं थीं। सबसे पहले उसे अचरज हुआ कि वे सबकी सब उस घर में समा कैसे पायी थीं।

...किचन, अंदर एक बड़े हॉल में खुलता था जो विधिवत ड्राइंगरूम नहीं था : वहाँ भारी-भरकम एक सोफासेट था। बिल्कुल निजी शैली और दिलचस्प आकारवाले फर्नीचर्स वहाँ थे। वह खिड़की जो लॉन और घाटी की ओर खुलती थी—वहाँ एक 'रॉकिंग चेयर' थी, उसकी बगल में एक तिपाई और उस पर उसी के आकार के अनुपात का टेबिल लैंप, रेशमी शेडवाला। उसके बगल की सबसे बड़ी खिड़की के पास अपेक्षाकृत बड़ी नक्काशीदार मेज थी—काले आबनूस की लकड़ी की। उस पर लिखने का पैड, पुराने ढंग का शीशे का खूबसूरत कलमदान और गोल शेडवाली लैंप। अलग-अगल खिड़कियों के पास अलग-अलग आकारवाली कुर्सियाँ थीं। सबके साथ जुड़ी एक तिपाई और प्रायः सब पर छोटे-बड़े लैंप। ...मि. डैनियल ने जहाँ उसे बैठाया, वहाँ दो आमने-सामने मुड़े हुए हत्थों वाली 'मेढक कुर्सियाँ' थीं—बीच में बड़ी-सी गोल मेज। दीवारों पर जहाँ जगह बची थीं, वहाँ सुनहरी फ्रेमवाली 'रेनेसां कालीन' विदेशी पेंटिंग्स की महँगी अनुकृतियाँ टँगी थीं। ...

...हॉल में दोपहर की पीली पड़ती धूप थी और एक मद्धिम नामालूम-सी खुशबू—जिसे किसी फ्रेंच किस्म की खुशबू कह सकते हैं। ...फर्श पर ऊँट के रंगवाली कालीन थी, पूरे फर्श को ढँकती हुई। हर चीज चमचमा रही थी, चाहे

वह जिस रंग की हो। लेकिन कोई रंग ऐसा नहीं था, जो अलग से धूप में उभरता या धूप से चुभता। वहाँ शोख रंगोंवाली कोई चीज नहीं थी, न एकदम काली। कलफ लगे हुए टेबिल-क्लाथ झकाझक सफेद थे।

"मि. डैनियल, आपके यहाँ 'कॉलबेल' किधर लगी है? आपको किचन के दरवाजे से बाहर आना पड़ा।"

"मैंने अपने यहाँ कोई 'कॉलबेल' नहीं लगवा रखी है। वह केवल डिस्टर्ब करती है। मेरे यहाँ आनेवाला भी कोई नहीं।" उन्होंने अपनी सर्द और संजीदा आवाज में कहा जिसमें ओठों को कम-से-कम खुलने की जहमत उठानी पड़ती हो। ...वह कुछ देर के लिए चुप रह गया।

दोपहर के बाद की पीली पड़ती धूप में अपनी कुर्सी पर बैठे मि. डैनियल उसे 'ममी' जैसे लगे या 'हॉल ऑफ फेम' की कोई मूर्ति। उनका झुर्रियों के बावजूद सुर्ख और स्वस्थ चेहरा भावहीन था। वह तुरंत वहाँ से उठ जाना चाहता था पर तभी किचन से उनका बूढ़ा रसोइया ट्राली में चाय की ट्रे, ताजा तले सुनहरे पकौड़े और फ्रूट केक के कतरे लेकर आता हुआ दीखा। वह स्थानीय पहाड़ी था, पर वह भी उतना ही संजीदा और खामोश था, जितना मि. डैनियल। सिर पर सफेद टोपी, कंधे पर करीने से रखा हुआ सफेद तौलिया और सुर्ख, नुकीली नाक। वह बिना उसकी ओर देखे हुए चाय बनाने लगा, केवल बीच में उससे 'चीनी कितनी' के लिए पूछा और पकौड़ों तथा केक की प्लेट मेज पर रख दी। ...सब कुछ जितना सहज था, उतना ही असहज। ...क्या ऐसे ही चल सकता है, बिना किसी व्यतिक्रम या बाधा के? हमेशा और लगातार? ...मि. डैनियल तथा उनके रसोइए को देखकर लग रहा था कि चल सकता है, चल रहा है, कम-से-कम पिछली शताब्दी से? खासतौर पर इन लोगों में। ...इन लोगों में? 'किन लोगों में?' उसने अपने से ही पूछते हुए पाया। ...ठीक वैसे ही जैसे उस दिन जब मि. डैनियल ने कहा था कि 'ये लोग' तो उसने खुद से पूछा था, ये लोग? 'कौन लोग?'

...मि. डैनियल सप्ताह में दो बार लोकल ट्रेन के फर्स्ट क्लास में बैठकर शहर जाते थे। उनके लौटने के कुछ देर बाद दो कुली पीठ पर दो बड़े टोकरे लेकर आते थे : अंडों की ट्रे, साफ किये हुए बिना खाल के मुर्गे, मटन-चॉप्स, सब्जियाँ, मक्खन, चीज़ के टीन, सेब, अनन्नास और संतरों के डब्बा बंद जूस, डबल रोटियों के लोव्स, बीयर, जिन और व्हिस्की की बोतलें। उसने उसी दिन गौर किया

था कि उनके किचन में लगभग दीवार के बराबर गहरी 'फ्रिज' थी और वह सारे सामानों को हड़प जाती थी। . . . मिसेज डैनियल ने उसे बताया था कि 'मटन' की सारी चर्बी निकालकर उसे इतना हानिरहित बनाया जा सकता है कि बदन में 'कोलोस्ट्रॉल' बढ़ने की कोई आशंका न रहे। मि. डैनियल ऐसा ही करते थे। वे बीयर पीते थे, मटन खाते थे और खूब सवेरे उठकर पहाड़ी के चारों ओर चक्कर लगाकर तथा 'कँटीले गुलाबों' की 'प्रूनिंग' करके 'कोलोस्ट्रॉल' तथा 'हाई बी. पी.' से बच जाते थे।

. . . लेकिन मि. डैनियल की जो सबसे बड़ी 'हॉबी' थी, उसके बारे में वह भूल ही गया था : वह थी 'कारपेंट्री' यानी कि बढ़ईगीरी।

. . . उनसे बड़ा बढ़ई उसने नहीं देखा। अपनी कॉटेज के ऊपर चढ़ते हुए जब वह उस संकरे गलियारे से गुजरता जो उनके बंगले तथा उनकी कॉटेज के बीच पड़ती थी तो नीचे 'बेसमेंट' के शीशों से उनकी 'कारपेंट्री' के औजारों का छोटा-सा 'स्टूडियो' (उसे स्टूडियो ही कहा जा सकता था) नज़र आता। उसकी दीवारों पर चारों तरफ नीचे-ऊपर तरह-तरह के औजार करीने से सजे थे। वे महज सजाने के लिए नहीं थे, वे नियमित रूप से बाकायदा उनका इस्तेमान करते। उनको यह आश्चर्यजनक तथ्य भी बहुत बाद में पता चला कि उनके घर के अधिकांश फर्नीचर्स स्वयं उन्हीं के द्वारा बनाये गये थे। तभी वे घर के हर कोने, अंतरे, खिड़कियों की ऊँचाई के अनुरूप और अनुकूल बनाये गये थे।

. . . एक दिन मिसेज डैनियल ने उसे बताया कि उसे लेकर वे बहुत चिंतित रहते हैं।

"क्यों ?" उसने कुछ हैरानी से पूछा।

"एक तो आपके स्वास्थ्य को लेकर, दूसरे आपके घर की हालत।" वे बता रहे थे कि आपके घर की सारी कुर्सियाँ और मेजें टूट चुकी हैं, कैसे आप इन पर बैठते, दूसरों को बैठाते हैं ?" . . . उसे इस बात का अनुभव होता था, लेकिन अपनी अधिकांश आलसी आदतों की तरह ज्यादा देर उनके बारे में सोच नहीं पाता था, बिना बेंत की कुर्सियों पर वह गद्दे दबोकर बैठता था, उनके वे हिस्से जहाँ बेंत की बुनावट टूट चुकी थी, उनके किनारों की लकड़ियों पर ही कुछ देर बैठा जा सकता था। बरामदे की मेढक कुर्सी सही-सलामत थी और वह जब उस पर नहीं बैठा होता था तो बिस्तर में रहता। इस तरह काम चल रहा था। . . . लेकिन मि. डैनियल

ने यह सब कब और कैसे देख लिया? . . .यह एक सच्चे और गुणवान बढ़ई की निगाह थी।

. . .कुछ दिनों बाद अचानक उन्होंने उससे यह पूछ ही लिया बल्कि उसे चकित करते हुए कहा कि "आप बीच-बीच में अपनी कुछ कुर्सियाँ-मेजें बाहर रखवा दिया कीजिए। मैं खुद उनकी मरम्मत कर दूँगा।" क्रमशः उसकी कुर्सियों-मेजों की सचमुच मरम्मत हो गयी। जहाँ-जहाँ बेंत की बुनावट थी वहाँ 'प्लाईवुड' ठोंक दिये गये थे और उन पर गद्दे रखकर वह मजे में बैठ सकता था। . . .मि. डैनियल में चकित कर देनेवाली ऐसी कई बातें थीं : काफी दिनों बाद उसे यह भी पता चला कि मि. डैनियल उसके यहाँ आने-जानेवालों पर बड़ी सूक्ष्म निगाह रखते थे—खासतौर से लड़कियों पर, उन दिनों उसके यहाँ बहुत से स्टूडेंट्स आते थे—लड़के-लड़कियाँ दोनों। चूँकि वह अकेला रहता था, यह स्वाभाविक भी था क्योंकि उसके पास उनके लिए काफी समय रहता था।

. . .मि. डैनियल की इस गौर करनेवाली प्रवृत्ति का सबसे पहले पता तब चला, जब उस दिन अचानक प्रूनिंग करते हुए उन्होंने बातों-बातों में उससे कहा, "डॉ. आपको बहुत सावधान रहना चाहिए।" वे हमेशा की तरह बहुत मद्धिम आवाज में बोल रहे थे।

"किस बारे में मि. डैनियल?" वह अचानक बहुत चौकन्ना हो गया।

"इन लड़कियों के बारे में, खासतौर पर उस लड़की के बारे में जो आपके यहाँ खाना पकाती है। ये अकेले रहनेवालों का इस्तेमाल करती हैं और बहुत खतरनाक होती हैं।" उसने अपने को बेहद अपमानित महसूस किया। . . .उस दिन से मि. डैनियल उसे बिल्कुल अलग किस्म के आदमी लगने लगे, जिसे वह आज तक नहीं जान पाया था। . . .एक-डेढ़ साल पहले उस लड़की के पिता ने जो अंग्रेजों के जमाने का एक बेहद बूढ़ा खानसामा था और बहुत लजीज़ खाना पकाता था—उससे कहा कि अब वह अकसर बीमार रहने लगा है और उसे ठीक से नज़र नहीं आता इसलिए अगर वह इजाजत दे तो, उसके बदले में उसकी बेटी खाना पका दिया करेगी। उसने बिना कुछ ज्यादा सोचे उसकी बात मान ली थी। पहले भी वह अकसर अपने पिता की सहायता करने आया करती थी। यह अलग बात थी कि खाना पकाने के मामले में वह बेहद अनाड़ी थी और उसे प्रायः खिचड़ी या कच्ची-पक्की रोटियों पर ही निर्भर करना पड़ता था। अच्छा खाना खाने के

लिए वह बीच-बीच में शहर के किसी रेस्तराँ में चला जाता था। वह अपने होने से उसकी दिनचर्या में कोई खलल नहीं पैदा करती थी, इसलिए उसने उसके आने-जाने को बाकी तमाम चीजों की तरह स्वाभाविक रूप से स्वीकार कर लिया था। इस मामले में वह आमतौर से काम करनेवाली औरतों या मर्दों से अलग थी जो अपनी उपस्थिति जताने के लिए तरह-तरह की हरकतें करते हैं। कभी-कभी ये हरकतें झुंझलाहट पैदा करती हैं और आदमी जल्दी से जल्दी काम निपटाकर उनके जाने की प्रतीक्षा करने लगता है और कभी-कभी तो उनसे छुटकारा पाने के विकल्प की भी। वह ऐसी नहीं थी। उसकी उपस्थिति नामालूम-सी होती थी। वैसे भी वह कम बोलनेवाली लड़की थी। कभी-कभी वह कुछ ज्यादा सज-सँवर कर आती भी थी तो कहीं जाने की हड़बड़ी में मसलन ज्यादातर तो सिनेमा के लिए या किसी उत्सव त्यौहार के लिए तब वह अपने आप समझ जाता था। चूँकि कॉटेज की एक चाभी उसके पास भी रहती थी, इसलिए वह उसकी अनुपस्थिति में भी खाना बनाकर रख जाती थी।

. . लड़कियों के बारे में और उस लड़की के बारे में मि. डैनियल की यह 'शुभकामना' वाली प्रतिक्रिया उसे बहुत विचित्र लगी। वह अनजाने ही मि. डैनियल को आम बूढ़ों से एकदम अलग किस्म का आदमी मानने लगा था। उनके भीतर बहुत से आम बूढ़े-बूढ़ियों की तरह एक लिप्सावान 'कुट्टिनी' व्यक्तित्व छिपा होगा, इसकी उसने कभी कल्पना भी नहीं की थी। क्या वे मनुष्यों से घृणा करनेवाले पाखंडी किस्म के व्यक्ति थे? . . उनके लड़के-लड़कियाँ उनसे दूर घर बसाने चले गये थे और कभी-कभार ही आते थे। मिसेज डैनियल भी स्विट्ज़रलैंड से साल में एक-दो बार ही आ पाती थीं। ऐसे में मि. डैनियल ने अकेले सुखी रहने की एक निजी शैली विकसित कर ली थी। वह अब तक अभेद्य और सुरक्षित तो बन चुकी थी, किंतु ऐसी परिस्थितियों में एक 'स्वाभाविकता' जो गायब कर दी जाती है, वह शायद ऐसी ही पाखंडपूर्ण तथा किंचित् कुटिल प्रवृत्तियों के रूप में अपने को व्यक्त करती है। इसमें दूसरों से नफरत करने, अलग रहने की आत्मतुष्ट भावना तो उत्पन्न हो ही जाती है, एक घिनौनी किस्म की जासूस दृष्टि भी अपने आप जन्म लेती है।

. . मि. डैनियल ऐसे ही 'जासूस' रूप में तब्दील हो चुके थे जो अपने आप समानांतर एक दूसरे व्यक्ति के रूप में उनके साथ रहने लगा था। इस तरह 'अकेले

व्यक्ति' ने एक लगभग रासायनिक करिश्मे से अपना 'साथी' गढ़ लिया था। वह उस दिखायी पड़नेवाले व्यक्ति से बिल्कुल विपरीत किस्म का व्यक्ति होता है।

...तब से वह मि. डैनियल के साथ रहनेवाले उस 'दूसरे व्यक्ति' की तलाश में रहने लगा। वह उसकी अपनी– अकेलेपन से बाहर आने की तलाश थी या वह उस प्रक्रिया की पहली सीढ़ी थी, जिसके बाद वह स्वयं मि. डैनियल बनने लगता। क्योंकि उसकी अपनी स्थिति, अपनी दिनचर्या, मि. डैनियल से बहुत भिन्न किस्म की नहीं थी। .. इस तरह दोनों के बीच एक दिलचस्प रिश्ता कायम होने लगा था।

...चूँकि वह भी इस बारे में बहुत सजग और सतर्क रहने लगा था, इसलिए मि. डैनियल का यह 'दूसरा व्यक्तित्व' अकसर पकड़ में आने लगा : उसकी एक 'रिसर्च स्कॉलर' जिसे अपनी थीसिस खत्म करने की जल्दी थी क्योंकि उसकी 'फेलोशिप' खत्म होनेवाली थी और 'थीसिस' जमा करने की अवधि भी समाप्त हो रही थी, अकसर नये लिखे गये चैप्टर्स करेक्ट कराने और आगे के लिए परामर्श लेने उसके यहाँ आती थी। अगर वह ऊपर 'क्लासेज' ले रहा होता तो वह कॉटेज के बाहर चबूतरे पर बैठकर उसका इंतजार करती थी। .. जब पहली बार ऐसा हुआ तो उसे बुरा लगा, थोड़ी खीज भी हुई : उस दिन वह क्लास लेकर लौटा तो उसकी स्टूडेंट हमेशा की तरह कॉटेज की सीढ़ियों पर नहीं थी, वह मि. डैनियल के साथ उनकी सेबों की 'बगीची' में घूम रही थी और वे शायद उसे सेबों की किस्मों, उनके रख-रखाव के बारे में बता रहे थे।

"हैलो डॉक्टर, आपकी स्टूडेंट आपके इंतजार में बोर हो रही थी इसलिए मैं इन्हें अपना बगीचा दिखा रहा था।" उसे देखते ही उन्होंने कहा।

"धन्यवाद, मि. डैनियल, यह दरअसल बहुत गुमसुम रहनेवाली लड़की है, पर बोर जरूर होती होगी।" उसे अजीब इसलिए भी लगा कि इससे पहले मि. डैनियल ने कभी उसके यहाँ आने-जाने वालों का कोई खयाल तो किया नहीं।

..दुबारा एक बार जब वह क्लास लेकर आया तो कॉटेज का ताला खोलने की आवाज से उसकी स्टूडेंट मि. डैनियल के बंगले से निकलकर आती दिखी। उसके कुछ पूछने से पहले ही उसने कहा, "मि. डैनियल अपना घर दिखाने ले गये थे।"

. . इसी क्रम में उसकी समझ में यह भी आने लगा कि वह लड़की जो उसके यहाँ खाना बनाने आती थी, उन्हें 'खतरनाक' क्यों लगती थी। कुछ दिनों बाद उसने यह भी गौर किया कि वह लड़की जहाँ रहती थी, वह भी यूनिवर्सिटी का ही एक हिस्सा था और चूँकि उसके यहाँ आनेवाली ज्यादातर लड़कियाँ वहाँ कि स्टूडेंट्स थीं, इसलिए आकर वह इस बात का आभास देने की कोशिश करती थी कि वह भी यूनिवर्सिटी की स्टूडेंट है।

. . तभी एक घटना हो गयी : उस दिन वह शहर जा रहा था, और भी कई लोग थे उसके साथ—वे पैदल ही जा रहे थे, गर्मियाँ शुरू हो गयी थीं और उस पहाड़ी शहर में सैलानी आने लगे थे। मौसम में बदलाव और उनके आने में एक अजीब तालमेल-सा बैठ जाता था। उस सुस्त रफ्तार शहर में भी तेजी भर जाती थी. वरना लोग या तो कहीं चढ़ते या उतरते होते थे। जाहिर है इस दृश्य में चाल और आकृतियाँ दोनों बदल जाते थे।

. . वह दो मौसमों के मिलन की दोपहरी थी, थोड़ी सुस्त किंतु रोमानी किस्म की। आलस और उदास-सी। वह चला जा रहा था, अपने संगी-साथियों सहित कि अचानक वह दिख गयी, खाना पकानेवाली लड़की। अपनी दो-तीन सहेलियों के साथ, वे आपस में चिमगोइयाँ कर रही थीं। . . उन्हें इस बात की कतई कोई आशंका नहीं रही होगी कि वहाँ कोई दीख जायेगा। उन सबने शोख रंगोंवाले कपड़े पहन रखे थे; और ऐसे में वे चुप नहीं रह सकती थीं, इसलिए चुप नहीं थीं। चुप शायद वे लोग थे। . . .चूँकि उसके साथ उसके घर के लोग भी थे तो उनमें से किसी ने अचानक कहा, "अरे, यह तो वो जा रही है, शाम को खाना कौन पकायेगा? ढेर सारे गंदे बर्तन पड़े हैं" और दौड़कर उसे हिदायत कर दी गयी। उसने उसे तमककर पीछे मुड़ते हुए देखा। वह कोई और लड़की थी (हालाँकि कोई और नही), वह कुछ कह रही थी। पता चला उसने कहा था, "मैं वो नहीं हूँ, जो आप समझ रहे हैं, मैं यूनिवर्सिटी में पढ़ती हूँ। . . मेरा नाम. . है। मुझे ऐसी बदतमीजी पसंद नहीं।"

उसके घर का वह कोई उबलता हुआ वापस आया, "ऐसी हरकत तो बर्दाशत नहीं की जा सकती, इसे निकालना ही होगा, आज ही, अभी।"

"ठीक है, आयेगी तो कह देंगे, हमें तुम्हारी जरूरत नहीं। तुम कोई और घर देख लो। फिलहाल चलो, मौजमस्ती करते हैं।"

. . .शाम हुई। वे लौट आये, थके-हारे लेकिन खुश। खाया-पिया था। शॉपिंग की थी। बच्चों ने स्केटिंग। . . .कुछ देर बाद पता चला, वह आयी हुई है। अपनी बहन के साथ। उससे कहा गया कि अब उसकी जरूरत नहीं है, पर वह दरवाजे पर बैठी बिसुर रही है कि ऐसी गलती अब नहीं होगी। दरअसल उसके साथ कई रिश्तेदार थे—वे भी जिनसे उसके बहन की या शायद उसी की शादी होनेवाली थी। इसलिए ऐसा कहना पड़ा। इस बार माफ करें। ऐसा घर कहाँ मिलेगा ! ऐसा मालिक।

. . .महीने-भर छुट्टियाँ बिताकर वह वापस लौटा। बरसात शुरू हो गयी थी। बीच रास्ते में कई जगह 'लैंड स्लाइड्स' के कारण रुकना पड़ा था। बारिश धीमी और एकरस पड़ रही थी। इस शहर में सुबह वैसे भी जल्दी शुरू नहीं होती थी। . . .पौने दस की ट्रेन आ चुकी थी। कॉटेज के पीछे स्टेशन पर कश्मीरी कुली मालगाड़ी में जानेवाले चीड़ और देवदार के लट्ठे ढो रहे थे। कॉटेज का गेट खोला तो सामने वही लड़की खड़ी थी। वह सलाम कर एक किनारे खड़ी हो गयी, "वक्त पर आ गयी चाय बना दो और नहाने का पानी गर्म होने के लिए रख दो।" मि. डैनियल हमेशा की तरह बारिश से बचने के लिए हैट लगाए 'प्रूनिंग' कर रहे थे।

. . .आमतौर पर जिस संकरे दीवान पर मि. डैनियल बैठते थे, वहाँ मिसेज डैनियल बैठी थीं। वे पीली और कमजोर दीख रही थीं किंतु उसे देखते ही वे हमेशा की तरह आवाज में चहक भरकर बोलीं, "वेलकम होम डॉक्टर, छुट्टियाँ कैसे बीतीं ?"

"बहुत अच्छी।"

"मिसेज डैनियल, आप कैसी हैं ?" मिसेज डैनियल का चेहरा जैसे अचानक बुझ गया।

"डॉक्टर आपको मि. डैनियल ने बताया नहीं होगा।"

"नहीं तो, कौन-सी बात ?" वह अचानक सशंकित होकर बोला।

"मैं जेनेवा से ऑपेशन कराके लौटी हूँ। अब काफी रिकवर कर लिया है।"

"इनका ऑपरेशन ? किस मर्ज का ?" वह कुछ भी यकीन नहीं कर पा रहा था।

"हाँ डॉक्टर कैंसर का, मुझे अपना एक हिस्सा निकलवा देना पड़ा।" किसी

ने उन्हें बताया था ब्रेस्ट कैंसर ठीक भी हो जाता है, खासतौर पर अगर यदि वक्त पर ऑपरेशन हो जाये। मिसेज डैनियल तो खुद एक मशहूर डॉक्टर थीं। उसे थोड़ी तसल्ली भी मिली।

"मिसेज डैनियल यह तो ठीक हुआ कि आपने वक्त पर ऑपरेशन करा लिया। अब कैसा महसूस कर रही हैं?" उसे लगा, उनकी बूढ़ी और बेहद मानवीय आँखें शायद भर आयी होंगी—या महज उसे लगा भर।

वे कुछ देर चुप रहीं पर बड़ी मुश्किल से सुनायी पड़नेवाली आवाज में, उससे लेकिन जैसे केवल अपने को ही सुनाते हुए कहा, "डॉक्टर किसी पक्षी का अगर एक डैना काट दिया जाये तो कैसा लगता होगा?..." फिर अचानक आवाज ऊँची हो गयी और वे हँसने लगीं, एक विक्षिप्त-सी हँसी।

"ठीक वैसा ही डॉक्टर।" ..उसी समय मि. डैनियल 'प्रूनिंग' करते हुए बीच से गुजरे उनकी कैंची की कट्-कट् देर तक गूँजती रही। ..उन्होंने उससे 'वेलकम होम' नहीं कहा।

भुट्टे की गंध

इंजेक्शंस की शीशियाँ—एम्पल्स, एक के बाद एक फेंक दी जाती थीं। ठीक तीन बजे डॉक्टर आता था : पीली सूजी हुई बेजान-सी बाँहों को उठाकर सुई लगाता था और खाली शीशी नीचे तामचीनी के तश्त में स्पीरिट में भीगी रुई के साथ फेंक देता था। डॉक्टर के जाते ही वह भागा हुआ आता और शीशी उठाकर उसे औंधी कर वहीं खोंस देता था। वह नींबू का पुराना खूब घना पेड़ था। कच-कच हरी पत्तियों से भरा हुआ। नीचे तने के पास की मिट्टी हमेशा नम रहती थी। उसे थोड़ा ऊपर उठाकर थाले बना दिये गये थे। शीशियाँ वहीं खोंस दी जाती थीं। पीछे का गोल हिस्सा मिट्टी से ऊपर चमकता हुआ दीखता। वह उन्हें रोज गिनता। यह क्रम महीनों से चल रहा था। जब वे ठीक हो जायेंगे तो वह उन्हें दिखायेगा कि उन्हें ठीक करने के लिए कितनी सुइयाँ लगानी पड़ी थीं।

. . .एक सफेद बिस्तर। चादर, तकिये, सफेद दीवारें. . .पीला पड़ता हुआ उनका सफेद चेहरा दिनोदिन। इस तरह कितने दिन बीत गये होंगे ?

. . .एक आदमी जो हमेशा 'सफेद' रहा कपड़े-लत्तों में, जिंदगी में, संबंधों में। हालाँकि उस सफेदी की परिभाषा हमेशा अलग रही : सफेद का मतलब साफ बेहिचक, बेलाग और पुरजोर। वह हठधर्मिता थी, शुद्धतावादी, निर्णयों तथा निश्चयों में प्रभुसंपन्नतावादी।

. . .ये वे दिन थे जब लोग जीवन को आसानी से समझ लेते थे और उनके निर्णय बहुत निश्चित तथा सुदृढ़ होते थे। वे एक तेज रफ्तार व्यक्ति थे। उन्हें निर्णय लेने में तनिक भी देर नहीं लगती थी और फिर उस निर्णय पर अटल या

अविचलित रहने में। ...जो लोग उन्हें जानते थे, उनमें उनके प्रति भय, विस्मय और परतंत्रता के अहसास के अलावा एक स्थायी निर्भरता बनी रहती थी। यह अहसास उनके आसपास रहने से ही हमेशा बना रहता था। उसने उन्हें नौ साल की उम्र में ठीक वैसा ही नहीं देखा था। लेकिन अब उन्हें ठीक वैसा ही देख रहा था। और अपने को भी नौ साल की उम्र में देखते हुए, नींबू के पेड़ के इर्द-गिर्द रोज-रोज इंजेक्शंस की औंधी शीशियाँ गाड़ते हुए। इस तरह यह एक दुहरा देखना था।

...वह एक काफी बड़ा 'बीमार घर' था। जो महज इसलिए किराये पर लिया गया था कि वहाँ रहकर उनका इलाज हो सके। तीन-चार कमरे नीचे, तीन-चार कमरे ऊपर, कई सारे नौकर-नौकरानियाँ, घर के लोग और वे लोग जो लगभग रोज उनकी मिजाज पुरसी के लिए आया करते थे। इस तरह वह एक 'अतिथि गृह' भी था। प्रायः हर रोज सुबह, दोपहर, शाम या कभी भी कोई रिक्शा या टैक्सी रुकती, लोहे का फाटक हल्का-सा खनखनाता हुआ खुलता और कोई या कई लोग—अकसर सूटकेस-होल्डॉल सहित दाखिल होते। इसके पहले कि उन्हें 'बीमार' के कमरे में पहुँचाया जाता, वे नहाते-धोते, ट्रेन की यात्रा के बाद के गंधाते, मुचड़े कपड़े उतार कर साफ-सुथरे वस्त्रों में चाय-नाश्ता करते और फिर पान-इलायची के बाद बीमार के कमरे में दाखिल होते, जहाँ दवाओं, स्पिरिट, फिनायल की गंध के अलावा धूप और अगरबत्तियों की गंध जमा रहती थी। उनके बिस्तर के आसपास हमेशा तीन-चार खाली कुर्सियाँ पड़ी रहती थीं। वे उन पर बैठते और फिर उन्हें देखते—गंभीर, उदास और चिंतित। उनका सूजा हुआ पीला चेहरा मुश्किल से हल्का-सा मुस्कुरा भर पाता था। कभी-कभी वे अपनी सूजी हुई पीली बाँह तनिक-सी उठा लेते थे जिसे कोई अपनी हथेलियों में थाम लेता था और एक नर्म, हल्के दबाव के साथ वह जरा देर वहीं पड़ा रहता, फिर धीमे से बिस्तर पर गिर जाता था। कभी-कभी वे लोग मिठाई के डब्बे, बिस्किट या चॉकलेट भी लाते थे जो घर के बच्चों में बाँट देते थे। घर के बाहर के लान में वे लोग घर के नौजवान और किशोरों के साथ बैडमिंटन या क्रिकेटनुमा कुछ खेलते भी थे। उसे यह अजीब लगता क्योंकि ठीक सामने बरामदे से लगे बड़े कमरे में अपने बिस्तर पर वे दिखायी देते थे, प्रायः उन्हें देखते हुए। अकसर चित पड़े। बीच-बीच में उन्हें करवट बदलने के लिए किसी की जरूरत पड़ती थी। तब वे हल्का-सा कराहते थे। वे कराहते

बहुत कम थे। लेकिन अकसर उनके ओठ काँपते और दाँत थरथराते-से दिखायी देते जैसे सर्दी-सी लग रही हो और फिर धीमी-सी आह। यही उनकी अथाह वेदना की अभिव्यक्ति थी।

...वह उनके कमरे में बहुत कम जा पाता या जाने का साहस कर पाता था। हालाँकि अकसर उसे लगता कि वे उसे करीब पाना या उसे छूना चाहते हों, लेकिन उसे याद नहीं कि उन दिनों वह कभी उनके इतने करीब गया हो।

...उनकी सुश्रूषा में घर के लोगों की डूयूटी लगती थी। वे कभी किसी नर्स या बाहर के व्यक्ति को स्पर्श करने नहीं देते थे, सिवा डॉक्टर या मरहम-पट्टी करनेवालों के। बीच-बीच में उन्हें तकियों के सहारे उठाकर बैठाया जाता या जब वे जरा बेहतर होते तो आरामकुर्सी पर मुलायम तकियों से घेर कर। गोया उनके शरीर का गोशा-गोशा फोड़ों और फफोलों से भर गया हो। तनिक भी बेरहम या लापरवाह छुअन और उनका सुंदर बीमार चेहरा असीम वेदना की अनगिनत लकीरों से भिंच जाता था। उन्हीं क्षणों में कभी वे निढाल और क्लांत होकर अपने आसपास या उसके पार देखते—उनकी करुणा-रुग्ण आँखें जो अभी उतनी बूढ़ी नहीं हुई थीं, एक हल्की नीली पारदर्शिता उनमें थी। वे दीवारों, तस्वीरों और लोगों के चेहरों से होती हुई बाहर के परिदृश्य से गुज़रतीं जहाँ कभी धूसर, उदास एकरस स्थिरता होती या चमचमाती कौंधती धूप। उन सब पर से गुजरती उनकी आँखें मानो कुछ चीजों, कारणों, नियति या परिणति की पड़ताल कर रही हों। वे अभी हारी हुई नहीं थीं मगर कुछ चीजों के रिश्तों, कार्य-कारणों के बीच के संबंधों को पहचानने की कोशिश करती हुई जरूर लगती थीं।

उनके अनेक शौकों, शगलों में किताबें जमा करने की धुन भी थी। धर्म, दर्शन, नीति, राजनीति, कथा-कहानी के अतिरिक्त पराज्ञानों और विज्ञानों की बेशुमार पुस्तकें। उन्हीं में एक आसान शीर्षकवाली किताब उसके बचकाने मस्तिष्क में उलझी रह गयी थी 'सौ वर्ष कैसे जियें।' पता नहीं क्यों जब वह उनकी तलाशती हुई उदास धूमिल पड़ती नीली आँखों को देखता, उसे हमेशा उस किताब की याद आ जाती थी।

...उसे अचरज होता था कि केवल उनका झकाझक सफेद कमरा ही नहीं, उनका बिस्तर, कपड़े सब इतने सफेद और सलवट विहीन कैसे रहते थे। और स्वयं उनका शरीर। बीमार, पीला, सूजा हुआ, त्वचा खिंचकर पारदर्शी बनी हुई,

जगह-जगह धड़कती नीली नसें, खासतौर पर गले के आसपास। लेकिन सब कुछ इतना स्वच्छ, उज्ज्वल जैसे वे उसी स्थिति में विजड़ित हों, एक 'ममी' की तरह सनातन रूप से सुरक्षित। केवल आँखें थीं जो प्रायः स्थिर होती हुई भी सबसे अधिक संवेदनशील और सजग थीं। कभी-कभी उनमें हल्का-सा रोष उतरता-सा दीखता और कभी अचानक एक आशा की दीप्ति—जैसे फिर से सब कुछ वही हो जाने की किरण उनमें समा गयी हो।

. . .वे उसके पिता के कानों को अपने पास झुकाकर कुछ कह रहे थे, एक फँसी हुई फुसफुसाहट, वह आँगन में खड़ा आसमान में पतंग देख रहा था कि उसकी निगाह वहाँ गयी, उसके पिता उत्तर में मुस्कुराने की कोशिश कर रहे थे। लेकिन वह मुस्कुराने की कोशिश कम थी, शायद आँसू रोकने की कोशिश ज्यादा, तभी उन्होंने उसे वहाँ देखा। कुछ देर बाद जब वे उठकर बाहर आये तो उन्होंने उसकी माँ, चाची और उसके बड़े भाई से कहा, "भैया कह रहे थे कि जब हम लोग स्कूल में थे और शहर में मकान लेकर रह रहे थे तो उस मकान के ठीक बाहर फाटक के पास एक बुढ़िया भिखारन बैठी रहती थी। आदतन वे उसे आते-जाते पैसा-दो पैसा दे दिया करते थे। जवाब में वह हमेशा कहती थी, 'भरपेट खाओ और भरनींद सोओ।' भैया को हमेशा यह कहना अबूझ तथा हास्यास्पद लगता था। वह तो होता ही रहता है, उसके लिए कामना क्या करना? . . .बढ़िया ब्याह, बच्चे, घर-द्वार, सुख-संपत्ति-कामना तो इनकी की जाती है। उसके पिता कुछ रुक गये। शायद उनके गले या आँखों में कुछ हुआ होगा भैया कह रहे थे, इन दिनों पिछले कई महीनों से, इतने वर्षों बाद उन पंक्तियों का अर्थ समझ में आ रहा है और केवल इन पंक्तियों का अर्थ ही नहीं . . ." वे आगे नहीं बोल सके। उठकर चले गये।

. . .वे धीरे-धीरे उसी अवस्था में छीजते जा रहे थे। जैसे एक देह थी जो कपूर की तरह उड़ती जा रही थी। जो उनकी सेवा-सुश्रूषा कर रहे थे, उनमें नौजवान भाई-बहन थे, माँ थी, चाची थीं। बड़े भाई सबसे अधिक थे वे ज्यादा जग सकते थे, ज्यादा सह सकते थे। शायद अपने पिता के बीमार इशारों को ज्यादा समझ भी सकते थे। वे जब भी इस 'सेवा' से मुक्त होते दो-चार घंटों के लिए तो उससे कहते, "शहर चलो।" और इस क्रम में वे पहला काम यह करते कि कोई नयी फिल्म दिखाते। उसे याद है, उन्होंने उसे जो पहली फिल्म दिखायी थी उसका नाम

था 'रामशास्त्री'। उस फिल्म में पेशवा की मृत्यु के बाद किशोर उत्तराधिकारी पेशवा को जिस तरह सत्ता के लोलुप दावेदारों द्वारा घेर कर नृशंस ढंग से मारा जाता है, उसे देखकर वह कई दिनों तक रोता रहा था।

..तो क्या वे भी मर रहे हैं? उसने पहली बार सोचा। फिर भी वह इंजेक्शन की शीशियाँ नींबू के पेड़ के नीचे वैसे ही दबाता रहा।

..उस दिन टैक्सी रुकी और लोहे का दरवाजा लड़खड़ाता हुआ खुला तो उसे बताया गया कि मामा आये हैं। घर में अचानक एक खामोश हलचल-सी फैल गयी। उसने सुना था कि शादी के तीस वर्षों बाद न कभी वे अपनी ससुराल गये थे और न मामा कभी अपने बहन-बहनोई से मिलने उनके घर आये थे। कभी-कभी वे 'बड़ी-माँ' को चिट्ठी लिखते थे और वे भी उन्हें लिखती थीं। किंतु साले-बहनोई पिछले तीस वर्षों से आपस में नहीं मिले थे। इसके कारण उसके लिए तब भी रहस्य थे और अब भी। उसकी बड़ी माँ भी विवाह के बाद अपने मायके नहीं गयी थीं। मामा बहुत दिनों से परिवार-विहीन थे। पत्नी की बहुत पहले मृत्यु हो चुकी थी और पुत्री युवा अवस्था में ही क्षय रोग से ग्रस्त होकर मर गयी थी। अब वे उस प्रदेश की राजधानी में अपने पैतृक विशाल घर में अपने पारिवारिक पुराने नौकर के साथ अकेले रहते थे। वे खूब ऊँचे कद के रोबीले व्यक्तित्ववाले थे। खद्दर की सफेद पैंट-कमीज पहने हुए जब वे घर के बरामदे में दाखिल हुए तो वह उन्हें देखता रह गया। वे पहले बड़ी माँ से मिलने गये।

बड़ी माँ शांतिपुरी साड़ी के आँचल में मुँह छिपाये खामोश रो रही थीं। मामा उनके सामने खड़े हो गये और उन्होंने उनसे कुछ कहा जो उसकी समझ में नहीं आया क्योंकि वह उनके अपने जनपद की बोली में कहा गया था। बड़ी माँ कुछ नहीं बोलीं। पर कुछ देर बाद उनका रोना रुक गया और उन्होंने आँचल हटाकर तीस वर्ष बाद अपने भाई को देखा और उनके भाई ने उनको। वे खड़ी हो गयीं। दोनों चुप थे तथा कमरे में और कोई नहीं था। वह आँगन से उन्हें देख रहा था। फिर वे बातें करने लगे जिन्हें वह नहीं समझ सकता था। थोड़ी देर बाद वे अपने बीमार बहनोई को देखने उनके कमरे में गये। उस सफेद लिबास में लिपटे पीले चेहरे में उन्हें देखकर कोई जुंबिश नहीं हुई। मामा पहले खड़े रहे, फिर बैठ गये, तीस वर्ष बाद वे भी एक-दूसरे को देख रहे थे।

..मामा ने उनसे कोई बात नहीं की। वे कुछ देर वहाँ बैठे रहे फिर सिर

झुकाये बाहर चले आये। बाहर वे दुबारा बड़ी माँ से मिले और बताया कि वे फिर अगले दिन आयेंगे। वे शहर के किसी बड़े होटल में ठहरे थे। उन्होंने चाय-नाश्ता कुछ नहीं किया। टैक्सी उन्होंने बाहर रोक रखी थी। उसे याद नहीं कि दुबारा वे आये थे या नहीं, पर इतना जरूर याद है कि वर्षों बाद वह उनसे राजधानी के उस बड़े घर में मिला था, जब वे मृत्यु से पूर्व रोग-शैय्या पर थे। तब वे 'कोमा' में थे इसलिए बात कर पाने का सवाल ही नहीं पैदा होता था।

कुछ दिनों बाद धीरे-धीरे वे ठीक हो गये और छड़ी के सहारे परिवार के किसी व्यक्ति की सहायता से सुबह-शाम टहलने भी लगे। उन्हें थोड़ी भूख भी लगने लगी और कुछ घंटों की नींद भी। उनके जर्द चेहरे पर थोड़ी आभा भी दीखने लगी। ठीक होने के बाद उन्होंने पहला प्रस्ताव यह रखा कि इस घर को तत्काल बदल देना चाहिए क्योंकि यह बहुत मनहूस घर है। उनके लिए शहर में दूसरे घर की तलाश शुरू हो गयी क्योंकि डॉक्टर चाहते थे वे शहर में अभी कुछ दिन और रहें।

.. इसके पहले कि वह उन्हें इंजेक्शन की शीशियों के बारे में बता पाता उसे माँ और भाई के साथ कुछ दिनों के लिए गाँव भेज दिया गया क्योंकि वहाँ घर-बार का बहुत नुकसान हो रहा था। उसकी छुट्टियाँ शुरू हो गयी थीं। लगभग महीना-भर वह गाँव में रहा होगा। फिर बरसात शुरू हो गयी और गाँव में जगह-जगह कीचड़ और पानी जमा हो गया। मच्छर बहुत हो गये थे और आसार ऐसे दीखने लगे कि उस साल फिर हैजा फैलेगा। वह भाई और माँ के साथ फिर शहर लौट आया।

.. मकान बदल दिया गया था पर डॉक्टरों ने बताया कि उन्हें जलोदर हो गया है और गुर्दे भी ठीक से काम नहीं कर रहे हैं। उन्हें फिर चारपाई पर लेटे रहना पड़ता था। चेहरे और बदन की सूजन फिर ज्यादा बढ़ गयी थी। इस बीच अचानक उनमें दो-तीन शौक पैदा हो गये थे, एक तो सुस्वादु खानों का और दूसरा नये-नये रत्नजटित आभूषणों का। उनकी स्मृति में जितने भी परंपरागत और मनपसंद पकवान थे, वे बनवाते थे—मसलन पूरियाँ, कचौरियाँ, पुए, दही-बड़े, कई तरह की खीर, मिठाइयाँ, हलवे आदि। लेकिन ये सब उन्हें चबाकर अलग रख देने पड़ते थे क्योंकि वे उन्हें जरा भी निगल लेते तो उनकी हालत बेहद खतरनाक हो सकती थी। उसके एक 'जौहरी' दोस्त थे जो पिछली कई पीढ़ियों से उनके

परिवार को शादी-ब्याह आदि के लिए गहने गढ़वाकर दिया करते थे। हम सब उनके परिवार के छोटे-बड़े सदस्यों की तरह थे। वे अपनी दुकान से लगभग हर रोज कई तरह के मर्दाना हार, अंगूठियाँ, कुंडल ले आते थे, जिन्हें पहनकर वे प्राय: दिन-भर लेटे या बैठे रहते थे। अपने बिस्तर के ठीक सामने उन्होंने एक आदमकद आईना लगवा दिया था और हीरे, जवाहरात तथा नगीनों से जड़े हुए वे अपने को उसमें निहारा करते थे। अगले दिन वे आभूषण बदल दिये जाते थे। उनके मिजाज में तुर्शी और तुनुकमिजाजी आ गयी थी। अपने बिस्तर के बगल में वे हाथी-दाँत की मूठवाली चाँदी की कीलें जड़ी घड़ी रखते थे और जब भी कोई बात उन्हें बुरी या नागवार लगती तो वे अपनी ताकत के मुताबिक उसे उठाकर घटना के अपराधी को जड़ देते थे।

. . वे जीवन-भर नास्तिक रहे थे। लेकिन इस बार उनके पलंग के बाईं तरफ त्रिभंगी मुद्रा में कृष्ण की ओठों पर बंसी रखी पीतल की बड़ी-सी मूर्ति थी जिसे जब वे आईने में अपने को देखते नहीं होते तो लगातार गौर से ताकते रहते।

. . परिवार विधिवत् और व्यवस्थित ढंग से चल रहा था। जैसे उनका होना और बीमार बिस्तर पर पड़े रहना, उस व्यवस्था का स्वाभाविक हिस्सा हो। हर महीने गाँव से 'तहसीलदार साहब' आते और खर्च के लिए 'गाँव से वसूल' किये गये रुपये दे जाते। इस बीच उसने 'बड़े भाई साहब' के साथ उस जमाने की कई हिट फिल्में देख डाली थीं जिनमें वापस, रतन और नज़मा आदि फिल्में उसे आज भी याद हैं।

. . इसी बीच अचानक लगा कि वे बीमार रहेंगे और वे सब अब वहीं तथा वैसे ही रहेंगे। इसी दरम्यान 'बड़े भाई साहब' को यह इलहाम हुआ कि जिस 'रेस्तराँ' में अकसर अपने तीमारदारी के वक्तों से मुक्ति पाकर चाय-कॉफी के साथ बटर-टोस्ट, ऑमलेट-कटलेट आदि खाने जाया करते थे, क्यों न उसका पार्टनर बन जाया जाये और इस 'खर्च' की उगाही के लिए एक धंधा शुरू कर दिया जाये। इस सिलसिले में उन्होंने बड़ी माँ से चर्चा भी की थी और इसके लिए शायद उन्होंने अपने कुछ गहने भी उन्हें दिये थे। उस रेस्तराँ का मालिक एक खूबसूरत खुशमिजाज नौजवान था जिसका मिजाज और कद-काठी 'बड़े भाई साहब' से काफी मिलती-जुलती थी। शायद इसीलिए उनमें गहरी दोस्ती भी पैदा हो गयी थी और उसने उनके तथा उनके अतिथियों के लिए नाश्ते-पानी के पैसे लेने भी

बंद कर दिये थे। देर तक नौजवान कहकहे लगाते और धौल-धप्पा होता।

...उस दिन वह अपनी नौ साल की जिंदगी में पहली बार 'बड़े भाई साहब' के साथ उस रेस्तराँ में 'वेजिटेबल कटलेट' खाकर लौटा था.. वे हमेशा की तरह लकदक जवाहरात और नगीनों से लदे अपने बिस्तर पर थे। बरसात की शुरुआत थी लेकिन चूँकि उस वक्त बारिश नहीं हो रही थी इसलिए आँगन में मिट्टी की अँगीठी पर ताज़े रस भरे भुट्टे भूने जा रहे थे और उनकी खुशबू चारों ओर फैल रही थी। उसका 'कटलेट' पल-भर में हवा में हुश्‌ हो गया और वह भुनते भुट्टों की अँगीठी की ओर भागा। अभी-अभी खूबसूरत दाँतों की तरह घने दानों से सजा एक बड़ा-सा सुनहरा ताँबई भुट्टा अँगीठी से उतारा गया था। उसने उसे उसकी मोटी तनी हुई पूँछ से उठा लिया और उसको सौंधी खुशबूदार आँच के साथ अपने मुँह की ओर ले जा रहा था कि उसकी दृष्टि उनके कमरे की ओर उठ गयी। वे मुस्कुरा रहे थे।

...कुछ ही देर बाद उसने देखा कि उन्हें उनके बिस्तर से नीचे जमीन पर उतारा जा रहा था।

नये मकान की नींव

. . दो प्रतिक्रियाएँ एक साथ हुईं। एक तो यह कि अब अचानक सब कुछ मेरे ऊपर आ गया। घर-परिवार, खेत-खलिहान, नौकर-चाकर, मवेशी और जमींदारी का इंतज़ाम। यह एक विशाल बोझ की तरह लगा जिसे सँभालना उनके बूते के बाहर की बात थी। दूसरी प्रतिक्रिया यह थी जिसे वह वर्षों से अपने भीतर पालते आ रहे थे। उनके बड़े भाई ने जिस स्फूर्ति, तत्परता और व्यावहारिक चातुर्य के साथ सब कुछ एक में पिरोकर सुगठित, सुव्यवस्थित छोटा-सा 'साम्राज्य' स्थापित कर लिया था—उसमें उन्हें जगह-जगह दरारें, फाँक तथा एक सनकीपन की हद तक की निरंकुशता नजर आती थी जिसका वे बीच-बीच में विरोध भी करते थे किंतु बड़े भाई का आतंककारी दबंग व्यक्तित्व उन्हें हमेशा दबा देता था और वे प्रायः बड़-बड़ाकर चुप हो जाते थे। . . वे एक शेर थे जिसकी दहाड़ दूर तक सुनायी पड़ती थी और उस जंगल में जिसका एकक्षत्र साम्राज्य था।

. . वह दहाड़ एकाएक चुप हो गयी थी और चारों ओर सन्नाटा तथा वीरानगी थी। अब वह एक नन्हा-सा फतेहपुर सीकरी था। . . सप्ताह-भर तक वे तमाम ताले खोलते खुलवाते और सब कुछ गिनते-सहेजते रहे। उन्हें अपने पर अचरज हुआ कि अपने जीवन के पैंतालीस वर्षों में अभी तक यह नहीं जाना था कि इस 'सीकरी' में कितने कोठे, कोठरियाँ, कुएँ और बाबड़ियाँ होंगी। सब कुछ समय-समय पर सुविधा और आकांक्षा के अनुरूप तोड़-फोड़कर बनबाया तथा विस्तृत किया गया था। उसमें किसी योजना या स्थापत्य की सुघड़ता नहीं थी। मसलन गर्मियों में विश्राम के लिए निर्मित तलघर या 'शीतलघर' भूसे से भरा था और उसमें आम

के 'पाल' डाले जाते थे बाकी समय में उसमें तोड़े तिजोरियाँ रखी रहतीं जिनमें जरूरी कागज़ात तथा कीमती बर्तन आदि भरे होते। मकान के आगे बना पोर्टिको बंद करके कमरानुमा बना लिया गया था जिसमें अनाज को बोरियाँ भरी रहतीं। ऊपर का हिस्सा रेलिंग लगाकर अतिरिक्त निजी छत के रूप में बना लिया गया था जिसमें जरूरत पड़ने पर कुर्सियाँ या चारपाइयाँ पड़ जातीं।

...एक छोटी-सी अस्तबल थी जिसमें दो घोड़े, एक ताँगा, एक बग्गी और एक पालकी थी। उससे संलग्न एक 'गोशाला' थी जहाँ चार बैल, दो गाएँ और एक भैंस जुगाली करते रहते। ...इस प्रकार यह 'सीकरी' तीन खंडों में विभाजित थी : उस अस्तबल, गोशाला के सामने एक छोटा-सा खाली मैदान था जिसे 'लान' कहा जा सकता था क्योंकि उसमें निर्द्वंद्व रूप से घास उगी रहती थी और जिसके चारों ओर गेंदे, कनेर, रात की रानी तथा गुड़हल के फूल थे। इस प्रकार उसे 'फुलवारी' भी कहा जा सकता था। मैदान के एक छोर पर 'जनानखाना' और दूसरे छोर पर 'मर्दानखाना' था। जनानखाना बड़ा था उसमें एक आँगन के चारों ओर बरामदे और बरामदों के भीतर कोठरियाँ बनी हुई थीं। कोठरियों के आकार-प्रकार कई तरह के थे : एक कोठरी बहुत बड़ी थी जिसे कोठरी न कहकर अपनी तरह का 'हॉल' कहना चाहिए जिसमें चारों ओर अनाज रखने के 'भाँड' थे तथा बीच में एक गोबर से लिपा-पुता 'कोठिला' था जिसमें वर्ष-भर के लिए चावल इकट्ठा किया जाता था। उस कमरे में अनाज, सरसों और मिट्टी के तेल की गंध स्थायी रूप से भरी रहती थी। उसमें हमेशा ताला पड़ा रहता था जिसे खोलने पर चारों ओर चूहे भागकर छिप जाते तथा उनकी लेड़ियों की चटाई पर से होकर गुजरना पड़ता। ...एक कोठरी 'दूधवाला' घर थी जिसमें उपलों, जले हुए दूध और दही की गंध जमा रहती। दूसरी कोठरी स्त्रियों का निजी 'तोशखाना' थी जिसमें उनके मायके, ससुराल अपनी जवानी और बच्चों के बचपन बंद थे। उसे कभी-कभार अतीत-मोह की तरह खोला और सहेजा-सुखाया जाता था। बच्चों के लिए वह 'रहस्य-गृह' थी जिसे खोलने और माँगने पर कुछ भी पाया जा सकता था। बाकी कोठरियाँ 'रहने' के लिए थीं यानी सोने के लिए—वह भी ज्यादातर जाड़ों में ही, क्योंकि औरतों का ज्यादातर वक्त बरामदों भंडारघर और दूधघर में ही बीतता था।

...मर्दानखाने में खूब बड़ी-सी छत थी जिसके दो तरफ रेलिंग लगे बरामदे

और उनके बीच तीन-चार कमरे थे। एक छोर पर शौचालय तथा स्नानघर था। कमरों के ऊपर भी एक छत थी जिसके बीचोबीच एक कमरा था जिसमें चार दरवाजे थे।

...बड़े भाई जब तक जीवित रहे, वहीं सोते थे।

...बड़े भाई के मरने पर ठाकुर चंद्रिकाप्रसाद सिंह ने इस 'घर' को पहली बार 'अपनी नजर' से देखा।

...अतः पहला काम तो उन्होंने यह किया कि बड़े भाई ने जहाँ-जहाँ इस घर में दरारें और फाँकें रख छोड़ी थीं, उसे उन्होंने भरना शुरू किया।

...किंतु तभी एक बड़ी 'दुर्घटना' हो गयी : अखबार और रेडियो ने बताया कि हिंदुस्तान आजाद हो गया।

...जवानी के दिनों में वे भी जेल गये थे और अभी भी खद्दर पहनते थे लेकिन 'आजादी' ने उन्हें आतंक से भर दिया, आजादी के बाद ही खबर फैली कि जमींदारी का खात्मा कर दिया जायेगा, किसान आजाद हो जायेंगे और उन्हें जमींदारों को कर नहीं देना पड़ेगा। ...जमींदारी पर ही तो यह सारी महफिल और मजमा टिका हुआ था। अतः ठाकुर चंद्रिकाप्रसाद सिंह को दुहरी लड़ाई लड़नी थी। एक तो जिस आजादी के लिए वे दो साल जेल में थे, उससे लड़ना और दूसरी ओर अपने 'गृह' का पुनर्गठन करना।

...जमींदारी जाने के दिन जैसे-जैसे नजदीक आने लगे उन्होंने भविष्य के लिए 'पाँच साला योजनाएँ' बनाना शुरू कर दिया : मित्रों-रिश्तेदारों से मशविरा करके वे कलकत्ता गये और वहाँ से एक बीस 'हार्स पावर' का रस्टन इंजन ले आये और बड़े फाटक के सामनेवाली जमीन में टीन की छत डालकर उसके नीचे गाँव का पहला 'राइस एंड फ्लोर मिल' खोल दिया। फिर कुछ दिन बाद तेल निकालनेवाले कोल्हू भी ले आये और आस-पास के गाँवों से भी लोग धान, गेहूँ और सरसों लेकर वहाँ आने लगे : सुबह से आठ-नौ बजे रात तक पुक्-पुक् करके मिल चलती और उसकी आवाज के साथ ही सुर मिलाकर उनका दिल धड़कने लगा। जमींदारी का जवाब 'घरेलू रोजगार' से। 'तल घर' या 'शीतल घर' से भूसा निकलवा कर उन्होंने डिज़ल आयल के टीन जमा करवा दिये जिससे रस्टन इंजन चलता था। उसका धुआँ और आवाज ही उनकी जिंदगी बन गया। सबसे बड़ी सुविधा तो यह हो गयी कि घानी में बचा हुआ तेल, चक्की में बचा हुआ आटा

शाम को घर में आ जाता और प्रायः भंडारघर से अनाज निकालने की ज़रूरत ही नहीं पड़ती थी।

दूसरा काम उन्होंने यह किया कि उस ऊँचे टीले पर बने किलेनुमा घर के नीचे जो डीह था उसे गाँव के सबसे विश्वस्त 'कोईर' रामभरोसे को ठेके पर दे दिया जिसने उनकी देख-रेख में उसमें मौसम की सब्जियाँ उगाना शुरू कर दिया और ताजे आलू, प्याज, मटर, टमाटर, कुम्हड़े और लौकियों के ढेर लगने लगे। इस प्रकार वह 'अहा ग्राम्य जीवन भी क्या है' बन गया। इस पक्ष से निश्चिंत प्रायः होकर गृह के 'पुनर्गठन या पुनर्निर्माण' का कार्य प्रारंभ किया : इस तथ्य पर ध्यान वर्षों पूर्व गया था कि जनानखाने की कोठरियों में खिड़कियों के नाम पर 'झुर्रियाँ' हैं। अतः प्रारंभ उन्होंने इसी मानवीय पक्ष से ही किया : दीवारें तोड़कर बड़ी-बड़ी खिड़कियाँ, शलाखें और पल्ले डलवाकर बनावा दिये गये। घर की औरतों ने पहली बार अपने घर के पीछे की 'हरियाली और रास्ते' को देखा।

...मर्दानखाने के कमरों में भी पर्याप्त तोड़-फोड़ की गयी। बीच का कमरा जो 'लाइब्रेरी' था और उसमें भी यद्यपि चार दरवाजे थे लेकिन चारों ओर लकड़ी तथा शीशे की अलमारियों से घिरे होने के कारण उसमें मनुष्यों तथा हवा का प्रवेश केवल 'प्रवेश द्वार' से ही हो सकता था। सो उन्होंने पीछे की दीवार से लगी अलमारियों को हटवा कर उसके दोनों छोरों पर से प्रायः आदमकद खिड़कियाँ बनवा दीं। दूसरे कमरे को उन्होंने अपने शयनकक्ष में परिवर्तित किया : एक बड़ा निम्वॉड़वाला पलंग, एक आरामकुर्सी और कुछ रखने-रखाने के लिए एक छोटी मेज़। पलंग के सामने फ्रेम किया हुआ एक बड़ा शीशा जिसके आगे कंघी, तेल, इत्र आदि रखने के लिए ब्रैकेट लगा हुआ था। पलंग से लगी एक अलमारी जिसकी चाभी उनकी जनेऊ से बँधी रहती थी और उसमें रोजाना खर्च के रुपये-पैसे, उनकी डायरियाँ, जरूरी कागजात, पुरुषों द्वारा पहने जानेवाले छोटे-मोटे आभूषणों मसलन, अंगूठियाँ, जड़ाऊ बटन, गले की चेन, काफलिंक्स आदि बंद थे। उस कमरे से संलग्न 'बैठकखाना' था जो भारतीय तथा पश्चिमी संस्कृति के सम्मिश्रण का अनूठा उदाहरण था : चार-पाँच तरह की चार-पाँच कुर्सियाँ, बीच में एक संगमरमर-टॉप वाली मेज और किनारे दीवार से लगी बड़ी-सी तख्त जिस पर साफ बुर्राक गिलाफोंवाले गाब तकिये और वैसी ही बगुले की पाँख-सी सफेद चादर बिछी रहती। दरवाजे के पास लकड़ी की एक लंबी-सी बेंच—जिस पर वे लोग

बैठते थे जो खड़े रखने के योग्य तो नहीं थे किंतु कुर्सियों पर बैठने के काबिल नहीं थे। वे खुद तख्त पर गाव-तकियों के सहारे बैठा करते थे। यानी उस तख्त पर कोई और नहीं बैठता या बैठ सकता था। इस प्रकार वह बैठकखाना कई दिशाओं में जाने या आनेवाला 'दीने-इलाही' था।

...सुबह उठकर वे निवृत्त होने के बाद छत और लंबे बरामदों में आध-पौन घंटे चक्कर लगाते थे। इस दरम्यान वे भविष्य की कुछ और योजनाओं के बारे में सोचते थे। अपनी इन्हीं टहलानों के बीच एक दिन उन्हें ख्याल आया कि गाँव के पीछे पश्चिमी सिरे पर उनका 'बीजू आमों' का एक बड़ा-सा बगीचा है और उससे लगा एक बड़ा मैदान है जिसमें गाँव के स्कूली लड़के फुटबाल खेलते हैं।

...पत्र-व्यवहार करके उन्होंने 'पूसा एग्रीकल्चरल इंस्टीच्यूट' से एक विशेषज्ञ को बुलाया जिसने वहाँ की मिट्टी की जाँच करके बताया कि वह 'कलमी आमों' के लिए बड़ी उर्वरक भूमि है। उस विशेषज्ञ के साथ ही उन्होंने पूसा की यात्रा की और वहाँ से एक माली और छः सौ कलमी आमों के पौधे ले आये, जिनमें से ज्यादातर लंगड़े और दशहरी आमों के थे। वह माली वहाँ हफ्तों रहा तथा खाली मैदान में पौधे लगाने और समुचित उर्वरक आदि देने के बाद यह घोषणा करके चला गया कि आज से ठीक छः वर्षों बाद वे एक शानदार और प्रचुर अर्थ अर्जित करनेवाले बगीचे के मालिक बन जायेंगे। ...इस प्रकार पश्चिम, पूरब, उत्तर, दक्षिण—चाक चौबंध दुरुस्त करने के बाद उन्होंने एक 'नव-गृह' निर्माण की योजना बनायी।

...किंतु इसी बीच एक छोटी-सी दिक्कत सामने आ गयी 'राइस एंड फ्लोर मिल' का रस्टन इंजन कुछ देर काम करता लेकिन फिर घुर्र-घुर्र करके अपने आप बंद हो जाता। कस्बे से आये कारीगर ने बताया कि वह एक साथ राइस, फ्लोर और तेल की घानियों का बोझ नहीं उठा पा रहा है। इतना ज्यादा बोझ उठाने के लिए अधिक हार्स पावरवाले इंजिन की जरूरत पड़ेगी। ...कुछ दिनों तक तो चंद्रिकाप्रसाद जी ने कभी यह बंद करके और कभी वह चला कर काम चलाया लेकिन कुछ दिनों बाद जब उन्हें अपना रूटीन चेकअप कराने कलकत्ते जाना पड़ा तो वहाँ से वे बाजार में नया-नया आया पचीस हार्स पावर वाला हिलमैन इंजन खरीद लाये जो बटन दबाते ही चालू हो जाता था जबकि 'रस्टन इंजन' को किसी मजबूत मिस्त्री द्वारा हैंडिल घुमाकर चलाना पड़ता था।

. . .हिलमैन इंजन ट्रक पर रखवाये जब वे अपने गाँव में घुसे तो उनके साथ दो जूनियर इंजीनियर 'सात बैंडों' वाला लेटेस्ट 'पाई रेडियो' और अपने बारह साल के छोटे बेटे के लिए हल्की-फुल्की रंगीन चेकोस्लोवाकिया में बनी साइकिल थी। ट्रक के ठीक सामने वे बंद गले के कोट, गांधी टोपी में हाथी-दाँत की हैंडिल वाली छड़ी लिये खड़े थे। गाँव की गलियों में लोग उन्हें उत्साह और अचरज से तक रहे थे।

. . .हिलमैन इंजन की उनके पैतृक पुरोहित ने मिल में प्रवेश से पूर्व 'द्वार-पूजा' की, नारियल फोड़ा, अपनी 'संस्कृत' भाषा में श्लोक पाठ किया और शंख बजाकर स्वागत किया। गाँव के गणमान्य व्यक्तियों की उपस्थिति में मुहूर्त निकलवा कर 'हिलमैन' का बटन दबाया गया और उसके पट्टे के साथ ही 'राइस एंड फ्लोर मिल' की चक्कियाँ और कोल्हू आदि घरघराकर चालू हो गये, पुक्-पुक् के औद्योगिक निनाद से सात गाँव गुंजित हो उठे।

गृह-निर्माण की दिशा में अगला असली और ठोस कदम : 'जनानखाने' और 'मर्दानखाने' के बीच मैदान को रोज सुबह टहलते हुए देखते रहने के बाद एक सुबह उन्हें अचानक लगा कि वह कुछ ज्यादा बड़ा, ज्यादा खाली और ज्यादा वीरान है। . . .यह 'कोई वीरानी-सी बीरानी है' ठाकुर चंद्रिकाप्रसाद जी ने सोचा और वहाँ बननेवाले नये मकान का नक्शा खुद बनाया, उन्हें घरों के आगे बरामदों के साथ बने सफेद सीमेंटवाले गोल-गोल खंभे हमेशा आकर्षित करते रहते थे। अतः उनके मस्तिष्क ने पहले वहाँ ऊँची सीलिंगवाला एक लंबा-चौड़ा बरामदा बनाया गोल-गोल ऊँचे खंभों की कतार में जड़ा। उसके पीछे वैसी ही ऊँची सीलिंगवाले कमरे जिनमें रंगीन शीशे जड़े रोशनदान जिन्हें उनके लगे खूबसूरत डोरियों को खींचने से खोला-बंद किया जा सकता था। कमरों में सागौन की लड़कियों से बने मजबूत नक्कासीदार दरवाजे! . . .बीचोबीच तीन-चार कोणोंवाला बड़ा-सा बैठकखाना, जिसमें सामने ऊँची-चौड़ी मेंटल-पीस! नीचे भले ही सजावट के लिए ही सही खूबसूरत 'फायर प्लेस'। प्रत्येक कमरे से संलग्न एक-एक आधुनिक बाथरूम जिसके आगे थोड़ी-सी जगह ड्रेसिंग रूम के रूप में। दूसरी मंजिल पर भी लगभग यही सब कुछ लेकिन वहाँ खंभे नहीं होंगे। छतें दो-तीन होंगी, छोटी-छोटी। निजी उपयोगों के लिए। इन सबके ऊपर एक बड़ा-सा वाटर टैंक, जिसमें हिलमैन इंजन से पाइपों के सहारे पानी चढ़ा करेगा और पाइपों के जरिए

ही वह सभी संलग्न बाथरूम में पहुँचेगा। ...यह उस गाँव में चमत्कार करनेवाला आविष्कार होगा।

...प्रत्येक सुबह उनकी आँखों के आगे वह इमामबाड़ा बनने बढ़ने लगा। फिर एक दिन वह भी आया जब उसकी नींव भी खुदना शुरू हो गयी। नयी नरम सोंधी मिट्टी के ढेर मैदान में इधर-उधर जमा होने लगे। नींव गहरी हो तो मकान पुख्ता होता है। इस तथ्य को ध्यान में रखते हुए नींव गहरी खोदी जाने लगी। मजदूर, कुदाल, फावड़े और ठाकुर चंद्रिकाप्रसाद सिंह की हिदायतें। निगरानी करने वाले कई गुमाश्ते हर वख़्त तैनात।

...जाड़ा शुरू हो गया था। नयी हरी मटर, सफेद गोभी के फूल, लाल सुर्ख टमाटर डीह से घर में आने लगे थे। सुबह देर तक कुहरा छाया रहता। धुंध से ढँका गाँव भी धीरे-धीरे सुगबुकाता हुआ उठता। जुर्राबें, स्वेटर, शाल और मंकी कैंप में ढँके ठाकुर चंद्रिकाप्रसाद सिंह बरामदों में टहलते हुए ही सुबह जाते गाँव और अपने नये बनते घर को देखते। नया बनता घर, मौसम का पहला जाड़ा, नयी ताजा हरी, सफेद, लाल सब्जियाँ—उनकी गंध, स्वाद, नये मकान के लिए खोदी जाती नींव की नम मिट्टी, उसकी सोंधी गंध। सब एक साथ सोखते हुए मगन ठाकुर चंद्रिकाप्रसाद सिंह टहलते हुए देखते कि नींवों के किनारे-किनारे उनका छोटा बेटा अपनी नयी चमकीली साइकिल चलाता हुआ ऐसी-ऐसी हरकतें करता कि वे डर जाते। मसलन कभी वह नींवों के ऐन किनारे चला जाता लगभग सरकस के खिलाड़ियों की तरह जो तनी हुई रस्सी पर साइकिल चलाते हैं। ऐसे में वह कभी-कभी हैंडिल पर से दोनों हाथ उठा लेता था।

...कुहरे से ढँकी उस सुबह भी वे वैसे ही बरामदों में टहल रहे थे—बरामदे के एक सिरे से दूसरे सिरे तक वे बार-बार आ-जा रहे थे। घर का नौकर छत, बरामदों और कमरों में झाड़ू लगा रहा था। कुहरा और झाड़ू की खर्र-खर्र के अलावा और कोई आवाज नहीं थी। छोटा बेटा उस दिन उनके पीछे-पीछे साथ टहल रहा था। उसके इम्तिहान शुरू हो गये थे। ठाकुर चंद्रिकाप्रसाद उससे आज होने वाले पर्चे के बारे में पूछ रहे थे, साथ ही हिदायत भी देते जा रहे थे कि उसे 'सेक्स्टन ब्लैक' वाले जासूसी उपन्यास बंद करके कोर्स की किताबें ज्यादा पढ़नी चाहिए।

...उस वक्त वे बरामदों के छोर पर खड़े पड़ोस के पट्टीदार के ऊँचे मकान

को देख रहे थे जो अभी-अभी बनकर पूरा हुआ था उसके कंगूरे कुहरे में ढँके थे। अचानक उनका सिर पहले एक किनारे थोड़ा झुका मानो वे उस मकान को ज्यादा गौर से देखना चाहते हों पर फिर वह पीछे की ओर ढुलका, वे झुकते से नजर आये और एक ओर धम्म के साथ शाल में लिपटा उनका पूरा भारी-भरकम शरीर छत पर चित गिर पड़ा। नाक से गुरगुराती हुई साँसें सुनायी पड़ीं और सब कुछ थिर हो गया। झाड़ू लगाता नौकर भागा आया बेटा कुछ क्षण भौंचक्का पिता को देखता रहा फिर किसी तरह नौकर की सहायता से उन्हें उनके पलंग पर ले आया। . . .गाँव के जो भी नीम हकीम वैद्य, डॉक्टर आदि थे भागते हुए आये। नब्ज, दिल की धड़कनें देखी गयीं। रामबाण समझी जानेवाली औषधि मकरध्वज दी गयी जो उनकी बेजान जुबान पर ही चिपक कर रह गयी। ठाकुर चंद्रिकाप्रसाद सिंह मर चुके थे। कुहरा ढँका गाँव धीरे-धीरे उनके अहाते में जमा हो रहा था, उसी में उनके नये मकान की नींव खोदनेवाले मजदूर भी थे।

कुत्तेवाली रोटियाँ

सामूहिक कहकहे उठे और वहाँ के खूब नीले आकाश में समा गये। वहाँ का आसमान दरअसल बहुत नीला था, नीला और करीब। नीचे लान की हरी घास भी कुछ ज्यादा ही हरी थी। चारों ओर की पहाड़ियाँ सफेद बर्फ से ढँकी थीं। वहाँ तेज रोशनी की किरणें चमक रही थीं। . . .सचमुच मैं सब कुछ देख रही थी। यह बड़ी मुश्किल से एक-एक रोटी बनाकर खिड़की की चौखट पर रखता जा रहा था और खिड़की के उस पार बैठा कुत्ता उन्हें दूसरी तरफ उठाकर खा रहा था। और फिर जब यह हजरत उठे तो इनकी सूरत देखकर इतनी जोर की हँसी आयी कि मेरी माँ और बहन भी हमारी खिड़की पर आ गयीं। मेरा घर इसके कमरे के ठीक ऊपर की पहाड़ी पर है। वहाँ से सब कुछ दीखता है। अचानक इसकी निगाहें उठीं और हम लोग दीख गये। फिर तो. . .एक कहकहा और उठा, हरी घास और नीले आसमान के बीच खिलखिलाहटों का दौरा-सा पड़ गया। कोई पेट पकड़कर उधर लुढ़की और कोई दूसरी की गोद में। लड़कों के अट्टहास चिढ़ाते हुए उसकी ओर लपके।

. . .और वह जिसको लेकर यह सब हो रहा था, शर्म से सुर्ख होता हुआ घुटनों में सिर छुपाता बैठा था। उस दिन यूनिवर्सिटी जाने के लिए मैं निकली तो आलू के पराँठे, नींबू के अचार के साथ बनाकर रख लिये थे। क्लास के बाद जब मैं इसे 'चाची' के ढाबे में ले गयी तो यह भूल गया कि उसमें कुछ पराँठे मेरे लिए भी थे। मुझे 'चाची' के पराँठे खाने पड़े। वह फिर जोर से हँसी, पर इस बार काफी कम हँसियों ने उसका साथ दिया।

...वे सब पिकनिक पर गये थे। उस ऊँची पहाड़ी के पठार पर हरी घास में यहाँ-वहाँ टिफिन के डब्बे खुले हुए थे और मिली-जुली खुशबुओं के झोंके उड़ रहे थे। 'कुत्तेवाली रोटियों' का जिक्र वहीं से शुरू हुआ था।

...फिर वे गुच्छों में बिखर गये : वे तीन-चार नीचे पार्क में झूले झूल रहे थे। पहाड़ी के छोर पर जहाँ पटार खत्म होता था, वहाँ वे उस प्रसिद्ध नदी की 'बाँक' देख रहे थे, जो नीचे दूर एक पतली रेखा की तरह चमक रही थी। ...कुछ इन सबसे बेखबर खाली टिफिन डब्बों, हवा में उड़ती चमकीली पत्रियों, कागज के नेपकिनों और जूठे खानों के बीच बैठे गीत गा रहे थे। ...कोई भी गीत जो तत्काल उन्हें याद आ जाता था : पुराने फिल्मी गीत, अपने-अपने अंचलों के पहाड़ी गीत और 'अभी बिल्कुल अभी'—फैशनेबल 'कभी-कभी' के गीत।

...जब धूप पीली पड़ने लगी और हवा सर्द और धारदार तो नीचे बस ड्राइवर ने हॉर्न बजाना शुरू कर दिया। ...उन्होंने बस में भी गाने की कोशिश की लेकिन थोड़ी ही देर बाद वे एक-दूसरे पर लुढ़कते हुए सोने लगे। ...खतरनाक अँधेरे मोड़ों पर सुरंग बनाती रोशनी और दिन-भर शोर के बाद बस के भीतर सन्नाटा। ...साल में दो-तीन बार उनकी 'पिकनिक पार्टी' ऐसे ही जाती और लौटती थी : गाते, बतियाते और सोते हुए। ...यह क्रम वर्षों से चल रहा होगा, वर्षों तक चलेगा। शायद 'बस' भी वही होगी।

...जब भी देर हो जाती, उसे छोड़ने जाना पड़ता। ...खासतौर पर 'कुत्ते वाली रोटियों' की घटना के बाद रास्ते में एक लंबा, अँधेरा सूनापन था। ...वहाँ कुछ आपस में बोलना भी असंभव लगता। फिर शहर की रोशनी में आते ही वह चहकने लगती। फिर यह सिलसिला लगभग रोज-रोज का होने लगा और लगभग वर्ष-भर चला।

...उस दिन बारिश भी हो रही थी। वे तेज-तेज चल रहे थे, अपनी-अपनी छतरियों को आपस में टकराने से बचाते हुए। ...तभी वह सामने आ गया। उसी लंबे अँधेरे सूनेपन में, बरसती सड़क के बीचोबीच हिलता-डुलता, हल्का-सा लड़खड़ाता लेकिन क्रूर और नृशंस। वह हँसा और उसने बढ़कर लड़की की कलाई पकड़कर खींची। 'छोड़ने वाला पहले तो स्तब्ध रह गया और लड़की खिंचती चली गयी, चीखती... फिर वह कूदा और उसने लड़की की कलाई छुड़ाकर उसे अपने पीछे कर लिया, "तुम हो ? यह हरकत !" एक झन्नाटेदार तमाचा पड़ा और उसके

जबड़े हिल गये। फिर भी उसने पीछे मुड़कर लड़की से कहा, "भागो!" लड़की भी पीछे भागती चली गयी, जहाँ उसने लड़कियों के हॉस्टल में रात बितायी।

...वह बरसती सड़क पर देर तक पड़ा रहा—कान, नाक और मुँह से खून बहाता। ...तभी लड़कों का आखिरी झुंड लौट रहा था : नशे में हँसता, खिलखिलाता, एक-दूसरे को दबोचता, धकेलता। ...फिर अचानक वे रुक गये, सूनी सड़क के अँधेरे में, बीचोबीच जहाँ वह पड़ा था। वे उसे जानते थे। वे उसे उठाकर वापस लाये। यूनिवर्सिटी के डॉक्टर को जगाकर 'एंटी टेटनस' की सुई दिलवायी, मरहम-पट्टी के बाद नींद की गोली खिलाकर उसे सुला दिया। ...वह जागा तो सिलसिला फिर वही शुरू हुआ, छोड़ने जाने का।

...वह लगातार हँसती और बातें करती। उसे उसके तथाकथित युवा प्रगतिशील संगठनों में कोई दिलचस्पी नहीं थी, उसे वे व्यर्थ के दिवास्वप्न लगते थे। इसके अलावा वे लोग बेहद गंदे रहते थे, बहुत कम नहाते या कपड़े बदलते थे। वे ढाबों में घंटों प्रायः बेवजह बहस करते, प्रायः उधार ही चाय पीते या ब्रेड-पकौड़े आदि खाते, जिनका बिल कभी-कभी वे सब लड़कियाँ मिल-जुलकर चुका देतीं।

...उसे अच्छे कपड़ों, बढ़िया नफीस ड्राइंगरूम, रंगीन पर्दों, भारी गर्वीले सोफों और खूबसूरत साड़ियों-सूटों का शौक था। ...पर इन्हें वह दिवास्वप्न नहीं मानती थी। दरअसल वह कभी सोचती नहीं थी, केवल रहती थी। जब भी उससे कोई सोचनेवाली बात कह दी जाती तो वह चुप और गुमसुम हो जाती, फिर थोड़ी देर बाद शर्मा कर हँसने लगती थी। ...लोकल ट्रेन आने में जब थोड़ी देर होती और क्लास कुछ पहले छूट जाती तो वे तीन-चार के गुच्छों में प्लेटफॉर्म के छोर वाली पुलिया पर बैठकर गीत गाने लगतीं। लोकल ट्रेन ज़ब शहर पहुँचती तो वे सब पहाड़ियों के नीचे-ऊपर, इधर-उधर बिखर जाते। यह रोज का सिलसिला था। घर पहुँचते ही उसे जोरों की भूख लगती और माँ-बाप, भाई-बहनों के बीच वह काफी हाय-तोबा मचाने के बाद खाती, खाकर तुरंत सो जाती। बेहद गहरी नींद में। यह भी रोज का सिलसिला था। वहाँ इस तरह के दो सिलसिले थे : एक खौलती-उफनती बातों, बहसों, नारों और पोस्टरों का और दूसरा पहाड़ी ढलानों, सीढ़ियों, कभी-कभी ढलुआँ ऐसबेस्टस की छातों पर भी हँसती-खिलखिलाती गाती-बतियाती आवाजों का। पर इन दोनों छोरों में एक अजीब तालमेल था :

अनजाने या अलक्षित ढंग से ही वे एक-दूसरे को सहायता पहुँचाते। यह परस्पर विरोधी न होकर पूरक स्थिति थी। इसी में वे दोनों भी थे। उनकी पूरकता भी इसी प्रकार की थी। ...उसने शायद कभी यह महसूस नहीं किया कि उस दिन वह कैसे बची या बचायी गयी थी। ...बहस में वे बेहद उत्तेजित हो जाते और लगातार एक-दूसरे के खिलाफ होते। यह सिलसिला भी चलता रहा, लगभग वर्ष-भर तक।

...वह वर्ष बीत गया।

...मैं वर्षों बाद वहाँ गया तो वह मुझे रिसीव करने स्टेशन आया था। वह खुश था और ज्यादा स्वस्थ हो गया था। पढ़ाई के बाद उसे नौकरी मिल गयी थी। गेस्ट हाउस पहुँचने तक वह लगातार इस बीच की बातें बताता रहा : कितने पी-एच. डी. हुए कितनी नयी नियुक्तियाँ हुईं, कितनी शादियाँ हुईं, कितने रीडर, प्रोफेसर बने, कितने शहर छोड़कर चले गये, कितनों ने 'नेतागिरी' छोड़ दी, कितने नये नेता बने, कितने बीमार, कितने मृत। ...अचानक मुझे कुछ याद आया। चढ़ाई पर रुककर साँस लेते हुए मैंने उस लड़की के बारे में पूछा जिसे वह छोड़ने जाया करता था, "सर, उसकी शादी तो जभी हो गयी थी, जब आप गये थे।"

"ओह, यह तो बड़ी अच्छी सूचना है, किससे?"

"उसी से, जो उससे शादी करना चाहता था?" उसने उसी रौ में हँसते हुए कहा।

"उसी से मतलब, उसी लड़के यानी उस अँधेरी, सूनी सड़कवाले लड़के से?" मैंने कुछ चकित होते हुए पूछा।

"जी हाँ" सर, दोनों के माता-पिता और उन दोनों की मर्जी से हुई शादी।"

मेरे दिमाग में कुछ बातें उलझ गयीं और मैंने उन्हें झटक दिया, "कहाँ है वह?"

"यहीं, शहर के दूसरे छोरवाले 'पिप्पली' में।"

"बहुत दिन हो गये मिले, क्या वह मिल सकती है, शादी के बाद उसने नौकरी भी नहीं की, पी-एच. डी. भी नहीं की। पढ़ाई के ठीक बाद शादी।" मैंने कुछ सोचते हुए कहा।

"मिल तो सकती है सर, उसके यहाँ फोन भी है और गाड़ी भी। मैं फोन करके उसे बताऊँ?"

"हाँ बताओ, अगर आ सके तो...।"

मुझे गेस्ट हाउस के कमरे में पहुँचाकर वह फोन करने नीचे चला गया। मैं नहाता-धोता सोचता रहा। मैं उन वर्षों बल्कि उन दिनों में पहुँचना चाहता था, जब 'कुत्तेवाली रोटियों' की बात शुरू हुई थी। जाहिर है इन वर्षों में मैं बुढ़ा चला था और मुझे उन वर्षों, उन दिनों में पहुँचने में दिक्कत हो रही थी, बल्कि उन दिनों के बारे में सोचने में भी। ...तभी वह दौड़ता हुआ आ गया लगभग हाँफता हुआ।

"वह आ रही है, वह खुश है कि आप आये हैं, वह आधे घंटे में यहाँ आ जायेगी।" उसने घड़ी देखते हुए कहा। वह सचमुच खुश था।

...सचमुच लगभग आधे घंटे बाद वह गेस्ट हाउस के दरवाजे पर थी। "ओह सर, मुझे उम्मीद नहीं थी कि आपसे जल्दी मिल पाऊंगी।" वह वैसे ही हँसती खिलखिलाती आगे बढ़ी, "सर, आप बिलकुल वैसे ही हैं एकदम बदले नहीं।"

"नहीं, मेरे बाल सफेद हो गये हैं और मैं तेजी से बूढ़ा हो रहा हूँ और तुम पहले से लंबी, पीली और दुबली हो गयी हो।"

...जरा देर के लिए मुझे लगा कि वह सचमुच पीली पड़ गयी है, दरवाजे में ठिठकी-सी...।

"कहाँ सर, दिन-भर खाती और सोती रहती हूँ।"

"और पढ़ना-लिखना या गाना-बजाना?" मैंने पूछा।

"अरे कहाँ सर, मेरा बेटा मुझे छोड़े तब तो, फिर घर का ढेर-सा काम-काज।"

"तो तुम्हारा बेटा भी हो गया। कितना बड़ा है?"

"अभी तो केवल छः महीने का पर शैतान है वह, सिंदबाद के बूढ़े की तरह पीठ पर लदा रहता है, वह छः महीने का शैतान।" वह हँसते-हँसते फिर दुहरी हो गयी।

"मैं खाना खाने जा रहा था।"

"सर, आप खाइए न!" उसने कहा।

"तुम खाओगी?"

"मैं सबको खा-खिला के आयी हूँ, आप खाइए।" वह इस बीच तीसरे सोफे पर बैठा केवल मुस्कुरा रहा था। मैं खाने लगा।

"सर, आप तो अभी भी लिखते होंगे ?" मैंने उसकी ओर कुछ हैरत से देखा। फिर कुछ समझते हुए खाने लगा।

...मैंने उसके बेटे, पति, सास-ससुर आदि के बारे में पूछा। सलाह दी कि तुम गाया और कुछ पढ़ा करो। यह तुम्हें किताबें दे दिया करेगा, किताबों के नाम मैं इसे वता दूँगा। वह उसकी ओर देखकर हँसी, वह भी हँसा।

"...अरे, यह तो शाम होने लगी। सर, आपके साथ समय का पता ही नहीं चलता। मैं चलूँगी, मेरे बेटे ने घर में हंगामा मचा दिया होगा। किसी के सम्हाले नहीं सम्हलता, मेरे सिवा।" वह उठ खड़ी हुई।

"लेकिन तुम तो गाड़ी में आयी हो, जल्दी ही पहुँच जाओगी।"

"कहाँ सर, गाड़ी तो मेरे ससुर लेकर डिस्पेंसरी चले गये थे। मैं तो बस से भागी-भागी आयी।"

"...जाओगी कैसे ?"

"बस से, उस टीले के पास से सीधी जाती है।" सूरज टीले के पीछे डूबनेवाला था।

"तुम उसे बस स्टैंड तक छोड़ आओगे न ?"

"जी सर, मैं अभी उसको छोड़कर आता हूँ।"

...वे दोनों सामने की पहाड़ी पर चढ़ रहे थे, वह फिर उसे छोड़ने जा रहा था।

आइसक्रीम

रास्ते-भर प्रायः चुप्पी रही। वह एक भारी-भरकम पुरानी कार थी। चूँकि रास्ता ऊब्बड़-खाबड़ था और गाड़ी का पुराना इंजन इस उछल-कूद से प्रायः बीमार होकर चुप हो जाता था इसलिए बीच-बीच में गाड़ी रोककर उसकी देखभाल करनी पड़ती थी। कभी रेडियेटर का पानी गर्मी से खौलने लगता और कभी कारबोरेटर से पेट्रोल 'ओवर-फ्लो' कर जाता था। रास्ता बहुत लंबा नहीं था, लगभग एक घंटे का महज। लेकिन पहुँचने में करीब दो घंटे लग गये। . . .वह आगेवाली सीट पर ड्राइवर के साथ बैठा था। पीछे नीता, उसके पिता और माँ बैठे थे। पिता गाड़ी रुकने पर ड्राइवर को बार-बार डाँटते थे, गोया गलती उसी की हो।

प्रायः हर सप्ताह वे उस छोटे शहर से बड़े शहर तक सपरिवार जाते थे। परिवर्तन का उनके लिए वही अर्थ था। बड़ी-सी ब्रिटिश जमाने की गाड़ी, पत्नी और बेटे-बेटी। इस बार बेटे इम्तिहान के कारण नहीं जा सके, उन्होंने उससे कहा था कि वह साथ चले। पहले वह कुछ सकुचाया था, क्योंकि उसे किसी परिवार के साथ कहीं आने-जाने या रात बिताने की आदत नहीं थी। लेकिन वे रोबीले आदमी थे उनकी बड़ी-बड़ी सुर्ख आँखों से दहशत टपकती थी। करीब जाने पर महँगी तंबाकू और कीमती शराब की गंध आती थी। उसे हैरत होती थी कि वे अकसर उससे बातें करना चाहते थे। किताबों के बारे में, साहित्य और संगीत के बारे में तथा दूसरी बहुत-सी चीजों के बारे में। हालाँकि वे बहुत कम पढ़े-लिखे आदमी थे, उसने उन्हें पढ़ते-लिखते या संगीत सुनते शायद ही कभी पाया हो।

अलबत्ता वे खाने-पीने और शानदार ढंग से रहने के शौकीन जरूर थे। बिना गोश्त के उनकी रसोई में खाना कभी पकता नहीं था और बिना शराब के उनकी सोहबत पूरी नहीं होती थी। चूँकि वह शराब पीता नहीं था। इसलिए उनके पास बैठकर उनसे बातें करने में उलझन होती थी। वे धीरे-धीरे डूबते से जाते थे और आसपास एक फुसफुसाहट या बड़बड़ाहट ही बच जाती थी। रात की नीम रोशनी में एक ऐसे इंसान लगते जो गहराई में नहीं उतर रहा हो, केवल डूब रहा हो। तब वह चुपके से उठ आता था और नीता, उसकी माँ और भाइयों से बातें करता। उसके लिए बीच-बीच में शाम बिताने का यही एक स्थानांतरण था।

उस शाम भी डूबने से पहले उन्होंने कहा कि अगली सुबह वह तैयार होकर आ जाये, उसे उन लोगों के साथ शहर चलना है तो उसने कुछ हिचकने के बाद स्वीकार कर लिया था।

अब वे तपती दोपहरी में पिछली सीट पर ऊँघ रहे थे। गाड़ी रुक जाने के बाद वे जग जाते और ड्राइवर को डाँटने लगते थे। रास्ता इसी क्रम में कटा। वह नीता या उसकी माँ से कम ही बातें कर सका। उसे भूख लग रही थी और चेहरा सूखता-सा जा रहा था। उसने धूप का चश्मा पहन रखा था, पता नहीं क्या छिपाने के लिए।

जब वे शहर के सिरे पर बने डाक-बंगले के गेट पर पहुँचे तो दिन डूबने वाला था। उनके सप्ताहांत का वह स्थायी अड्डा था। चौकीदार ने गेट खोला तो उनकी भारी-भरकम गाड़ी पुराने जमाने के बने पोर्टिको में गुर्राकर रुक गयी। गो कि वे महज दो शामों के लिए आये थे, पर गाड़ी में बिस्तरबंद, टोकरियाँ, थर्मस, फ्लास्क्स, मच्छरदानियाँ, ड्रिंक्स की बोतलें और कई सूटकेस भरे हुए थे। वे गाड़ी से उतरे और बरामदे में कतार से बने कमरों में से एक में गुम हो गये। दूसरे कमरे में नीता और उसकी माँ के सामान रख दिये गये। उसे पता नहीं चल पा रहा था कि उसे कहाँ रहना है। तभी ड्राइवर ने उसका सूटकेस उठाया और बरामदे की चारपाई पर रख दिया। उसे हाथ-मुँह धोना था और रास्ते-भर की थकान तथा धूल झाड़नी थी। नीता की माँ ने कहा कि वह उनके कमरे का बाथरूम इस्तेमाल कर सकता है। बाथरूम जाकर उसने पहली बार सुकून महसूस किया। तौलिया, साबुन और कुर्ता-पाजामा वह साथ लेकर घुसा था। लेकिन बराबर उसे यह खयाल था कि बाहर नीता और उसकी माँ बाथरूम खाली होने का इंतजार कर रहे हैं।

इस हड़बड़ी में वह बाथरूम में होने का सुख पूरी तरह उठा नहीं सका, जल्दी ही बाहर आ गया।

"वाह, आप इतनी जल्दी तैयार हो गये?' (हालाँकि उन्हें कहीं जाना नहीं था) नीता ने उसे देखते हुए कहा। उसने जल्दी-जल्दी हाथ-मुँह धोकर टैलकम पाउडर छिड़क लिया था। वह बाहर लॉन में निकल आया। लॉन में ज्यादा अँधेरा इसलिए नहीं था कि वह मेन रोड से जुड़ा था। वहाँ रोशनी थी और गाड़ियाँ आ-जा रही थीं। वहाँ रखी बेंत की कुर्सियों में से एक पर वह बैठ गया और सड़क देखने लगा। चकाचौंध और आपा-धापी थी। उसके भीतर थकान भूख और थोड़ी-सी ऊब थी। इस वक्त वह अपने शहर के फ्लैट की छत पर बैठा होता, अगली सुबह और छुट्टी के दिन का इंतजार करता हुआ। यहाँ नीचे पाँवों में मच्छर लग रहे थे।

"अरे, आप यहाँ छिपकर बैठे हैं?" उसने पीछे से नीते की आवाज सुनी। वह नहाकर साफ-सुथरी हल्की सूती साड़ी पहन आयी थी। पास आयी तो कीमती पाउडर और साबुन की खुशबू आयी। खुले बाल उसकी साड़ी को भिगो रहे थे। वह पास की कुर्सी पर बैठ गयी। "क्या सोच रहे हैं?" उसने पूछा।

"कुछ नहीं, सड़क देख रहा हूँ।" नीता ने हैरत से सड़क की ओर देखा, जैसे सचमुच ही कुछ खास वहाँ हो।

अचानक चहक कर बोली, "सड़क के उस पार एक बड़ा प्यारा रेस्तराँ है, वहाँ पिस्ता आइसक्रीम बहुत अच्छी मिलती है, चलिएगा?" फिर उसी तरह अचानक वह गेट की ओर दौड़ पड़ी। वहाँ उसकी कोई सहेली आ रही थी, जो आमेवाली थी। वह उससे पहले भी मिल चुका था। वह दुबली-पतली छरहरी-सी लड़की थी और बड़े नफीस अंदाज में बातें करती थी। इसीलिए अच्छी लगती थी।

"सईदा, बड़े वक्त पर आयीं तुम, हम रेबेका में पिस्ता आइसक्रीम खाने जा रहे हैं।" उसे हैरानी हुई कि अभी उसने कुछ कहा नहीं कि वह 'रेबेका' में जाने को तैयार है। बहरहाल वह उनके साथ 'रेबेका' गया। वह 'रेस्तराँ' कम, दुकान ज्यादा थी। इसलिए उन्होंने 'काउंटर' पर ही पिस्ता आइसक्रीम की एक पूरी ईंट मँगा ली और कागज की प्लेटों में लकड़ी के चम्मचों से खाने लगे।

"यहाँ शहर की सबसे अच्छी पिस्ता आइसक्रीम मिलती है।" नीता ने 'रेबेका' को सर्टिफिकेट देते हुए कहा।

“भाई जान, कल हमारे घर खाना खाइए न।” सईदा ने कहा।

“हाँ. . . हाँ. . . ज़रूर।”

“पर तुम्हारे घर तो बहुत से मेहमान होंगे न, तुम्हारी बड़ी बहन की शादी जो है। ऐसा करो तुम ही दिन में इधर आ जाओ, शाम को चली जाना। वहाँ की भीड़-भाड़ से भी बच जाओगी। हम लोग दोपहर भर बातें करेंगे, निखिल भाई भी रहेंगे।” नीता ने कहा।

“हाँ, यह बेहतर है।” सईदा ने कहा और वे रेबेका से बाहर आ गये।

वे फिर लॉन में चप्पलें उतार कर कुर्सियों पर बैठ गये। नीचे की दूब ठंडी और गीली थी। तपते तलुओं को राहत पहुँचती। नीता और सईदा बतियाती रहीं, कॉलेज, हॉस्टल और बाकी लड़कियों के बारे में, खासतौर पर जिनकी शादियाँ हो गयी थीं या होनेवाली थीं।

बरामदे में खूब मच्छर थे। नीता और उसके माता-पिता कमरों में बंद थे। डाक-बंगले के बाहर की रोशनियाँ धीरे-धीरे बुझ रही थीं। फिर भी सड़क पर उजाला था। . . .सुबह के आसपास हवा शायद कुछ ठंडी हो गयी थी और मच्छर कम हो गये थे। इसी बीच में वह सो गया होगा। नींद खुली तो डाक-बंगले के लॉन पर ढेर-सा उजाला और सड़क पर शोर था। उसकी चारपाई के ठीक सामने बरामदे के दूसरे छोर पर नीता के पिता और माँ चाय पी रहे थे। उसने थोड़ी शर्मिंदगी महसूस की और उनके पास चला गया। नमस्ते करके वह पास रखी कुर्सी पर बैठने ही वाला था कि नीता के पिता ने कहा, “आप मेरे कमरे में हाथ-मुँह धो आइए, हम चाय और नाश्ता मँगा रहे हैं।” उसे खुशी हुई। उसे मालूम था कि उनींदे चेहरे और बिखरे बालों में उसका चेहरा कैसा लग रहा होगा। बाथरूम में पहुँचकर वह ठंडी सुरक्षा से भर गया। वह टूथब्रश नहीं लाया था, पर साबुन की टिकिया और अधापिचके पेस्ट की ट्यूब थी। एक मटमैला तौलिया भी। नहाकर निकला तो भीतर ठंडी शिथिलता छायी हुई थी। नीता के पिता चाँदी के पानदान से खुशबूदार जर्दा निकाल कर पान की गिलौरियों के बीच रख रहे थे। उनकी खाली ट्रे की बगल में एक ट्रे और आ गयी थी; सुनहरे सिंके टोस्ट और मक्खन की छोटी-सी टिकिया।

चाय बनाकर वह टोस्ट कुतरने लगा तो नीता की माँ ने पूछा, “रात ठीक से नींद आयी ?”

"जी, खूब अच्छी तरह।" उसने चाय का भारी बड़ा-सा प्याला उठाते हुए कहा जो कि उन दिनों डाक-बंगलों के क्रॉकरीज की विशेषता थी।

"मच्छर तो नहीं थे?" उन्होंने फिर सादगी से पूछा।

"जी, मुझे नींद आ गयी थी उनका पता ही नहीं चला, होंगे भी तो।" उसने उसी सादगी से जवाब दिया। चाय का दूसरा प्याला पीने के बाद रात की अधूरी नींद का बासीपन कम होता हुआ लगा। पर बाहर धूप में लॉन गर्म हो रहा था।

"गणेश," नीता के पिता ने नौकर को आवाज दी।

"जी" वह दौड़ता हुआ आया।

"देखो, नीता तैयार हुई या नहीं। ड्राइवर को गाड़ी लगाने के लिए कहो।" थोड़ी देर में नीता नहा-धोकर बाहर आ गयी। उसने शैंपू किया था और हल्के नीले रंग की वायल की साड़ी पहन रखी थी। पैरों में महीन तल्लोंवाली चप्पलें थीं। उसकी ओर देखकर मुस्कराई, "खूब सोए न?" जैसे उलाहना दे रही हो।

"खूब, घोड़े बेचकर।" वह भी मुस्कराया। वह पास की कुर्सी पर बैठ गयी। उसके लिए भी चाय-टोस्ट आये। नीता के पिता पाइप सुलगाते हुए उठ खड़े हुए। तभी गुरगुराती हुई लंबी फोर्ड पोर्टिको में आ खड़ी हुई।

"आइए, अब आज की खरीदारी हो जाये।" नीता के पिता ने कहा। उन्होंने मलमल का कलफ लगा कुर्ता पहन रखा था जिसकी बाँहों पर अबरख की कनियाँ चमक रही थीं। नीता और उसकी माँ भी उठ खड़ी हुईं। गाड़ी जब डाक-बंगले के गेट से सड़क पर मोड़ ले रही थी तो नीता की कलवाली सहेली रिक्शे से उतरती हुई नजर आयी। वह भी गाड़ी में नीता की बगल में दुबक गयी। वह नीता के पिता से डरती थी। . . उनकी गाड़ी सिविल लाइंस के पुराने और तब सबसे मशहूर जनरल स्टोर के सामने रुकी। जनरल स्टोर अभी-अभी खुला था और सामने सड़क पर पानी छिड़का जा रहा था। ड्राइवर ने गाड़ी का दरवाजा खोला और वे लोग उतर कर अंदर चले गये। वहाँ महोगनी की पुरानी बड़ी-बड़ी अलमारियों में ऊपर से नीचे तक चीजें ठूँसी हुई थीं। नीता के पिता ने प्रत्याशा से इधर-उधर देखा, तभी स्टोर का मैनेजर अदब के साथ आकर खड़ा हो गया, "बहुत दिनों बाद आये ठाकुर साहब इस बार।" वह उन्हें अपने केबिन में ले गया और सबके बैठने के बाद बैठा। "क्या लेंगे? कोकाकोला, कोल्ड कॉफी या आइसक्रीम?" नीता ने उसकी ओर उत्सुकता से देखा।

"आइसक्रीम।" उसने नीता को देखते हुए कहा।

वह खुश हो गयी और उसने भी कहा, "पिस्ता आइसक्रीम"।

"मुझे तो आप जानते ही हैं।" नीता के पिता ने कहा और नीता की माँ की ओर देखा, "मैं कोकाकोला लूँगी।" नीता की सहेली ने भी कोक ही मँगाया। फिर नीता की माँ ने पर्स से खरीदी जानेवाली चीजों की लिस्ट निकाली और मैनेजर ने उसे किसी के हाथ काउंटर पर भेज दिया। नीता की माँ उठी और काउंटर पर उन चीजों के ब्रांड चुनने चली गयीं। कुछ देर बाद नीता, उसकी सहेली और वह भी वहाँ से उठकर बाहर आ गये। उसे थोड़ा अचरज हुआ कि अभी तक उस दुकान में विदेशों में बनी चीजें खासतौर पर इंग्लैंड में बनी चीजें मौजूद थीं, मसलन 555 के टीन, हंटले पामर्स के बिस्किट, क्रीम क्रैकर्स, शैंपेन, पनीर, शीरे में प्रिज़र्व्ड फलों के डब्बे वगैरह। नीता उसे और अपनी सहेली को अलमारियों में सजी चीजों से ललचाती स्टोर के उस छोर तक ले गयी जहाँ अँधेरा और कुर्सियाँ थीं। उनकी आइसक्रीम खत्म हो चुकी थी। स्टोर का लड़का उन्हें कोकाकोला की खूब ठंडी और ओस की बूँदों की तर-बतर बोतलें थमा गया। वे शीशे और लकड़ी के नक्काशीदार खूबसूरत सजावटी चीजों को निहारते हुए कुर्सियों पर बैठ गये।

"हाय यह कितना प्यारा है, है ना?" नीता ने बेलजियम कटग्लास का फूलदान उठाकर दिखाते हुए कहा।

"बहोत" उसकी सहेली ने कोकाकोला की बोतल खाली करते हुए कहा।

"खूब महँगा भी होगा।" नीता ने निराशा से लंबी साँस भरते हुए उसे वापस काउंटर पर रख दिया।... पास ही कहीं टॉयलेट रहा होगा। वहाँ से बदबू आ रही थी। वह उठा और टॉयलेट चला गया। निकला तो नीता और उसकी सहेली बाहर निकलनेवाले दरवाजे पर खड़ी थीं।

"माँ कहाँ है?" उसने पूछा तो उन्होंने मैनेजरवाले केबिन की ओर इशारा कर दिया। केबिन के हिलते दरवाजे से उसने देखा उसके पिता बियर का मग लिये हुए मेज पर झुके से बैठे थे और नीता की माँ उन्हें उठाने की कोशिश कर रही थी। मैनेजर बाहर किसी कस्टमर से बातें कर रहा था।

वे वापस डाक-बंगले में आये तो नीता के पिता और माँ अपने कमरे में चले गये। वह बरामदे में यूँ ही चहलकदमी करने लगा। तभी गणेश ने आकर कहा, "बेबी आपको बुला रही है।" वह नीता के कमरे में चला गया। वहाँ भारी

पर्दों से घिरा अँधेरा था और ऊँची सीलिंग से लटका हुआ पंखा खट्-खट् करता हुआ चल रहा था। नीता और सईदा के चेहरों पर रहस्य-भरी मुस्कान थी।

"भाई साहब बैठिए न।" सईदा ने कहा। जैसे वह कोई नवागंतुक हो। वह थोड़ा चौंका। वह दो चारपाइयों के बीच रखी कुर्सी पर बैठ गया। वे दोनों चारपाई पर गोद में तकिए लिये बैठी थीं।

नीता ने सीधी निगाहों से उसे देखते हुए धीमी आवाज में कहा, "निखिल भाई, मैं किसी को निराश नहीं करती।" नीता बहुत सुंदर थी। यह उसको भी पता था।

इसके पहले कि वह कुछ सोच पाता, उसने अपने को कहते हुए सुना, 'नीता यह तो कोई अच्छी बात नहीं है—किसी को भी निराश नहीं करना।' कुछ रुककर उसने कहा, "और निराश करने या न करने का सवाल तो तब पैदा होता है जब किसी की आशाएँ या प्रत्याशाएँ हों, यह तुम पहले से कैसे तय कर सकती हो?" उसके स्वर में कुछ तल्खी या सख्ती आ गयी होगी। उन दोनों के चेहरे बुझ से गये। वह अचानक उनकी अपेक्षा से परे चला गया।

वह उठा और बाहर आ गया। चकाचौंध-भरी दोपहरी थी—तपिश से भरी हुई। अचानक उसे अपने कालेज के दिनों के एक दोस्त की याद आयी जो उसी शहर में रहता था। रिक्शा लेकर वह उसकी तलाश में निकला था। घर आसानी से मिल गया। दो मंजिला मकान था। नीचे दुकान थी। घंटी बजाई तो छोटी-सी बिटिया बाहर आयी, "पापा हैं?" उसने चेहरे से पसीना पोंछते हुए पूछा।

"हैं"—और वह अंदर दौड़ गयी। उसका दोस्त बनियान और लुंगी में बाहर आया और उसे बाँहों से लिपटाकर भीतर ले गया। छोटे से कमरे में टेबिल फैन चल रहा था। चौकी पर बिस्तर बिछा था। वे वहीं बैठ गये। पंखे के बावजूद कमरे में गर्मी और उमस थी। तभी उसकी पत्नी दो ग्लास शरबत लायी। वह सीधी-सादी गृहस्थ औरत थी। गिलासों में हरा और खुशबूदार खस का शरबत था जिसमें बर्फ के टुकड़े तैर रहे थे। शरबत देकर वे चली गयी। कुछ देर दोनों ग्लास थामे चुप बैठे रहे। दरअसल उसे भूख भी लगी थी और प्यास भी। फिलहाल शरबत ने दोनों जरूरतें पूरी कर दीं।

बाहर लू के थपेड़ों की आवाज आ रही थी। वह लगातार दरवाजे खटखटा रही थी।

"तुम्हें 'टर्नर' की याद है, जब हम हर 'संडे' अंग्रेजी फिल्में देखने जाया करते थे? ...'जूलियस सीजर' हम किताब से उतना नहीं समझ सके थे, जितना उस फिल्म से।" उसका दोस्त मुस्कराया और खुलकर सीधा बैठ गया—जैसे वह अपने को वापस ला रहा हो। कमरे के बाहर उसकी बंदूकों की दुकान थी, जिसे दोपहर में बंद करने के बाद वह इस कमरे में आ जाया करता था।

उसने बताया, "हाँ-हाँ, पैलेस में देखी थी। खूब याद है निखिल भाई। मि. हिगेंस के समझाने से 'जूलियस सीजर' हमें क्या खाक समझ में आती। वह तो 'मॉरलिन ब्रैंडो' ने समझाया। ...उस फिल्म में तुम्हारा वह प्रिय 'हीरो' भी था, जेम्स मैसन—जो 'ब्रूट्स' बना था। इसी हॉल में हमने वह हिंदी फिल्म भी देखी थी 'नूतन' वाली। क्या नाम था उसका...?" थोड़ी देर के लिए फिल्म का नाम भूल गये और उन्हें अपने आप पर कोफ्त होती रही। उसके दोस्त ने पत्नी को आवाज दी कि वह 'स्पूल' वाला पुराना टेपरिकार्डर ले आये, जिसमें उसने उस फिल्म के गाने रिकार्ड किये हुए थे। फिल्म का नाम 'शवाब' था। वे देर तक तकिए पर अधलेटे हुए उन दिनों के गाने सुनते रहे।

उन दिनों वे और उसके कई दोस्त 'चवन्नी प्रति घंटे' वाली किराए की साइकिलें लेकर अक्सर निकल जाते थे—कोई अंग्रेजी या हिंदी फिल्म देखने। लौटते वक्त वे उस पुराने रेस्तराँ में लॉन पर छतरियों के नीचे बैठ जाया करते थे। वहाँ की आइसक्रीम मशहूर थी। अचानक ख्याल आता कि अगर पंद्रह-बीस मिनट में वापस नहीं पहुँचे तो साइकिल के लिए एक चवन्नी और लग जायेगी। इस वक्त याद कर दोनों हँस रहे थे।

"निखिल भाई, आपका प्रिय अभिनेता क्लॉर्क गविल्स था—'गॉन विद विंड' वाला?"

"...हाँ, लेकिन वह मुझे 'मिस फिट्स' में ज्यादा अच्छा लगा था, मरलिन मनरो के साथ।" उसने 'मिस फिट्स' पर ज्यादा जोर देते हुए कहा, "मरलिन मनरो को एक्टिंग की कोई तमीज नहीं थी।" दोनों फिर हँसने लगे। ...'स्पूल' अचानक 'थ्री क्वायंस इन द फाउंटेन' बजाने लगा। "ओह, यह फिल्म भी तो देखी थी वहीं।" उन्हें 'रोम' के फौव्वारों और कबूतरों की याद आयी। कितना दिलचस्प था कि वे कभी वहाँ गये नहीं थे और इस तरह उसे देख रहे थी। यहाँ तक कि बीच में वह फिल्म भी जरा देर के लिए नदारद हो गयी थी।

दोपहर कब ढल गयी, पता नहीं चला। बीच में खाना खाकर वे कुछ देर के लिए सो भी गये थे। ...बाहर निकला तो धूप में तपिश थी। पर चकाचौंध नहीं।

"अच्छा, कृष्ण कुमार अगली छुट्टी में...।" वह वह रिक्शे पर डाक-बंगले की ओर भागा।

डाक-बंगला वैसे ही सुनसान पड़ा था। सारे दरवाजे बंद थे और बरामदे में सूखे पत्ते और धूल थी। जरा देर के लिए उसकी समझ में नहीं आया कि उसे क्या करना चाहिए। तभी नीता का कमरा खुला वह हैरानी से उसे देखती हुई बढ़ी, "अरे, आप अचानक कहाँ गायब हो गये थे। हम समझ रहे थे आप यूँ ही जरा देर के लिए बाहर निकले हैं। खाने पर कितना इंतजार किया हमने !" उसने कुछ दुखी होते हुए कहा।

"पापा, ड्राइवर भेजनेवाले थे पर कहाँ भेजते।"

"नीता, यह शहर मेरे लिए अपरिचित तो नहीं है। मेरे कई पुराने दोस्त हैं यहाँ। हाँ, मुझे बताकर जाना चाहिए था। मैं माँ और पिताजी से माफी माँग लूँगा।" उसने कुछ उदास और थकी मुस्कान के साथ कहा।

"अच्छा, अंदर आ जाइए। हम लोग चाय मँगवा रहे हैं।" अंदर उसके पिता, माँ और सईदा थे। सईदा ने भी उससे शिकायत की।

कमरे में एक कंजूस किस्म की धीमी रोशनी थी। सईदा उसे लगातार देखती हुई मुस्कुरा रही थी। वह उसी के करीब बैठा था।

"भाई साहब, आप जो ऐसे गायब हुए जैसे..."

"जैसे गधे के सिर से सींग।" वह अधूरा वाक्य पूरा करने पर हँसा। तभी चाय आ गयी।

अचानक नीता ने खुश होते हुए कहा, "निखिल भाई, पिताजी कल रुकने के लिए तैयार हो गये हैं, हमें अभी बहुत-सा सामान खरीदना है। ...आज रात की शो से हम पिक्चर चल सकते हैं, क्यों सईदा ?"

"हाँ, लेकिन रात को मुझे छोड़ेगा कौन ?"

"निखिल भाई छोड़ देंगे—क्यों निखिल भाई ?"

''लेकिन नीता कल मेरी छुट्टी तो है नहीं, सुबह दफ्तर जाना है, मुझे रातवाली ट्रेन पकड़नी होगी।"

"हाय, फिर हम फिक्चर कैसे देखेंगे?" नीता और सईदा दोनों उदास हो गयीं।

शाम को वे दोनों 'रेबेका' में पिस्ता आइसक्रीम खाने चली गयीं। उसने मना कर दिया था। वह नीता के पिता और माँ के साथ लॉन पर बैठा था। नीता के पिता अँधेरा होने का इंतजार कर रहे थे। डाक-बंगले का माली रबर की काली पाइप से लॉन की दूब तर कर रहा था। फिर भी डाक-बंगले की दीवारें तप रही थीं।

"आपकी ट्रेन कब है?" नीता के पिता ने पूछा।

"रात एक बजे।"

"फिर तो खाना यहीं खाकर जाइएगा। यहाँ का बटलर अंग्रेजों के जमाने का है। मटन बहुत अच्छा पकाता है। आज मैंने उसे रोगनजोश पकाने को कहा है।" वे खाने के शौकीन थे, लेकिन 'ड्रिंक्स' के बाद दो-चार लुकमे ही खा पाते थे। यहाँ तक कि अक्सर उन्हें पता भी नहीं चलता था कि दूसरे जिन्हें उन्होंने खाने पर आमंत्रित किया है—खाया या नहीं।

...नीता की माँ निरीह-सी मुस्कुरा रही थी। थोड़ी देर बाद वह बाहर टहलने निकल गया। पास ही किताबों की एक अच्छी दुकान थी। कुछ वक्त उसने वहाँ बिताया। लौटा तो नीता के पिता की शाम शुरू हो चुकी थी। वे लॉन में मेज पर बोतल, ग्लास और आइसबॉक्स लेकर बैठे थे। वे हमेशा की तरह चाह रहे थे कि वह वहाँ बैठे और उन किताबों के बारे में बातें कहे जो उसने खरीदी थीं।

...तभी नीता और सईदा आ गयीं, उन्होंने उसकी गोद में किताबें देखीं तो चीख पड़ीं, "निखिल भाई आपको किताबें खरीदने का मौका ही गया देखें-देखें क्या-क्या लाये हैं?" उन्होंने किताबें उठा लीं और कुछ देर उलटती-पुलटती रहीं।

वे फिर उदास हो गयीं, "इम्तिहान आ रहे हैं, पढ़ने का वक्त कहाँ मिलेगा, वरना निखिल भाई से एक-दो माँग लेते।" उसे पता था कि वे पिछली दर्जनों किताबों की तरह उन्हें कभी नहीं पढ़ेंगी, पर समय पर वापस जरूर कर देंगी।

हमेशा की तरह उस रात का 'रोगनजोश' उसे नीता और सईदा के साथ खाना पड़ा। नीता के पिता तब तक अपनी मेज पर ड्रिंक्स और पाइप के धुएँ के बीच घिरे बैठे थे।

रात जब काफी हो गयी तो नीता के पिता उठकर अपने कमरे में चले गये।

"तुम लोग भी सोओ मेरी ट्रेन देर से है, मैं चला जाऊँगा।" वह बोला—कुछ देर आनाकानी करने के बाद वे भी सोने चली गयी।

"घर आइएगा निखिल भाई, जल्दी ही।" नीता ने कहा।

"अच्छा भाईजान हॉस्टल कब आ रहे हैं?"

"अगले संडे को।" उसने मुस्कुरा कर कहा।

डाक-बंगले का लॉन फिर वीरान हो गया। बाहर ट्रैफिक का शोर भी कम होने लगा था। कोई कार मोड़ से गुजरती तो उसकी तेज रोशनी लॉन को बुहार जाती। वह कुर्सी पर नीचे अपना सूटकेस रखे मच्छर भगाता हुआ बैठा था। बीच-बीच में घड़ी देख लेता था कि कब यहाँ से उठा जा सकता है। स्टेशन काफी करीब था।

अचानक सब कुछ शांत हो गया था। सड़क की रोशनियाँ भी बुझ-सी चली थीं। उसे नींद नहीं आ रही थी पर यह जरूर लग रहा था कि अब यहाँ बैठा नहीं जा सकता था। हालाँकि लॉन अब धीरे-धीरे ठंडा हो रहा था।

वह सूटकेस उठाकर 'डाक-बंगले' के बाहर आ गया। एक रिक्शेवाले की सोई हुई बाँह नीचे लटक रही थी। उसने सोई बाँह उठाकर रिक्शेवाले को जगाया और रिक्शे पर बैठ गया।

सब कुछ करीने से

वह उनकी पहली पोस्टिंग थी। नयी-नयी नौकरी थी। शहर नया था। सब कुछ बहुत उत्तेजक और चुनौती भरा था। शादी भी नयी-नयी थी। यद्यपि दस महीने हो चुके थे लेकिन लगातार साथ रहने का पहला मौका था। सुबह वे चाय पीते हुए 'गुटर-गू' करते रहते कि अचानक दफ्तर का समय हो जाता, फिर वे हड़बड़ी में बाथरूम में बंद हो जाते। बाथरूम में घुसने से पहले वे अपना कमरा बंद करते। वार्डरोब से उस दिन की टाई, कमीज, पैंट और मोजे पलंग पर करीने से सजा देते। नहाकर तरोताजा बना हुआ बदन, वार्डरोब के आईने में अपने-आपको निहारता, सब कुछ पहचानता।

...तब तक मेज पर नाश्ता लग चुका होता : एक अंडे का सादा आमलेट, सुनहरा सिंका टोस्ट और ठंडे दूध का गिलास। ...प्रिया नाइटी में सामने बैठकर शाम के नाश्ते के बारे में पूछती, कभी-कभी यह भी कि क्या उससे पहले कोई फ़िल्म देखी जा सकती है? मेट्रो में 'वेस्ट साइड स्टोरी' लगी है और संगीत में एलविस प्रिस्ले की नयी फिल्म। संगीत करीब है। खाना खाकर भी निकला जा सकता है। ...हल्के से आमलेट का टुकड़ा टोस्ट के साथ मुँह में रखने के बाद करीने से तहाकर रखे गये नेपकिन से मुँह पोंछते हुए अकसर वे कहते, "प्रिया, आज तो देर रात ड्यूटी है, मुमकिन नहीं है। सैटरडे तक इंतजार कर लो," फिर 'सी यू' कहते हुए सीढ़ियाँ उतर जाते। वह बालकनी में खड़ी होकर उन्हें कार का दरवाजा खोलते हुए देखती और 'बाय-बाय' कहती। कार जयंत के पिता ने शादी के मौके पर दी थी। वे विदेश में थे। कार भी विदेशी थी।

...गर्मियों के दिन थे। प्रिया मिक्सी में कभी आम, खरबूजा या साधारण मिल्कशेक बनाकर फ्रिज में डाल देती और जयंत के आने का इंतजार करती। शाम को वे बालकनी में बैठकर ठंडा मिल्कशेक पीते हुए बातें करते। जयंत कम बोलते, प्रिया ज्यादा। चूँकि अपना पास-पड़ोस कुछ बना नहीं था, इसलिए वह अपने घरेलू नौकर के बारे में ही अधिक बातें करती जैसे कि वह समय से कोई काम नहीं करता और कुछ भी ठीक नहीं करता। सब्जियाँ खराब लाता है, महँगी भी। कहीं भी जाता है तो लौटता बहुत देर से है और यह भी कि रात को कहीं से पी कर लौटता है।

...इसके बाद उन्होंने उस शहर में नये-नये 'ज्वायंट्स' की तलाश शुरू की। ...मेट्रो के पीछे ढाबेनुमा दुकान में 'खांटी कबाब' बहुत अच्छा मिलता है (जिसका मतलब कि बहुत मशहूर हैं) और नदी के किनारे बना 'स्टीमरनुमा' रेस्तराँ शहर का सबसे रोमैंटिक रेस्तराँ है। खासतौर पर उसके ऊपरी तल्ले पर खाली मेज मिल जाये तो क्या कहना! खिड़की के पासवाली। उसके करीब से स्टीमर अकसर सायरन बजाते हुए चलते। ...यह सब कुछ बेहद दिलचस्प और उत्तेजक था।

...धीरे-धीरे उन्होंने शहर के ऐसे तमाम ज्वायंट्स का अनुसंधान कर डाला। ...फिर अचानक ध्यान गया कि घर में कोई ढंग का म्युजिक सिस्टम नहीं है। 'म्युजिक सिस्टम' आया तो तलाश शुरू हुई कि इन दिनों चर्चाओं में, बैठकखानों में किन गानेवालों की आवाज़ी पैठ ज्यादा है। ...और फिर तलाश उन गलों के 'डिस्क्स' की।

...यूँ दिन गुजरते गये... फिर लगा कि कुछ है कमी मगर फिर भी...। प्रिया को लगा कि सबसे बड़ी कमी तो आदमी की है : न जयंत का कोई दोस्त है, न उसका। दफ्तरी दोस्त, दोस्त नहीं होते। पास-पड़ोस गैर-भाषायी था। उस शहर में बारिश बहुत होती थी। लगातार बारिश में अकेले बैठे रहना। चंद ग़ज़लों, गीतों, कॉफी और मिल्कशेक के सिवा।

...जयंत की सुबह जल्दी शुरू होती और शाम देर से। शाम को वे बालकनी में 'डनहिल' और 'ब्लैक लेबल' के साथ सफेद कुर्ते-पाजामे में बैठ जाते। प्रिया नौकर को खाने की हिदायतें देती बालकनी और रसोईघर के बीच आती-जाती रहती। उसे थोड़ी उलझन होती कि जयंत इतना कम बोलते हैं जबकि उनकी आवाज काफी साफ, भारी और सुलझी हुई थी। प्रिया को कुछ देर चुप रहने के बाद ही

लगता कि कुछ बोलना चाहिए। किसी के साथ चुप बैठे रहने का अभ्यास उसे नहीं था।

...इसी बीच खुशकिस्मती से मिल गये गोयल दंपति। वे अचानक उस दिन न्यू मार्केट में मिल गये और बन गये 'दोस्त' जल्दी ही, इसलिए भी कि वे बिल्कुल करीब रहते थे।

...मि. गोयल एक बातूनी इंसान थे और बातूनी बने रहने के लिए जो अपरिहार्य गुण होने चाहिए वे उनमें मौजूद थे : दुनिया में बहुत कम विषय होंगे जिन पर वे बातें न कर सकते हों और बहुत कम कार्य होंगे जिन्हें संपन्न कराने में वे सहायता न कर सकते हों। प्रिया की जरूरतें और दिक्कतें बेशुमार थीं। पहले कुछ महत्त्वपूर्ण जरूरतें जैसे गैस का कनेक्शन नहीं है, टेलीफोन नहीं है वगैरह। फिर कुछ कम महत्त्वपूर्ण दिक्कतें, जैसे बाथरूम या रसोई की नाली अकसर बंद हो जाती है, नल का वाशर या फ्लश काम नहीं करता। जयंत इन मामलों में उसकी कोई सहायता नहीं कर सकते थे। लेकिन गोयल साहब आनन-फानन में ये दिक्कतें दूर करा देते। इसके अतिरिक्त उन्होंने प्रिया को एक लंबी सूची बनाकर दी कि शहर की किस दुकान में कौन-सी चीज सबसे अच्छी, सस्ती और उपयोगी मिल सकती है। श्रीमती गोयल यानी कणिका इसके विपरीत काफी कम बोलनेवाली महिला थीं। वे अपेक्षाकृत कम पढ़ी-लिखी भी थीं। लेकिन घर में अकेली पड़ी प्रिया को अकसर पकड़कर अपने घर में ले जाने लगीं। फिर पकौड़े तले जा रहे हैं, पूरियाँ बन रही हैं और दिन 'यूँ' गुज़र जाता। अकसर मि. गोयल के कई दोस्त भी आ जमा होते। प्रिया को गोयल दंपती क्या मिले, वरदान मिल गया।

कणिका को जयंत बहुत पसंद थे। उनकी थोड़ी-सी संज़ीदगी पर पुरमज़ाक मिज़ाज, लंबी रोबीली कद-काठी और गहराई तक झाँकनेवाली बड़ी-बड़ी आँखें। छुट्टियों के दिन तो सुबह के कुछ बाद ही गोयल दंपति दोनों को पकड़ लेते और फिर लौटना ड्रिंक-डिनर के बाद ही होता।

...लेकिन एक दिक्कत की शुरुआत उन्हीं दिनों हुई। जयंत कभी जवाबी दावत नहीं देते थे और प्रिया को यह अप्रिय लगने लगा। वे लोग पकड़-पकड़कर खिलाते-पिलाते रहें और ये हज़रत अपनी खामोशी में गुजारनेवाली छुट्टियों का इंतजार! जयंत उनके यहाँ जाते तो प्रिया की वजह से, और वे आते तो प्रिया की वजह से।

"जयंत यह तो ठीक नहीं है। ऐसा आखिर कब तक चल सकता है?" एक शाम को प्रिया ने जयंत से पूछा।

जयंत ने 'ब्लैक लेबल' का एक घूँट लिया और डनहिल का धुआँ बालकनी से बाहर उड़ाते हुए कहा, "चलाने को किसने कहा है? मि. गोयल मुझे पसंद नहीं हैं और न उनकी फूहड़ बीवी कणिका। मुझे लोगों से ज्यादा मिलना-जुलना पसंद नहीं है।"

"लेकिन वे लोग हमारा कितना ख्याल करते हैं। अपनी समस्याएँ भूलकर दिन-रात हमारी समस्याएँ सुलझाने में लगे रहते हैं। वे न होते तो इस शहर में सेट्ल करने में कितनी दिक्कतें होतीं।"

"यह इसलिए कि मि. गोयल कुछ नहीं करते, केवल दूसरों की समस्याएँ सुलझाना उनका काम है—वे दोस्तों से दोस्तों का काम करवाते हैं और यही उनका काम है," जयंत चुप हो गये।

प्रिया चुप रही। वह ऐसी बातों का मतलब नहीं समझ पाती थी। पसंद था नापसंद कर सकती थी। पर तब जयंत का प्रतिवाद करने के दिन शुरू नहीं हुए थे।

...तभी जयंत का तबादला दूसरे शहर में हो गया। जाहिर है, तबादला बेहतर ओहदे पर हुआ था। घर भी अब बेहतर था। जयंत को अपनी नयी जिम्मेदारियों के साथ एडजस्ट करने में देर नहीं लगती थी। प्रिया को केवल इतना पता था कि नये और बेहतर घर को नया और बेहतर दीखना चाहिए। छुट्टी के दिन वह जयंत को उस इलाके में ले गयी जहाँ उसकी नयी महिला परिचिताओं ने बताया था कि शहर में 'सबसे अच्छे फर्नीचर' बनते और मिलते हैं। वहाँ उसने सबसे नयी चलनवाले सोफा सेट का ऑर्डर दिया। उसके अनुरूप भारी परदों के कपड़े खरीदकर सिलने को दिये गये। और 'रिद्म कॉर्नर' से तलत महमूद, लता मंगेशकर, बेगम अख्तर, मलिका पुखराज आदि के एल.पी.'ज़ खरीदे गये। ...इसी बीच जयंत के पिता ने उन्हें 'हॉलैंड फिलिप्स' का नया 'टेबिल टर्नर' भेज दिया था।

प्रिया को लगा, अब व्यवस्थित गृहस्थी की शुरुआत हुई। सारा जीवन उसके सामने 'लाल कालीन' की तरह बिछा हुआ था। नये सोफे, खूबसूरत परदे जो रंग-बिरंगी डोरियों से खींचने पर खुलते और बंद होते थे। फर्श पर ईरानी

नक्काशीदार कालीन बिछ गया था। दीवारों पर मशहूर पेंटरों की तरतीब से लगी नकलें थीं। . . .एक सुबह चाय बनाते हुए प्रिया की हेरती निगाहों को ड्राइंगरूप के चारों कोने खाली-खाली नहीं बल्कि सूने-सूने लगे। जयंत जब 'सी यू' कहकर दफ्तर चले गये तो प्रिया 'कमल' के पास से सफेद पत्थरों के चार बड़े-बड़े गमले खरीद लायी : एक में रबर का पौधा, दूसरे में मनीप्लांट की लतर, तीसरे में कैक्टस और चौथे में चौड़े चितकबरे पत्तोंवाला. . . दीवारें और ड्राइंगरूप उनके आने भर से दमक उठे। शीशों से छनकर जानेवाली रोशनी का रंग बदल गया। हर तरफ एक नूर-सा प्रतिबिंबित होने लगा। शाम को जयंत आये तो उसने चहककर कहा, "देखा।" जयंत ने टाई की गाँठ ढीली करते हुए ड्राइंगरूम को देखा और सोफे पर बैठकर जूतों के फीते खोलने लगे। एक जम्हाई लेकर उन्होंने सोफे के सिरहाने गरदन टिका दी और ड्राइंगरूम की छत देखने लगे। प्रिया की आँखों की चमक और आवाज़ की चहक बुझ-सी गयी।

. . .कुछ दिनों बाद प्रिया का ध्यान अपने किचन की ओर गया और लगा कि उनका किचन वैसा ही नहीं है जैसा उसकी दोस्त बनने के करीब आती महिलाओं का है। मसलन, वहाँ विदेशी मिक्सी नहीं है, ऑटोमैटिक टोस्टर नहीं है। विदेशी क्रॉकरीज़ नहीं हैं आदि। . . .किचन के पिछले दरवाजे से 'अशोका होटल' की शानदार इमारत नज़र आ रही थी, 'अशोका दी ग्रेट' की तरह।

. . .इसी बीच न्यूयॉर्क से प्रिया को अपनी एक पुरानी सहेली का खत मिला कि शादी के बाद उसके पति वहीं बस गये हैं। उनके पास काफी बड़ा फ्लैट है और वह चाहे तो परिवर्तन के लिए कभी भी वहाँ आ सकती है। जीजा तो नौकरी में व्यस्त होंगे, उन्हें शायद वक्त न मिले। . . .प्रिया को जिंदगी में पहली बार ऐसा रोमांचक आमंत्रण मिला था। लगभग भयभीत कर देनेवाला। पर यह संभव हो तो क्योंकर हो। अचानक उसे याद आया कि जयंत ने बताया था कि चूँकि उसकी नौकरी एयरलाइंस की है इसलिए बीच-बीच में उन्हें अंतरराष्ट्रीय उड़ानों के टिकट मुफ्त मिल सकते थे।

थोड़ी हिचक के साथ उसने जयंत से इसका जिक्र किया तो उन्होंने सहजता से कहा कि यह बिल्कुल संभव है। वैसे भी उन लोगों की यह सुविधा 'ओवर ड्यू' है। वे जनरल मैनेजर से बात कर लेंगे। "आप नहीं चल सकेंगे क्या?" प्रिया ने पूछा।

"नहीं प्रिया वहाँ का चप्पा-चप्पा मेरा अति परिचित है और फिर नौकरी की व्यस्तताओं के ये दिन...!"

...जयंत की अधिकांश शिक्षा अमरीका में हुई थी और वे अमरीका को विश्व का महानतम गणतंत्र ही नहीं, सबसे सभ्य तथा सुसंस्कृत देश भी मानते थे। ...जयंत सुबह-शाम बंद कमरे में 'दुर्गासप्तशती' का पाठ करते थे, शाम को स्कॉच का पहला पेग लेने से पूर्व अनामिका से स्कॉचयुक्त जल को छूते हुए दो-तीन बूँदें हवा में प्रार्थना भाव से उड़ा देते थे।

...प्रिया हफ्ते-भर के लिए न्यूयॉर्क चली गयी। लौटी तो जिंदगी और जीवंतता से लबरेज़। क्या लोग, क्या चीज़ें, इमारतें, सड़कें! ऐश्वर्य और वैभव का स्वर्ग। सब कुछ चमकता, दमकता, नाचता, खिलखिलाता। इस दुनिया में कितनी दुनिया हैं।

...लौटने के बाद उसे आसपास इतना घिनौना, बदसूरत और बजबजाता हुआ लगा। कैसी जिंदगी बसर करते हैं हम लोग! ...लेकिन चूँकि प्रिया को सब कुछ स्वाभाविक रूप से भूल जाने की आदत थी, इसलिए जल्दी ही वह उस दुनिया को भी भूल गयी।

...प्रिया वहाँ से ढेर सारी क्रॉकरीज़, ऑटोमेटिक किस्म के उपयोगी सामान आदि लायी थी। इसलिए उसकी पहली चिंता यह थी कि उन्हें घर में सुंदर और सुरक्षित रूप में रखा कहाँ जा सकता है। ...पहली बार उसे अपना यह आधुनिक प्रशस्त घर जीर्ण और संकीर्ण लगा। यही नहीं, परदे बदरंग लगे, सोफे खस्ताहाल, फर्श की मुजैक पिछली सदी की लगी। दीवारों की डिस्टेंपरिंग ऊबड़-खाबड़। क्या हो सकता है... क्या हो सकता है? वह दिन-भर नाइटी में अकेली घूमती हुई सोचती। थक-हारकर वह टेलीफोन पर अपनी किसी संपन्नतर महिला मित्र से घंटे-डेढ़ घंटे बतियाती कि आखिर क्या हो सकता है? तय यह पाया गया कि इस समस्या का हल किसी फाइव स्टार होटल के कॉफी शॉप में 'ओवर ए कप ऑफ कॉफी' ढूँढ़ा जा सकता है। फिर उसे कुछ दिन गुजारने में देर नहीं लगी क्योंकि उस शहर में लगभग एक दर्जन फाइव स्टार होटल तो थे ही। उनमें भी दर्जनों किस्म के जलपान, पानगृह आदि थे। ...इस तरह प्रिया उस जरा-जीर्ण गृह के मनहूस वातावरण से दूर कोज़ी कॉनर्स में इस समस्या का हल ढूँढ़ने में वक्त गुजारने लगी।

...वक्त अपनी रफ्तार से गुजरता रहा। इसी बीच स्वाभाविक प्रक्रिया से प्रिया को दो बच्चे भी हुए। घर में नौकर-नौकरानियों की संख्या भी बढ़ी। खर्च भी बढ़ा और हमेशा की तरह घर का खर्च चलाने की तंगी भी। दुर्भाग्य से जयंत की तनख्वाह उस रफ्तार से नहीं बढ़ी। अब वह नयी समस्या का समाधान ढूँढ़ने के लिए टेलीफोन पर इश्तहारों में दी गयी सस्ती सेलवाली जगहों की तलाश करने लगी। जिंदगी यूँ ही गुजरने लगी।

...प्रिया क्या करे? 'सेल्स' से सामान तो आते, पर खर्च और भी बढ़ जाते।

इन सबका हल ढूँढ़ने के लिए वह जयंत के दफ्तर जाते ही अपनी सहेलियों को फोन करने बैठ जाती, घंटों बतियाती और जब फोन पर बात नहीं बनती तो हारकर किसी 'फाइव स्टार' के अँधेरे फुसफसाते कोने में उनके साथ बैठ जाती।

...अंत में जयंत ने भी कहा, "प्रिया, घर तो इस तरह चल नहीं सकता।"

"यही तो, घर को कैसे चलाया जाये?" जयंत ने 'मर्सीडीज़' दफ्तर ले जाना बंद कर दिया। अपने दूसरे सहयोगियों के साथ कार शेयर करने लगे। इससे ड्रिंक्स का खर्च निकल आता। पर घर का क्या करें।

जयंत और प्रिया की शादी अकस्मात् नहीं हुई थी। नहीं, प्रेम-विवाह भी वह नहीं था। जयंत की प्रायः सारी शिक्षा विदेश में हुई थी। किंतु पिता-पुत्र दोनों चाहते थे कि जयंत का विवाह किसी परंपरागत भारतीय परिवार में हो। जयंत ने विदेशी लड़कियाँ बहुत देखी-जानी थीं। स्वदेश में भी राजघराने की कन्याएँ और विदेशीपन की ओर लपकतीं 'बरकटी' (बॉब्ड हेयरवाली) लड़कियाँ थीं ही। जयंत चूँकि विदेश में पढ़े अच्छे घराने के लहीम-शहीम नौजवान थे—सलीकेदार—अतः वे उन लोगों में थे जो 'मोस्ट एलिजबल बैचलर' माने जाते हैं। कई वर्षों तक जयंत ने अपने ऐसा होने और ऐसा पाने का सुख लिया था। लड़कियों की तस्वीरें ताश की गड्डियों की तरह बार-बार फेंटे जाने के बाद प्रतीति हुई कि उन्हें 'शकुंतला' की तरह अनाबिद्ध रत्न और अस्पृश्य पुष्प चाहिए। आदर्श भारतीय कन्या। नगर-नगर खोज होने लगी। अचानक किसी 'संबंधी-सूत्र' से एक सुदूर कस्बे में कुलीन तथा कुलवंत पिता की एकमात्र पुत्री प्रिया का पता जयंत के पिता को लगा। उन्होंने अवकाश समाप्त होने पर विदेश जाने से पूर्व हवाई अड्डे पर जयंत को एक कागज का पुर्जा दिया और कहा कि वह इस पते पर जाकर घर-परिवार

तथा पुत्री के देख-सुन आये और फिर उन्हें सूचित करे। जयंत ने पिता की बातों को गाँठ में बाँध लेना सीख लिया था और अगले सप्ताह ही उस अनाम से सुदूर कस्बे में तार देकर पहुँच गया।

...कड़ाके की सर्दी में उनकी ट्रेन आधी रात को उस कस्बे के स्टेशन पर पहुँची जहाँ उनके भावी श्वसुर भावी सालों सहित अगवानी के लिए स्टेशन पर उपस्थित थे। वहाँ से वे एक लंबी पुरानी कार में उस हवेली में ले जाये गये जो उनकी ससुराल होनेवाली थी। वह एक सुनसान ठंडी रात थी, ऊबड़-खाबड़ सड़कें और मरियल पीली रोशनियाँ। हवेली में पहुँचने पर उनके सुंदर सुकुमार और संकोची साले ने उनके ठहरने का कमरा दिखाया। गरम पानी से हाथ-मुँह धोने के बाद पूछा गया, "खाना कब खाएँगे?"

उन्होंने कहा, "जब कहिए।" उन्होंने कमरा बंद करके सूटकेस खोला, ब्रांडी की बोतल निकालकर दो-तीन लंबे घूँट लिये और सफेद कुर्ते-पाजामे पर काला शॉल डालकर बाहर आ गये।

'ड्राइंगरूम' में सकता-सा छाया था। नौकर-चाकर, सास-श्वसुर, साले सभी एक भयभीत प्रत्याशा में यहाँ-वहाँ जड़े हुए थे। मेज़ पर सभी प्रकार के संभव उम्दा, लज़ीज खाने सजे हुए थे। जयंत ने उन्हें देखा और ठिठक गये, "मेरा तो शनिवार है, शनिवार को मैं 'नॉनवेज़' लेता नहीं।" यह सुनाकर उन्होंने सारे परिवार को प्रसन्न और स्तब्ध कर दिया। यह लगभग विदेशी, आधुनिक नौजवान और 'शनिवार' मेज़ से 'नॉनवेज़' हटाया जाने लगा तथा जो भी उपलब्ध 'वेज़' था वह मँगाया गया। "आप एक स्कॉच तो ले ही सकते हैं?" उनके भावी श्वसुर ने पूछा, जो उन्होंने एक मित्र से इस खास मौके के लिए मँगाया था।

"पिताजी, मैं तो लेता नहीं, आपका साथ देने के लिए मैं गरम पानी और नींबू ले सकता हूँ।"

"नहीं, नहीं, लीजिए न, सर्दी बहुत है और आप लंबे सफर से थके हुए आये हैं।" तब तक भावी श्वसुर निखालिस महुआ से छक चुके थे।

"नहीं, पिताजी फिर कभी, वैसे भी आज शनिवार है।" बहरहाल, फिर मुख्तसर-सा खाना हुआ और जयंत 'रिटायर' हो गये। कमरा बंद करके उन्होंने फिर सूटकेस खोला, ब्रांडी का, एक लंबी गले से कलेजे तक आग की लकीर-सी बनाता घूँट लिया और लिहाफ में घुस गये।

भावी सास ने भी यह सब देखा था और इस 'विदेशी' भावी जमाता का निखालिस 'देसी' रूप देखकर निहाल हो गयी। ऐसा कहाँ मिलेगा? लेकिन मिल जाये तब तो।...वे प्रदेश की राजधानी में पढ़ती अपनी कन्या के भविष्य के बारे में निश्‍चिंत-सी होने लगीं। उसे हाल ही में राजधानी के सर्वोत्तम कन्या कॉलेज में भेजा गया था ताकि कोई सुयोग्य वर वहीं उसका चयन करे। उसी पश्‍चिमी शिक्षा और संस्कृति के सर्वाधिक चर्चित केंद्र में।

...अगली सुबह पुरानी 'फोर्ड व्ही-8' को धो-धाकर हवेली के फाटक पर खड़ा कर दिया गया। वह 'जनकपुर' वहाँ से महज घंटे भर की दूरी पर था। गाड़ी में जयंत के साथ उनकी भावी सास के अतिरिक्त एक सालानुमा 'संदिग्ध' युवक भी था। बाकी लोग वहीं रहे।...भावी श्‍वसुर अत्यंत उद्विग्न तथा किंचित् नर्वस भी थे इसलिए उन्होंने गंभीरतापूर्वक वहाँ जाने से मना कर दिया था।

...चूँकि वह 'कन्या कॉलेज' नगर की सीमा पर स्थित था। इसलिए उसके आसपास हल्की-सी वीरानी थी। कुछ पेड़, झाड़ियाँ और सुनसान-सा मैदान... इतवार की सुबह थी, कॉलेज के चैपल की घंटी अभी बज ही रही थी। मॉर्निंग प्रेयर के आर्गन की आवाज भी आ रही थी, कॉलेज के पोर्च में व्ही-8 रुकी तो जयंत ने सुना। पोर्च के ऊपर दूर तक सीढ़ियाँ थीं और फिर वेटिंग पारलर यानी अच्छा-खासा ड्राइंगरूम। भारी परदों और कालीनों से ढँकी खामोशी। नन-सी दीखती सफेद वस्त्रोंवाली महिला ने उन्हें बैठाया और हॉस्टल के कमरे से प्रिया को बुलाने गयीं। इतवार का दिन था, प्रिया ने बाल धोए थे और वह धूप में अभी उन्हें सुखा ही रही थी। उसने मिलनेवालों के बारे में सुना तो बेसुध-सी नीचे भागी।

..जयंत ने उसे सीढ़ियों से उतरते हुए देखा और निर्णय ले लिया। प्रिया हल्के नीले रंग की साड़ी, हवाई चप्पल और अधसूखे बालों में निपट घबराई-सी सीढ़ियाँ उतर रही थी। जयंत ने देखा सफेद उतरते पाँव, घबराई-सी आँखें और हाँफते अधखुले होंठ। प्रिया नीचे आयी और अपनी माँ से लिपट गयी, सुबकती हुई। "प्रिया, तुम्हें कुछ देर के लिए हमारे साथ चलना है, अपनी वार्डेन से इजाजत ले लो।" प्रिया की माँ ने कहा।

प्रिया ने भागती निगाहों से बाकी मिलनेवालों को देखा और ऊपर चली गयी। कुछ देर बाद वह भरसक सजी-सँवरी-सी लौटी, "हम शाम तक लौट आयेंगे

न?" जैसे उसे अपने पूछने पर यकीन न हो।

"हाँ-हाँ, शाम तक तो हमें भी लौट जाना है," माँ ने कहा। जब वे सब सीढ़ियों से उतर रहे थे तो ऊपर हॉस्टल की लगभग सारी खिड़कियाँ खुली हुई थीं और लड़कियों के ढेर से सिर नीचे झाँक रहे थे। उनके लिए प्रिया की हस्ती खुशकिस्मती-सी चमक रही थी। यानी हमारी प्रिया इस जेल से बाहर चली, स्वर्ग की सरहदों की ओर। जैसे चैपल की बेल आज केवल प्रिया के लिए बज रही हो।

. . ."कहाँ चलें?" प्रिया की माँ ने उस सालेनुमा जंतु से पूछा।

"पैलेस!" प्रिया ने कहा और सकुचा गयी।

"प्रिंस!" जंतु ने कहा। प्रिंस प्रिया के पिता का सबसे प्रिय रेस्तराँ था। पुरानी इमारत, ऊँची सीलिंग्स वाली होटल, रेस्तराँ-कम-बार। प्रिया को इस इमारत से चिढ़ थी। पैलेस शहर का सबसे नया, फैशनेबल रेस्तराँ था।

"प्रिंस ही चलें," प्रिया की माँ ने कहा। व्ही-8 उसी के पोर्च में रुकी। बड़ा-सा सुनसान हॉल, सफेद मेजपोशों से ढँकी मेजें, काली महोगनी की कुर्सियाँ और स्टैंडों पर रखे पीतल के बड़े-बड़े गुलदान। काफी देर बाद एक अधेड़ बेयरा नमूदार हुआ, "क्या मँगाया जाये?" माँ ने जंतु से पूछा, "यहाँ कटलेट अच्छे मिलते हैं, कॉफी भी। वैसे, रोटी और गोश्त भी मँगाए जा सकते हैं।"

"नो, नो, फॉर माइसेल्फ, कटलेट एंड कॉफी इज ओ.के." जयंत ने कहा। वही ऑर्डर दिया गया।

इसके बाद आधा घंटा गुजरा और बेयरा गुम। पूरे हॉल में सन्नाटा।

"क्या यहाँ म्यूजिक भी नहीं लगाते?" जयंत ने जंतु से पूछा।

"हमें पैलेस जाना चाहिए था," प्रिया ने धीमी आवाज में कहा। इस बीच वह परेशान थी। इधर-उधर बेचैनी से देखती हुई, कभी नजर बचाती जयंत को, माँ को और कभी उस खाली हॉल को। . . .कटलेट, कॉफी और आइसक्रीम—सभी बदज़ायका थे। . . .वे वहाँ से 'परेशाँ' निकले।

. . .उसके बाद दूसरे या तीसरे महीने ही प्रिया की शादी हो गयी। . . .वह एक नफीस बारात थी : आधुनिकता और सामंतशाही की मिली-जुली मिसाल। जयंत के पिता एक राजघराने के छोटे राजकुमार थे। बाद में उन्हें विदेशी सेवा में ले लिया गया था और तब से विदेशों में ही यहाँ-वहाँ तबादला होता जा रहा था।

उस बारात में कुछ सामंती अवशेष ऐसे भी थे, जिनकी सुबह शराब की घूँट से शुरू होती थी और रात बिस्तर के आसपास उसे उगलते हुए। कुछ ऐसे भी थे जिन्हें शराव से गुरेज़ नहीं था लेकिन तीसरे छोटे पेग के बाद ही उन्हें मेज पर खाना लगा हुआ मिलना चाहिए था। जयंत के पिता के लिए पूर्व और पश्चिम का मेल कराना सचमुच एक बहुत बड़ी समस्या हो गयी थी। दूल्हे-दुल्हन सहित जब बारात रवाना हुई तो रिजर्व की गयी पूरी ट्रेन शराब से सराबोर थी। ...पर उसमें भी सबसे दिलचस्प वाकया तो तब घटित हुआ जब सबको अपनी-अपनी जगह टिकाने के बाद जयंत के पिता जब अपने कूपे में पहुँचे तो उनके होश फाख्ता हो गये। पता चला कि उनकी 'स्पेशल ब्रांड' वाली शराब का क्रेट गायब था। बाद में मालूम हुआ कि वह गलती से वर-वधू के कूपे में बंद हो गया है और इतनी रात गये उसे खुलवाया तो जा नहीं सकता था। पिछले पचास वर्षों में इतना भयानक हादसा उनके जीवन में कभी घटित नहीं हुआ था।

...जयंत की नयी पोस्टिंग के कुछ दिनों बाद उनके पिता की मृत्यु हो गयी। उत्तराधिकार में बाकी उनके वस्तुओं के साथ अपनी विधवा धर्मपत्नी यानी जयंत की माँ को भी उनके पास छोड़ गये। प्रिया को लगा कि बाकी चीजें तो आसानी से स्वीकार की जा सकती हैं लेकिन जयंत की माँ को नहीं। वे आसान महिला थीं ही नहीं। घर वैसे ही नहीं चल पा रहा था। प्रिया की हताशाओं का अंत नहीं था. जयंत के अनेक सहयोगियों की धड़ाधड़ 'फॉरेन पोस्टिंग' हो रही थी, पर जयंत का नंबर ही नहीं आता था। प्रिया झल्लाकर उनकी सहयोगियों की पत्नियों से टेलीफोन पर कहती, "कितनी मोनोटोनस लाइफ है यहाँ की, है न?" यहाँ की यानी इस देश की। इस देश के बाहर वे लोग कितनी रंगारंग शानदार जिंदगी जी रहे होंगे और हम यहाँ सड़ रहे हैं। दुनिया कहाँ से कहाँ जा रही है और हम... वह हताशा से हलकान होकर रेकॉर्डप्लेयर पर कोई रेकॉर्ड रख देती।

...मेज पर बिखरे अखबारों, पत्रिकाओं में अमरीका, इंग्लैंड, स्विट्जरलैंड सब होते पर वह उनमें कहीं थी। कहीं भयानक भुखमरी होती, कहीं बमबारी, कहीं भूकंप। पर प्रिया को लगता सब यहीं हो रहा है, वहाँ केवल खुशहाली ही खुशहाली है। आसपास सब कुछ बेरौनक और बदरंग है। एक सीमा के बाद दिमाग पर जोर डालने का अभ्यास उसने किया नहीं था, न ही इसकी कभी ज़हमत उठायी थी। कमरे में बंद मधुमक्खी की तरह वह चक्कर लगाती रहती। अचानक सड़क

से किसी हॉकर की आवाज़ सुनायी पड़ती और वह बदहवास-सी नीचे भागती।

...जयंत हमेशा की तरह शाम ढलने के बाद ब्रीफकेस लिये हुए टाई की नॉट ढीली करते ड्राइंगरूम में दाखिल होते और सोफे पर ढेर हो जाते। "बहुत थक गया प्रिया।" कुछ देर बाद नौकर चाय की ट्रे और स्नैक्स की प्लेट लिये हुए दाखिल होता। प्रिया अपने और जयंत के लिए चाय बनाने लगती। कुछ देर बाद जयंत बाथरूम से सफेद कुर्ते-पाजामे में बाहर आते। 'पेग' से नाप कर स्कॉच का पेग बनाते और सिगरेट जलाकर बैठ जाते। डिनर के बाद वे बालकनी में डनहिल पीते हुए चक्कर लगाते, उसके बाद सुबह के लिए अलार्म लगाकर सो जाते। ...'यह भी कोई जिंदगी है।' प्रिया सोचती।

...घर ऐसे ही चल रहा था कि अचानक जयंत को एक विदेशी पोस्टिंग मिल ही गयी। ...'सच हुए सपने मेरे' ...प्रिया को लगा, अब सारी समस्याएँ हुश्। अब वह अकसर कैलकुलेटर पर जयंत की विदेशी मासिक आय को भारतीय मुद्राओं में परिवर्तित करती रहती। अगर पाँच साल की पोस्टिंग हुई तो इन पाँच वर्षों में कितनी हुई भारतीय बचत?

...लेकिन पाँच साल बाद! पाँच साल बाद प्रिया सोचती है, वे पाँच वर्ष।

...पहली विदेशी पोस्टिंग के विदेशी शहर में जो घर उन्हें ऑफिस की ओर से रहने को मिला वह वैसा ही था जैसा प्रिया ने सोचा था या सपना देखा था : गेट के ठीक बाद कच-कच हरा मखमली लॉन, बीच में ड्राइव-इन। फिर बड़ा हॉल जिसमें वाल टू वाल कारपेट। एक कोने में 16×18 का बेडरूम, उससे संलग्न 10×11 का बड़ा-सा बाथरूम। 12×14 का किचन जिसमें एक तरफ दीवार से लगा सोफा भी पड़ा हुआ था। सब कुछ चमचमाता हुआ। बड़ी-सी फ्रिज—लगभग दीवार की छत तक पहुँचती हुई। माइक्रो ओवेन, रनिंग हॉट और क़ोल्ड वाटर। और बाथरूम, किचन का मुँहतोड़ जवाब : बाथटब के पास झूलता हुआ टेलीफोन और चैनल म्यूजिक। वहाँ वे केवल अपने पहनने के कपड़े और म्यूज़िक सिस्टम आदि लेकर पहुँचे थे। दूसरी मंजिल पर दो बड़े-बड़े बेडरूम, वैसे ही संलग्न बाथरूम, बालकनी और लॉन की ओर खुलता खूब बड़ा टेरेस।

'सच हुए सपने मेरे...' प्रिया गुनगुनाती हुई घर भर में डोलती रहती।

. . पर प्रिया ने 'सपना' देखना बंद कर दिया। कब वह केवल उसमें रहने लगी, कब उसके रहने को भी महसूस करना बंद कर दिया—पता न चला। जयंत अकसर बिना सूचना दिये देर से आते और अपनी पुरानी दिनचर्या दोहराते।

. . एक दिन प्रिया ने किसी काम से जयंत को दफ्तर में फोन किया तो पता चला कि वे दफ्तर में नहीं है। प्रिया ने घड़ी देखी, लंच का समय अभी नहीं हुआ था और जयंत आमतौर पर काम के घंटों में दफ्तर से बाहर नहीं जाते थे। शाम को वे लौटे तो प्रिया ने पूछा कि आज वे दफ्तर से बाहर गये थे क्या? जयंत ने वैसे ही टाई की नॉट खोलते हुए पलटकर पूछा, "तुमने फोन किया था क्या?"

"हाँ, बच्चे छुट्टियों में बाहर जाना चाहते हैं, उनके कुछ जापानी दोस्त उन्हें टोकियो ले जाना चाहते हैं, मुझे भी।"

जयंत ने टाई की नॉट खोलना बंद कर दिया और प्रिया की ओर गंभीरता से देखते हुए कहा, "यहाँ बीवियाँ सामान्यतः दफ्तर में फोन नहीं करतीं, जब तक कोई खास बात न हो। 'वी आर नॉट स्पोज्ड टु बी डिस्टर्ब्ड इन ड्यूटी आवर्स।' यह तो तुम दफ्तर जाने से पहले या बाद में भी कह सकती थीं।" प्रिया को यह प्रतिक्रिया कुछ ज्यादा ही लगी। उसने कुछ हैरानी से जयंत को देखा और नौकर को चाय के लिए कहने किचन में चली गयी। नौकर वह देसी ही लायी थी, वही पुरानावाला।

. . पिछले शनिवार को उनके कुछ भारतीय मित्रों ने एक पार्टी अरेंज की थी। डॉ. पटेल के यहाँ। डॉ. पटेल का घर काफी बड़ा था, हॉल भी। वहाँ पंद्रह-बीस लोग मजे से खा-पी सकते थे, फिर भी जगह बचती थी। डॉ. पटेल वहाँ भारतीय मूल के सबसे बड़े डॉक्टर ही नहीं, सबसे अधिक मिलनसार और दूसरों के दुख-दर्द में शरीक होनेवाले इंसान भी समझे जाते थे। उनके यहाँ से भोज का निमंत्रण पाना खुशनसीबी समझी जाती थी, स्टेट्स का प्रतीक भी। डॉ. पटेल का निमंत्रण पत्र मिला था तो प्रिया खुशी से उछल पड़ी थी। पता नहीं बाकी कौन-कौन लोग होंगे वहाँ, उत्तेजना के मारे उसका बुरा हाल था। डॉ. पटेल जयंत से दो-तीन बार मिल चुके थे, उनके दफ्तर में ही। वे एक सभ्य, सुसंस्कृत, अधेड़ व्यक्ति थे। थोड़े परंपरागत किस्म के और स्थिर स्वभाव वाले। यात्रा संबंधी उनकी कुछ दिक्कतें थीं जो जयंत ने आसानी से सुलझा दी थीं। अचानक उनका निमंत्रण पाकर जयंत

को थोड़ा अटपटा लगा था। उन्होंने अभी कोई निर्णय नहीं लिया था, पर प्रिया ने तब तक फोन करके अपनी सभी सहेलियों को यह खुशखबरी सुना दी थी। चूँकि उनमें से कइयों को यह निमंत्रण नहीं मिला था, इसलिए वे केवल ईर्ष्यादग्ध हो सकती थीं। प्रिया इससे और विभोर हो उठी।

वह पूरा सप्ताह प्रिया ने यह सोचने में बिताया कि पार्टी में जयंत क्या पहनेंगे और वह क्या पहनेगी। पार्टी से दो रोज पहले डॉ. पटेल ने जयंत को फोन करके पूछा कि वे लोग पार्टी में आ रहे हैं न? उनकी आवाज़ में इसरार था, जयंत मना नहीं कर सके।

लेकिन इसी बीच एक छोटी-सी दुर्घटना हो गयी जिससे जयंत थोड़े 'शॉक्ड' हुए। पार्टी से एक दिन पहले प्रिया शहर के सबसे महँगे 'ब्यूटी पार्लर' से लौटी तो जयंत ने देखा कि उसने अपने घने काले लंबे बाल कटवा लिये थे। इतने छोटे कि पीछे से उसकी नंगी गरदन भी दीखती थी। प्रिया के लंबे बाल उन्हें बहुत पसंद थे। वर्षों पहले हॉस्टल की सीढ़ियों से उतरती हुई प्रिया को देखकर उन्होंने जो 'निर्णय' लिया था, उसमें उन बालों की भी भूमिका थी।

..जयंत ने वीरान आँखों से प्रिया को देखा। वह उत्फुल्लता से दमक रही थी, "कैसी दीख रही हूँ?" उसने चहककर पूछा।

"बहुत अच्छी। बिलकुल डॉ. पटेल की पार्टी के लायक।" जयंत अपनी वितृष्णा छिपा न पाये।

"नहीं जयंत, ये बाल यहाँ के लिए अलामत थे। इन्हें कौन सँभाले, धोए, सुखाए। मुझे हमेशा जुकाम रहने लगा था। मेरा 'साइनस' भी बढ़ गया था। दरअसल, यहाँ के मौसम में भारतीय किस्म के बाल बिलकुल नहीं चल सकते थे।"

..जयंत को लगा, प्रिया ठीक कह रही है—यहाँ के मौसम में...

डॉ. पटेल की पार्टी में बहुत भीड़ नहीं थी। पंद्रह-सोलह लोग ही रहे होंगे, सभी वयस्क, तीस-पैंतीस की उम्रवाले। डॉ. पटेल के 'साइडबर्न्स' भी सफेद होने लगे थे। वे गहरे नीले रंग के सर्ज-सूट में थे। महिलाएँ भी लगभग इतनी ही थीं। आम पार्टियों की तरह तेज दमघोंट खुशबू और ढेर-सी चहचहाटें नहीं थीं। न जोरदार ठहाके। प्रिया पहली बार यहाँ किसी ऐसी पार्टी में आयी थी। वह थोड़ी भौचक्की थी। शायद कुछ निराश भी। हॉल सचमुच बहुत बड़ा था। ऊँची

सीलिंग रोमन गिरिजाघरों से मिलती-जुलती थी। झकाझक सफेद कालीन और कोने में आबनूसी रंगवाला बड़ा-सा पियानो। हॉल में धीमा चैनल म्यूज़िक बज रहा था। पियानो के दूसरे छोर पर 'बार' बना हुआ था।

डॉ. पटेल ने सबसे परिचय कराया। कुछ पहले से ही परिचित थे। डॉ. पटेल की पत्नी भी डॉक्टर थीं। जयंत या प्रिया उनसे पहले नहीं मिले थे। वे काफी ऊँचे कद की महिला थीं। हल्की साँवली, बड़ी-बड़ी खूब सफेद पुतलियोंवाली आँखें—जिनमें चंचलता नहीं थी—गहराई से हेरनेवाली जिज्ञासा थी। वे मस्टर्ड कलर की फ्रेंच शिफोन साड़ी में थीं। बाल पीठ पर कमर तक फैले हुए थे। वे उम्र के उस मुकाम पर थीं, जब देह में उतनी कसावट नहीं रहती, एक गदराई हुई माँसलता आ जाती है। परिचय होने पर उन्होंने जयंत की ओर गहरी निगाहों से देखा। "आपके बारे में काफी सुन रखा था।" उन्होंने धीमी आवाज में कहा। जयंत वहाँ के भारतीय 'भद्रलोक' में अपनी आवाज़, आँखों और ऊँचे कद के लिए चर्चित थे। श्रीमती पटेल अन्य महिलाओं की तरह बहुत सजी-सँवरी नहीं थीं। एक हल्का, पर सतर्क मेकअप, जो कम नहीं होता किंतु ज्यादा लगता नहीं है। व्यवहार और बातचीत में एक लापरवाही-सी थी, पर उसमें भी एक योजनाबद्ध सलीका।

..स्पष्टतः वह अपेक्षाकृत सफल, संतुष्ट और अपने लक्ष्य को प्रायः ठीक-ठीक जाननेवालों की गैदरिंग थी। कुछ ही देर में प्रिया उसमें और 'मिसफिट' होती गयी। एक बार जयंत के करीब से गुजरते हुए उसने धीमे से पूछा भी, "क्या यह पार्टी इसीलिए यहाँ इतनी मशहूर है?" जयंत धीरे-से मुस्कराकर गुजर गये। बेयरे ट्रे में ड्रिंक्स और स्नैक्स लिये घूम रहे थे। लोगों की पीने की रफ्तार पहले थोड़ी सुस्त किंतु फिर तीव्रतर होती गयी, बातचीत और आवाजें भी। पहले जो लोग अलग-अलग गुच्छों में बँटे हुए थे, वे अब अधिक उन्मुक्तता से कम परिचितों से भी मिलने-बतियाने लगे थे। महिलाएँ जिन-कोक और वाइन में नशीली होकर अभिव्यक्तियों में उदार होने लगी थीं। प्रिया को एक भारतीय पुलिस अफसर की पत्नी मिल गयी थी। वह उसके साथ एक कोने में बैठी जिन में बिटरेक्स और टॉनिक मिलाकर पी रही थी। बेयरे सलामी, सासेजेज, टिक्के और पनीर-पकौड़े लिये घूम रहे थे।

..अचानक चैनल म्यूजिक रुक गया और एक महिला की आवाज आयी,

"हम लोग खाने से पहले चाहें तो थोड़ा नाच सकते हैं।" फिर उस आवाज ने कुछ जोर देकर पूछा, "अगर आप चाहें तो!"

"ज़रूर-ज़रूर. . ." लोग सामूहिक स्वर में बोले। बत्तियाँ धीमी हो गयीं और म्यूजिक 'फॉक्स-ट्राट' की धुन बजाने लगा। तभी ज़यंत की निगाहें कुछ दूर खड़ी श्रीमती पटेल पर पड़ीं, वे उसी ओर देख रही थीं।

जयंत ने उनकी ओर हाथ बढ़ाते हुए कहा, "डॉ. पटेल, हम लोग कुछ देर फॉक्स-ट्राट कर ही सकते हैं। हम बुजुर्ग लोग।"

"अवश्य, व्हाइ बुजुर्ग?" . . .जयंत का एक हाथ श्रीमती पटेल की नंगी पीठ पर था, दूसरा उनकी थोड़ी पसीजती-सी खुशबूदार हथेली में फँसा। श्रीमती पटेल नाचने में कुशल थीं। जयंत के लिए भी वह कोई पहला मौका तो था नहीं और वहाँ यह असहज भी नहीं लग रहा था। जल्दी ही उनमें आत्मविश्वास आ गया और नाच की गति में त्वरा आ गयी। . .श्रीमती पटेल की पीठ में तपिश और फिसलन-सी भर गयी। लय से स्पंदित। जयंत की उँगलियों के नाखून कुछ बढ़े हुए थे। अनजाने उनकी हथेली का दबाव बढ़ा तो श्रीमती पटेल ने हल्की पीड़ा से उन्मत्त होते हुए उन्हें देखा। . .नाच की उत्तेजना और हरारत से उनका चेहरा तमतमा-सा रहा था। नाक के नीचे, होंठों के ऊपर पसीने की बूँदें। जयंत का चेहरा उन बूँदों के काफी करीब तक चला गया था। श्रीमती पटेल की उन बूँदों पर हवा का हल्का झोंका-सा पड़ा तो उन्होंने अपनी सफेद पुतलियाँ उठाकर जयंत को देखा।

. .बत्तियाँ फिर तेज हो गयीं और लोग अपने साथ नाचनेवालों का शुक्रिया अदा करते हुए खाने की मेजों की ओर बढ़े। . . .चैनल पर कोई उनींदी-सी धुन बजने लगी थी। कॉफी और आइसक्रीम के बाद कुछ लोग 'नाइट कैप' या 'वन फॉर द रोड' लेने लगे और बाकी हाथ मिलाकर विदा ले रहे थे। जयंत ने श्रीमती पटेल से हाथ मिलाकर विदा ली और प्रिया की ओर बढ़े, "प्रिया, चलो भी, सुबह मुझे जल्दी ही एयरपोर्ट जाना है।"

प्रिया ने बेमन होकर पुलिस अफसर की पत्नी से विदा ली, "बाइ शुभा, तुमसे मिलकर बहोत अच्छा लगा, कल फोन करूँगी, अच्छा. . ."

. .मुख्य द्वार पर डॉ. पटेल और श्रीमती पटेल खड़े थे। श्रीमती पटेल के हाथों में सुर्ख गुलाबों के छोटे-छोटे गुलदस्ते थे जो वे हर मेहमान को झुककर

मुस्कराती हुई थमा रही थीं। जयंत ने डॉ. पटेल से गर्मजोशी के साथ हाथ मिलाया और अपने घर आने की दावत दी, "जरूर जब याद कीजिए, मैं कोई गया वक्ता नहीं हूँ. . ."

"जो आ भी न सकूँ," जयंत ने जुमला पूरा किया। दोनो हँसने लगे। जयंत को अपनी हाजिरजवाबी पर खुशी हुई। वे प्रिया के साथ कारों की कतार में वह शेर गुनगुनाते हुए अपनी कार तलाशने लगे। ". . .मेहरबाँ हो के बुला लो. . ." वे कार की चाबी घुमाते हुए स्टीयरिंग के सामने बैठ गये।

प्रिया पास बैठती हुई ऊबी आवाज में बोली, "ओह, कितनी बोरिंग पार्टी थी। क्या इसलिए ये पार्टियाँ इतनी मशहूर हैं?"

"जो आ भी न सकूँ, . . .जो आ भी न सकूँ. . ." जयंत तरन्नुम में गुनगुनाते हुए चमकती सड़क पर कार चलाते रहे।

. . .बच्चों की छुट्टियाँ यूँ ही खत्म हो रही थीं। वे टोकियो नहीं जा सके। जयंत और प्रिया ने तय किया कि अगले सत्र में लंदन के किसी अच्छे स्कूल में दाखिला मिल जाये तो बेहतर होगा। कुछ रोज बाद ऑफिस से लौटकर जयंत ने बताया कि उन्होंने अपने एक दोस्त के माध्यम से दाखिले का इंतजाम कर लिया है। उनका एजेंट 'हायर परचेज' पर वहाँ घर भी दिला देगा।

प्रिया खुशी से झूम उठी, "जयंत, बच्चों के साथ मैं भी लंदन जाऊँगी। वरना ये अकेले रहेंगे कैसे? कभी अकेले तो रहे नहीं।"

"हाँ, ये तो है," जयंत ने सोचते हुए कहा, "फिर कुछ घंटों की ही फ्लाइट तो है। कभी भी आ सकती हो।" प्रिया लंदन जाने की तैयारी करने लगी।

. . .जयंत चिड़चिड़े हो गये थे। यह खयाल ही उन्हें गुस्से से पागल कर देता था कि उनकी पत्नी उनकी स्पाइंग कर रही है। . . .प्रिया दिन में कई बार जयंत के दफ्तर फोन करती। अकसर वे दफ्तर में नहीं होते थे। कभी एयरपोर्ट, कभी बाहर लंच पर! एक बार वह लंच के समय दफ्तर पहुँच गयी तो जयंत का सहायक घबरा गया, "मैडम, वे कब आयेंगे, बताकर नहीं गये हैं। आप बैठिए न, क्या लेंगी? वे लंच भी शायद बाहर ही लेंगे।" उसके बाद प्रिया ने ऑफिस जाना तो बंद कर दिया, पर फोन बराबर करती रही। जयंत का लंच बॉक्स प्रायः वैसा का वैसा ही वापस लौटता यहाँ तक कि उबले पानी का फ्लास्क भी।

. . .श्रीमती पटेल अपना क्लिनिक लंच के समय तक ही खोलतीं, फिर वहाँ से जयंत को फोन करतीं। उसके बाद वे शहर के किसी बेहतरीन 'ईटिंग ज्वायंट' में जाते। कभी-कभी तो उस ऐतिहासिक शहर के प्राचीन खंडहरों में पुरसुकून लताकुंजों में बने घने एकांतवाले ठिकानों में भी। जहाँ उस देश की मशहूर शराब और फास्ट फूड मिलते थे। वहाँ अथाह एकांत और शांति के बीच, वे घंटों गुजारते।

जयंत को पता चल गया था कि इससे उनकी प्रैक्टिस पर गहरा असर पड़ रहा है। मरीज भी कम ही आ पाते थे। एक बार उन्होंने बियर के नशे में डूबी श्रीमती पटेल से इसका जिक्र किया तो उन्होंने भर्राई आवाज में बियर से तर-ब-तर होंठों से उन्हें चूमते हुए कहा, "क्या एक ही मरीज काफी नहीं है जयंत? क्या इसी को अधेड़ावस्था का प्रेम कहते हैं?"

. . .ऐसे में कई तनावों की गाँठें खुलने लगतीं। उनमें कोई युवा तो रह नहीं गया था। पति, पत्नी, बच्चे थे पर कोई अपराध-बोध नहीं था। जयंत को केवल प्रिया की 'स्पाइंग' नागिन की तरह पीछा करती हुई परेशान करती। इस घिनौने जासूसीपन से छुटकारा पाना है।

. . .फोन की घंटी देर से बज रही थी। जयंत स्वयं कभी फोन नहीं उठाते थे, इसलिए प्रिया बाथरूम से जल्दी-जल्दी गाउन लपेटती हुई फोन की तरफ भागी। पुलिस अफसर की पत्नी का फोन था, "प्रिया, मैंने सुना है तुम लंदन जा रही हो?"

"हाँ शुभा, इस अगले महीने के शुरू में। बच्चों को वहाँ स्कूल में दाखिला मिल गया उन्हें हॉस्टल में रखना तो अफोर्ड नहीं कर सकते। इसलिए उनके साथ रहना पड़ेगा।"

"पर प्रिया. . ." उस छोर पर शुभा की आवाज अचानक रुक-सी गयी, "तुम क्या जयंत के दफ्तर जाने के बाद ग्यारह बजे होटल फ्लोरेंस के कैफे में मिल सकती हो?"

". . हाँ, क्यों नहीं, कोई खास बात तो नहीं है?"

"नहीं, कोई खास बात तो नहीं है पर आ जाओ तो अच्छा है, बहुत दिनों से मिले भी नहीं।"

"ठीक है, मैं आ जाऊँगी, तो वहीं मिलते हैं, बाइ।" प्रिया ने फोन रख दिया। वह जल्दी-जल्दी तैयार होने लगी। . . .ठीक ग्यारह बजकर पाँच मिनट

पर वह होटल फ्लोरेंस के कैफे में थीं। वह शहर का सबसे बड़ा होटल था। सवा ग्यारह बजे उसने कैफे के शीशे से देखा, शुभा भागती हुई सीढ़ियाँ चढ़ रही है। कैफे ग्राउंड फ्लोर पर ही था। अपनी दुबली कलाई पर घड़ी देखती, प्रिया को उस वक्त वह बड़ी निरीह-सी लगी। उस छोटी-सी काया पर उसे लाड़ उमड़ आया।

"आइ ऐम सॉरी प्रिया," उसने सामने के सोफे पर खुद को पटकते हुए कहा, "आज ही वाशिंग भी करनी थी, बेटी पिकनिक पर जा रही है, साहब स्पेशल ड्यूटी पर। बताओ तुमने कुछ मँगाया क्या?" वह एक ही साँस में बोल गयी। प्रिया मुस्कराती हुई उसे देखती रही।

"नहीं, अभी तो यही रखा है।" वहाँ बेक्ड ब्रेड के डंठल और मक्खन रखे हुए थे।

"चलो कुछ मँगाते हैं। लंच आज यहीं हो जाये। क्या ख्याल है?"

"ख्याल तो अच्छा है, पर क्या मँगाएँ?"

"चलो सोचते हैं, पहले एक-एक 'ब्लडी मेरी' हो जाये।"

सुर्ख ब्लडी मेरी सिप करते हुए शुभा ने कहा, "तुम लंदन जा रही हो। मैं तुम्हें बहुत मिस करूँगी।"

"हाँ शुभा, मिस तो मैं भी बहुत करूँगी पर तुम जानती हो मेरा लंदन जाना जरूरी है।"

शुभा अचानक गंभीर हो गयी और अपनी दीखती उम्र से काफी बड़ी, "प्रिया तुम उम्र में मुझसे काफी बड़ी होओगी, वैसे भी मुझे इस तरह की बातें करने का कोई अधिकार नहीं है. . ." वह चुप हो गयी।

"नहीं-नहीं, कहो न, तुम जानती हो इन थोड़े ही दिनों में तुम मेरी कितनी अज़ीज हो गयी हो।"

"हाँ, इसीलिए तो. . ." गिलास उसने ऊपर उठाकर उसकी ओर देखते हुए कहा, "तुम लंदन न जाओ।"

"क्यों?" हैरान-सी होती हुई प्रिया ने कहा।

"क्या तुम सचमुच कुछ नहीं जानतीं?" प्रिया अचानक हताश और निढाल हो गयी। तो शुभा इतना कुछ जानती है।

"मुझे पता तो है शुभा, पर क्या करूँ?"

"सीधी-सी बात है, लंदन न जाओ। बच्चों के लिए कुछ इंतजाम कर लेंगे। मेरे पति की पहली पोस्टिंग वहीं तो हुई थी। वे कुछ बंदोबस्त कर देंगे।" प्रिया की नजरों में यह निरीह नाजुक-सी दीखती लड़की अचानक उसकी रहनुमा बन गयी। गंभीर और सचमुच की चिंता में तल्लीन, पर उसके सामने लंदन का लालच नगीने की तरह जगमगा रहा था।

"शुभा मैं दुनिया देखना चाहती हूँ। कितना कम देखा है मैंने अभी। जयंत तो न जाने कब से सारी दुनिया की सैर कर रहे हैं? ...वैसे भी मुझे जाना तो है ही।"

शुभा ने उसकी ओर तरस खाती निगाहों से देखा और रुआँसी आवाज में बोली, "किस दुनिया की बात कर रही हो प्रिया? देखनेवाली दुनिया के लिए जीनेवाली दुनिया छोड़ दोगी?" प्रिया इस छोटी-सी गुड़िया की वाचालता पर दंग रह गयी।

"मुझे नहीं लगता शुभा कि कोई दुनिया मुझसे छूट रही है।"

शुभा हारकर पर्स उठाती खड़ी हो गयी, "ओ.के. प्रिया, लंदन जाने से पहले फोन करना और हो सके तो लंदन जाकर भी।"

"ओ.के. शुभा, बाई!"

तभी शुभा अचानक रुक गयी, "लेकिन तुम आयी कैसे हो?"

"क्यों, टैक्सी से, गाड़ी तो जयंत ऑफिस ले गये।"

"तो मैं तुम्हें छोड़ती हुई जाऊँगी।" वह लाल रंग की स्पोर्ट्स कार लायी थी। उसने सिर पर रंगीन स्कार्फ बाँधा और प्रिया के लिए दरवाजा खोलकर स्टीयरिंग पर बैठ गयी।

...वह उस शहर में प्रिया की आखिरी शाम थी...फ्रैंकफर्ट में जब ब्रेक के लिए उसका जहाज उतरने जा रहा था, तब भी उसके हाथ में इलेक्ट्रॉनिक टाइपराइटर पर टाइप की गयी वे चंद संतरें चमक रही थीं, 'प्रिया शायद अगले महीने मेरा ट्रांसफर किसी और शहर में हो जाये। पता नहीं किस शहर में...। तुम लंदन से छुट्टियों में बच्चों को लेकर भारत चली जाना। बच्चे भी ननिहाल जाकर खुश होंगे। वहीं, मैं कहाँ हूँ इसकी सूचना तुम्हें मिल जायेगी।' प्रिया की उँगलियाँ अभी भी उस महीन कागज पर चिपकी हुई थीं।

. . .एयरपोर्ट पर जयंत ने वह सफेद लिफाफा थमाते हुए उसके कंधे पर हाथ रखकर कहा था, 'टेक केयर।' बच्चों को भी उन्होंने हल्के से अपने करीब चिपका रखा था. . . 'सी. यू.' 'सी. यू.'—फ्रैंकफर्ट एयरपोर्ट पर उतरने से पूर्व प्रिया को अपनी सीट का बेल्ट खोलने में दिक्कत हो रही थी. . .

. . .एयरपोर्ट से लौटकर जयंत को अपना घर प्रिया और बच्चों के बगैर सूना-सा लगा। उन्होंने टाई के साथ उस सूनेपन को सोफे पर फेंक दिया और सिगरेट सुलगाते हुए टेलीफोन करने बैठ गये।

शेरपुर 15 मील

शेरपुर 15 मील !. . बायीं तरफ के आधे टूटे और आगे की ओर लटके पत्थर पर लिखा था। धूल से अटी उस सड़क पर दो 'लढ़िया' (छोटी बैलगाड़ी) एक साथ चल सकती थीं। बीच में अपने आप एक विभाजक पगगडंडी बन गयी थी। बरसात की उमस भरी सुबह थी। पिछले कई दिनों से बारिश नहीं हुई होगी। हवा नदारद थी और दोनों ओर पेड़ों की पत्तियों पर धूल जमी थी। पेड़ सब जामुन के थे। सड़क के समानांतर दोनों तरफ बैंगनी काले जामुनों की कतार भी चल रही थी। कभी-कभी कोई खूब पका रस-भरा जामुन टपक पड़ता तो राही झुककर मुँह में डाल लेते थे। वह बहुत देर से उन्हें देख रहा था। रात की नींद पूरी नहीं हुई थी। ट्रेन की थकान और न नहाने-धोने का बासीपन। फिर भी बीच में उसने लढ़िया रुकवाई और नौकर से कुछ जामुन बीन लाने को कहा। नौकर लछमन भी शायद यही चाहता था। वह कूदकर गया और ढेर से अच्छे-अच्छे भौंरों की तरह चमकते जामुन गमछे में बीन लाया। लछमन के नाटे बदन पर कारतूस की पेटी जाँघों तक लटक रही थी 12 बोर की डैमस्कस बैरल दोनाली लढ़िया में बेजान पड़ी थी–निरीह तथा अकर्मण्य। जामुन से जीभ और बदजायका हो गयी, उस पर जामुन की बैंगनी गंदली पर्त भी जम गयी होगी। गले में भी कुछ अटकने-सा लगा था। जामुन खाने के बेहूदे प्रलोभन पर उसे कोफ्त हुई। लढ़िया सुस्त रफ्तार से चल रही थी। जितनी कमजोर, संकरी और छोटी वह थी, उतनी ही नाटी उसमें जुते दो बैलों की जोड़ी भी। चूँकि इससे तेज वह चल नहीं सकती थी, इसलिए उस पर मन ही मन चिढ़ना भी बेकार

था। वह शेरपुर 15 मिल के 14 मील होने का इंतजार करता हुआ बैठा रहा। उस निहायत परेशान करनेवाली उमस में झपकी लेने या ऊँघने की भी कोई गुंजाइश नहीं थी। वह बेहद त्रासदायक यात्रा थी।

...शेरपुर के 'नवाब साहब' के 'गेस्ट हाउस' में उन्हें ठहराया गया। गेस्ट हाउस की 'प्लिंथ' यानी चबूतरा काफी ऊँचा था। मिट्टी की चारदीवारी के बीच बनी हुई सीढ़ियों पर चढ़कर ही वहाँ पहुँचा जा सकता था। चूने, मिट्टी और गारे से बने दो-तीन कमरे, एक खपरैल का बरामदा मिट्टी का आँगन। आँगन के बीचोंबीच 'डोल' वाला कुआँ, एक कोने में रसोईघर और दूसरे कोने में 'पैखाना' यानी एक छोटे कमरे के भीतर बने चबूतरे के बीच एक गड्ढा, जिसके नीचे लोहे की बाल्टी। नहाने की सुविधा या तो कुएँ के 'जगत' पर थी या बरामदे में ही कुएँ का पानी खूब ठंडा था और बरामदे के एक कोने में बैठकर नहाने के बाद बड़ी राहत महसूस हुई। मूँज की चारपाई पर लछमन ने बिस्तर बिछा दिया और पंखा झलने लगा। तभी बाहर की कुंडी खड़की। एक साँवला नौजवान पठानी सलवार-कमीज में पसीने से तर-ब-तर आया और आदाब कर अदब से खड़ा हो गया, "नवाब साहब लखनऊ गये हैं। कल आयेंगे। पहले खबर नहीं थी, इसीलिए गुस्ताखी हो गयी। बेगम साहिबा ने कहलाया है, इसका ख्याल न करें, जिस चीज की जरूरत हो, बेहिचक कहला दें। जो भी बन सकेगा किया जायेगा। फिलहाल उन्होंने यह नाचीज़-सा तोहफा भेजा है।" वह जरी से कढ़ा हुआ एक बटुआ था जिसके मुँह पर दो रेशमी डोरियाँ लगी थीं, उसमें महीन नफासत से कटे हुए सुपारी के छल्ले, इलायचियाँ, लौंग और सौंफ थी, जाफरानी खुशबू में बसी हुई। उसने इज्जत के साथ दोनों हाथों से बटुआ ले लिया, "बेगम साहिबा से कहिए कि मैं इसके लिए उनका बेहद शुक्रगुजार हूँ। मुझे किसी बात की तकलीफ नहीं है, फिर नवाब साहब तो कल आ ही जायेंगे।" वह नौजवान जाहिरा तौर पर नवाब साहब का खास आदमी रहा होगा। धीरे-धीरे वह काफी सहज होकर खुलने लगा और शेरपुर नवाब साहब के खानदान आदि के बारे में काफी जानकारियाँ उसने दीं। यह भी पूछा कि अगर गोश्त खाते हों तो शाम को किस चीज का गोश्त खाना पसंद करेंगे। मुर्गे और बकरे तो बुहुतायत में हैं। काले तीतर भी इधर आसपास ही मिलते हैं हालाँकि उनका शिकार करना थोड़ा मुश्किल होता है। इसलिए मजा भी बहुत आता है। वे बहद चालाक होते हैं और खूब छकाते हैं। वे ज्यादा उड़

नहीं सकते पर कँटीली झाड़ियों के पीछे छिपते-छिपाते वे आपको इतना पस्त कर देते हैं कि अकसर आप हलकान होकर वापस आ जाते हैं या फिर इतना अँधेरा हो जाता है कि उसमें आप काले तीतर का शिकार कर ही नहीं सकते। अचानक बातूनी हो गया वह साँवला नौजवान उसे काफी दिलचस्प लगा और काले तीतर के बारे में भी उसमें उत्सुकता उत्पन्न हो गयी।

"ऐसा करो कि शाम को चार बजे या जब भी मुनासिब समझो आ जाओ, काले तीतर के शिकार पर हम भी चलना चाहेंगे।"

उसके जाने के बाद झपकी-सी आ गयी। भूख भी लग रही थी। नहाने के बाद की ठंडक धीरे-धीरे उमस की सीलन में गुम होती जा रही थी।

...वह कुछ ही देर सो पाया होगा कि कुंडी फिर खड़की। कई रकाबियाँ लिये दो-तीन लोग खड़े थे। रकाबियाँ, महीन, महँगी लेकिन खस्ताहाल रूमालों से ढँकी थीं। वहाँ कुछ रंगउड़े स्टूल थे। वे उन्हीं पर रख दी गयीं। सुराही में पानी और दो तामचीनी के गिलास, उनके जाने के बाद लछमन ने रकाबियों से रूमाल हटा दिये। रकाबियों के अंदर बनी कटोरियों में चावल, रूमाली रोटियाँ, गोश्त तथा लौकी और चने की मिली-जुली सूखी सब्जी थी। खाना कुछ दूर से लाया गया होगा इसलिए थोड़ा ठंडा हो चला था पर गोश्त वाकई लजीज था उनकी बोटियाँ बड़ी और हड्डियोंवाली थीं जिन्हें इत्मीनान से चूसा जा सकता था। दूरदराज की इस जगह में इस नफासत भरी मेहमानवाजी के मजे मिल रहे थे।

खाने के बाद वह फिर सो गया। खूब गहरी नींद रही होगी क्योंकि उठने के बाद कुछ देर पता भी नहीं चला कि वह कहाँ है। एक आँगन, एक बरामदा। एक कुआँ और मिट्टी की ऊँची चारदीवारी। लछमन भी वहीं जमीन पर सो रहा था। उसने तनिक असुरक्षित महसूस किया। लगभग हजार किलोमीटर दूर! सबसे नजदीक का रेलवे स्टेशन भी 15 मील।

...पठान नौजवान चार बजे के बाद आया। वह तैयार था। काली चमकीली नालवाली बारह बोर की बंदूक को वह बीच से पकड़कर जमीन की ओर झुकाए चल रहा था। उसमें छह नंबर के छर्रे भरे थे जो शायद तीतर के शिकार के लिए काफी थे। एक बार गलती से उसने हारिलों के 'डार' पर एल. जी. से फायर कर दिया था। जमीन पर उनके पंख और जगह-जगह चिपके गोश्त के टुकड़े मिले थे।

वे शेरपुर की गलियों से गुजर रहे थे। गलियों में आदमी इक्के-दुक्के ही थे। औरतें बिलकुल नहीं। इतना सूना और वीरान गाँव उसने शायद ही देखा हो। धूल और मिट्टी केवल घरों तथा गलियों में ही नहीं थी, सुस्त रफ्तार चलनेवाले आदमियों में भी शामिल थी। गाँव के बाहर झाड़-झंखड़ों का एक लगभग अंतहीन सिलसिला था। कँटीली झरबेरियाँ और बबूल उन्हीं के बीच से गुजरना था। पठान नौजवान ने कहा कि उन्हें झुककर और लगभग बेआवाज चलना चाहिए। काले तीतर अब कभी भी दिख सकते थे। कुछ देर बाद एक काला तीतर सचमुच दिख गया। छोटे-छोटे पंजे उठाता वह झाड़ियों के बीच चल रहा था। उसने निशाना लिया। अचानक फुर्र से उड़ा और झाड़ियों के ऊपर से होता हुआ ओझल हो गया। पठान नौजवान ने उसकी ओर मुस्कराकर देखा। उसने बंदूक झुका ली और झाड़ियों के बीच जिधर भी राह मिली वे चलने लगे। इस बार तीन काले तीतर एक साथ दिखे वे झाड़ियों के बीच की अपेक्षाकृत खुली जगह में घूम रहे थे। वह दुबककर पंजों के बल बैठ गया और घुटनों पर कुहनी रखकर निशाना लगाने लगा लेकिन जैसे ही उसने बायीं आँख भींची तीनों तीतर गायब। अजीब करिश्मा था यह। पठान नौजवान इस बार खुलकर मुस्कराया। ऐसा कई बार हुआ। झाड़ियाँ धीरे-धीरे स्याह दूहों में बदल गयीं।

"साहब वापास चलिए, अब वे नहीं मिलेंगे। अँधेरा हो रहा है।" वह शर्मिंदा और पराजित-सा लौट रहा था थका-हारा भी।

लौटकर उसने फिर नहाया और महीन कुर्ता-पाजमा पहनकर सिरहाने लालटेन रखवाकर पढ़ने लगा। . . .रात काफी हो गयी होगी। गाँव के लिहाज से तो ज्यादा ही। आँगन की मिट्टी को लछमन ने पानी से तर कर दिया था। चारपाई पर बिछी सफेद चादर और तकिए के गिलाफ चाँदनी में चमक रहे थे। बाहर झींगुरों की आवाज आ रही थी और कुत्तों के रोने की। . . .शेरपुर लगभग आधी नींद ले चुका होगा। वह ठीक सामने पड़ता चाँद देख रहा था और गाँव का आसमान। नहीं लगता था कि आसपास कोई होगा भी। . . .तभी आँगन के बाहर दरवाजे पर कुछ आहट सुनायी पड़ी। फिर कुंडी खड़की। लछमन ने दरवाजा खोला तो बाहर शकूर (उस पठान नौजवान का नाम शकूर था) और एक-दो लोग खड़े थे। दोपहर की तरह सबके हाथों में रकाबियाँ थीं। शकूर कुछ उत्सुक दिख रहा था। स्टूल पर रकाबी रखकर बोला, "साहब बकरे की रान का खास किस्म

का गोश्त है, मैंने पकाया है। काले तीतर से कम लजीज नहीं होता।" उसके काले होंठों के बीच सफेद दाँत चाँदनी में चमक रहे थे। उसने रकाबी के ऊपर से क्रोशिये से बुना रूमाल हटा दिया। अंदर तंदूरी रोटियाँ, रानवाला गोश्त और आलू-मेथी का साग था।

दूसरे आदमी ने अपेक्षाकृत छोटी तस्तरी से रूमाल हटाया और कहा, "साहब, यह शामी कबाब है, बेगम साहिबा ने खासतौर पर आपके लिए पकाया है।" उसमें अजीब-सी दिलचस्पी और उत्सुकता जगी। उसने तुरंत एक उठाकर मुँह में डाल लिया। मुँह में आते ही वह कुरकुरा कबाब घुलने-सा लगा। चने की दाल और कीमे से बना कबाब। तभी उसे शकूर का ख्याल आया। उसने चम्मच से रानवाले गोश्त का एक टुकड़ा काटा और उसे भी मुँह में रख लिया। उसमें अलग किस्म के मसालों की खुशबू थी। जायका भी एकदम अलहदा था।

वह पसंदगी से मुस्कराया, "शकूर यह रानवाला गोश्त कैसे पकता है?"

शकूर आत्मविश्वास और रहस्यमयी मुस्कान से खिल उठा, "साहब, यह बहुत मेहनत और तरद्दुद का काम है। शाम से यही तो कर रहा था। इसीलिए आपके खाने में देर हो गयी। दरअसल, बकरे की पूरी रान को ही एक साथ पकाना पड़ता है। उसे पूरी तरह चाकू से गोद लिया जाता है, कई तरह के मसालों तथा दही में लपेट दिया जाता है..." वह किसी खानदानी और माहिर रसोइये की तरह 'रान' पकाने की पूरी प्रक्रिया समझाता रहा जो बेहद दिलचस्प थी।

सुबह उठा तो पता चला कि नवाब साहब आ गये हैं। वह नाश्ता-वाश्ता कर ले, तब वह हाजिर होंगे। दस बजे के करीब नवाब साहब आये। वे मझोले कद के खूबसूरत और फुर्तीले अधेड़ थे। कपड़े-लत्ते और तौर-तरीके में अंग्रेजियत तथा नफासत थी। एक मिली-जुली तहजीब की वे उम्दा मिसाल थे। वे बहुत जल्दी बेतकल्लुफ हो जानेवाले इंसान थे। उनके पीछे बढ़िया किस्म के दशहरी आमों की टोकरी लिये एक आदमी खड़ा था। टोकरी उसने रखी तो दशहरी आमों की खास नशीली खुशबू फैल गयी।

"उम्मीद है मेरी गैरमौजूदगी में कोई तकलीफ नहीं हुई होगी आपको?" नवाब साहब के शाइस्तगी से मुस्कराते चेहरे पर तरतीबवार दाँतों की खूबसूरत कतार थी। दो दाँतों पर सोने की पत्तियाँ दमक रही थीं। चेहरे पर कृतज्ञता की मुस्कान थी। नवाब साहब ने उठकर आँगन के कोने में एक बंद कमरे का दरवाजा

खोला। उसमें ढेर-सा भूसा भरा हुआ था। पीछे से कई लोग कई टोकरे लिये कमरे में घुसे, टोकरों में कच्चे हरे लेकिन खूब कसे हुए पूरी तरह विकसित दशहरी आम थे। उन्होंने आमों को भूसे में डाल दिया और दरवाजा बंद कर दिया।

"अब वे जल्दी ही इन आमों की तरह पक जायेंगे। तब तक आप यहीं रहेंगे।"

"नहीं-नहीं, मुझे फार्म देखने भी तो जाना है।" वह घबराकर बोला।

"वह तो कल ही इंतजाम हो जायेगा। मुझे अफसोस है मैं आपके साथ नहीं चल सकूँगा। मुझे कुछ जरूरी काम है। कई दिनों बाद वापस लौटा हूँ। अब्बा भी बीमार हैं। लेकिन मैंने सारा बंदोबस्त कर दिया है। जब तक आप लौटेंगे, आम भी पक जायेंगे।"

. . दूसरे दिन वह दोपहर बाद शकूर और लछमन के साथ लढ़िया पर फार्म देखने, जिसे वह अखबारों में विज्ञापन देखकर खरीदने आया था, रवाना हो गया। कुछ दूर तक केवल धूल-भरी कच्ची सड़क और धूसर मैदान थे. . . फिर जंगल शुरू हो गया। पहले छितरे तथा नाटे कदवाले पेड़ थे। उसके बाद सागौन तथा अन्य लंबे दरख़्तोंवाला घना जंगल। उसके बीच छोटी बैलगाड़ियों के आने-जाने से रास्ता खुद-ब-खुद बन गया था। लढ़िया के बैल सुस्त रफ्तार से चलते रहे।

"इस जंगल के बाद वकील साहब का फार्म आयेगा। वे भी आपके ही तरफ के रहनेवाले हैं। पिछले साल उन्होंने यहाँ फार्म खरीदा था। हम रात उन्हीं के यहाँ बितायेंगे। वे नवाब साहब के दोस्त हैं। अकसर शेरपुर आते हैं।" शकूर कह रहा था. . .अभी अँधेरा नहीं घिरा था, किंतु अचानक रोशनी गायब हो गयी। नीम रोशनी में वह एक सुरंग थी। वे उसी में चल रहे थे। उसने अपने आपको पूरी तरह शकूर पर छोड़ दिया था। अचानक सामने से एक मोर अपनी लंबी गरदन और कलगी हिलाता जंगल में गुम हो गया।

शकूर रहस्य से मुस्करा रहा था, "साहब, रास्ते भर कई जानवर सड़क पार करते रहेंगे शायद हिरन भी, पर गोली मत चलाइएगा बड़े जानवर भी आसपास ही रहते हैं, लेकिन उन पर बैलों की घंटियों का कोई असर नहीं होता. . .अभी वे हत्यारे नहीं बने हैं। पर बंदूक की आवाज से वे चौंक जाते हैं और फिर यह बशीर डाकू का इलाका भी है। वे लोग बंदूक की आवाज नहीं बरदाश्त कर सकते।"

जाहिर था कि शकूर उसे थोड़ा ड्राना भी चाहता था लेकिन तब भी वह लगातार मुस्करा ही रहा था। उसके हाथ की गिरफ्त बंदूक पर कड़ी हो गयी थी। 'सेफ्टी वॉल्व' अपनी जगह पर था कुछ आगे जाने पर एक लंबा साँप सरसराता हुआ सड़क पार कर गया। जंगल के हरे अँधेरे से ठंडी नम गंध आ रही थी। सब कुछ चुप था। केवल बैलों के गले की घंटियाँ अलसाई-सी बज रही थीं।

"शकूर यह जंगल कब खत्म होगा जी?" लछमन ने पूछा।

शकूर ने उसे चिढ़ानेवाले अंदाज में कहा, "अभी तो कई पहर रात ढलने तक इसी से चलना है।" लछमन झपकी भी ले रहा था और डर भी रहा था। वह खुद भी हल्की आहट होने पर चौंक जाता था। उसकी पीठ अकड़ रही थी। वे पिछले दो घंटों से लगातार चल रहे थे। आखिर जब नहीं रहा गया तो उसने लढ़िया रुकवाई और कुछ दूर आगे जाकर पेशाब करने बैठ गया। लछमन भी बड़ी-सी टॉर्च लेकर उतर आया। शायद यह तलब संक्रामक थी। शकूर और गाड़ीवान भी उतर आये। वह दोबारा लढ़िया पर बैठा तो जेब से बेगम साहिबावाला बटुआ निकाल लिया और इलायची तथा सुपारी की लच्छियाँ चबाने लगा।

..कुछ दूर बाद जंगल अचानक खत्म हो गया और वे एक बड़े खेतोंवाले मैदान में निकल आये। आसमान में अभी भी हल्की-सी लालिमा शेष थी और वह अँधेरे में डूबती हरियाली पर खूबसूरती से तन गयी थी। वकील साहब एक जिंदादिल इंसान थे। वे उसी के पासवाले जिले के थे और वकालत की एकरस दिनचर्या से ऊब कर उन्होंने अखबारों मे विज्ञापन देखकर यह फार्म खरीद लिया था। वे उस वीराने में उससे मिलकर खुश थे। इसके अलावा वह उन्हीं के देश का आदमी था। उन्होंने फूस और बाँस की खपच्चियों से दो-तीन झोंपड़े बनवा रखे थे जिनमें वे तथा खेतों में काम करनेवाले लोग रहते थे। शायद एक फसल हो भी चुकी थी। उस इलाके में बारिश ज्यादा होती थी। खेती नयी-नयी थी और अभी जमी नहीं थी, उस पर ट्रैक्टर चल चुका था और क्यारियाँ बना ली गयी थीं। एक कुआँ तथा दो हैंडपंप थे। कुएँ में रहट लगी थी। चारों ओर नमी थी पर गरमी बिलकुल नहीं। पास के झोंपड़े में ट्रांजिस्टर बज रहा था।

"नवाब साहब ने आपके आने की खबर भिजवा दी थी और मैं इंतजार ही कर रहा था।" वकील साहब यारबास लेकिन सुलझे हुए आदमी थे। रात होते-होते हल्की-सी सर्दी उतर आयी थी। बीच में लालटेन रखकर वे बाँस की चारपाइयों

पर बैठे थे। ट्रांजिस्टरवाले झोंपड़े से गोश्त पकने की खुशबू आ रही थी।

"पिछले दो वर्षों में यहाँ फार्म मिट्टी के मोल बिके हैं। जमींदारी-ताल्लुकेदारी जा रही है और यहाँ के हजारों एकड़ों के काश्तकार ताबड़तोड़ खेत बेचकर पैसे पा लेना चाहते हैं। 'सीलिंग' भी लगनेवाली है। इधर न बैंक है, न बिजली रुपये-पैसे तिजोरियों में रखे जाते हैं और वहाँ से निकालकर शहरों के होटलों, शराबघरों, नाचघरों और कभी-कभी नाबदानों में भी जाते हैं। अवध की शानदार परंपरा अभी भी यहाँ चल रही है। जिंदगी इससे बाहर भी होती है। इसे ये लोग नहीं जानते।

वकील साहब ने सिगरेट सुलगा ली थी और अपने विश्लेषण से खुश होते हुए पैकेट उसकी ओर बढ़ाया "नहीं, शुक्रिया, मैं नहीं पीता।" वकील साहब कुछ खिन्न हुए और जरा देर अनमने ढंग से बातें करते रहे। बाहर से एक आदमी बीच-बीच में झाँक जाता था। वकील साहब अपनी उलझन दबाते हुए बोले, "आप 'एक-दो घूँट' तो ले ही लेते होंगे। ठाकुर आदमी जो ठहरे।"

उसने उनकी परेशानी का मजा उठाते हुए मुस्कराकर कहा, "चलिए, आज आपकी सोहबत में ले लूँगा। इधर एक अरसे से नहीं ली।" हालाँकि उसे शराब से परहेज नहीं था। थोड़ी ही देर में गिलास की जगह दो प्याले और जग की जगह 'टी पॉट' में पानी आ गया। एक छोटी-सी चौकी पर 'हाइलैंड चीफ व्हिस्की' की बोतल भी रख दी गयी। कुछ और देर बाद बतौर 'चिखना' नमक और काली मिर्च में लिपटी तली हुई कलेजियाँ भी आ गयीं।

वकील साहब ने लंबी-लंबी दो घूँटें लीं और कुछ तरन्नुम में आ गये, "ठाकुर साहब, आप इधर जरूर आ जाइए। सच पूछिए तो जिंदगी यही है। हम लोग नकली और बीमार जिंदगी जीते हैं। घर, बाजार और चकाचौंधवाली जिंदगी और एक-दूसरे की जड़ काटनेवाली लगातार साजिशें एक ही घर में एक-दूसरे से। ईर्ष्या-द्वेष करते, कुढ़ते हुए पीले बीमार खाँसते लोग। यहाँ आकर मैं आजाद हो गया हूँ। जहाँ तक निगाह जाती है—अपने खेत, जमीन, खुला असीम विस्तार।" उन्होंने उसका प्याला उसी की ओर बढ़ाते हुए कहा, "सुबह आपको दिखाऊँगा अपनी सब्जियों के खेत गोभी, मूली, गाजर, टमाटर, बैंगन, भिंडियाँ सभी कुछ हैं।" वे रुक गये, "अभी तुड़वाकर कुछ ताजा हरा बनवा दूँ?"

"नहीं वकील साहब, अभी तो रहने ही दीजिए।"

"वैसे भी आपके लिए उम्दा पालक-गोश्त बनवा रहा हूँ। पालक भी अपने

ही खेत का है। दूध, दही, घी सब अपनी ही गाय-भैंसों से बनते हैं।"

"वाह, वकील साहब, आपने तो यहाँ एक निराली दुनिया ही बसा रखी है।"

"ठाकुर साहब, जरूरी है, बहुत जरूरी है यह केवल हिम्मत, हौसला और तबीयत चाहिए। मैं वहाँ दरिद्दर बाजार की एक सँकरी-सी गली में रहता था, मटमैला काला कोट और फाँसी के फंदे-सी सफेद कलफदार 'बो' पहनकर कचहरी जाता था। टीन के शेड के नीचे बजबजाती भीड़ के बीच मुनीमोंवाली डेस्क पर कलम-दावात लिये दिन-भर 'प्रामेसरी नोट्स' लिखवाता और दाखिल-खारिज करवाता रहता था। बूढ़े, बीमार, विधवाएँ, वेश्याएँ, अपंग सभी खेत, जमीन, गहने गिरवी रखकर खेत, जमीन के लिए मुकदमे लड़ते थे और हम हरामी, नीच, पापी लोग रात को दाँतों के कोटरों से गोश्त के रेशे निकालते हुए शराब की घूँट लेते रहते थे।

वकील साहब ने कलेजी का एक बड़ा टुकड़ा अँगूठे और तर्जनी से उठाकर मुँह में रखा और 'हाईलैंड चीफ' की एक घूँट ली। उन्होंने उसके घुटने पर हाथ रखकर कहा, "ठाकुर साहब, बहुत बड़े पाप-पंक से निकलकर आया हूँ। अब लौं नसानी, अब ना नसइहो।" और वे उसके घुटने पर सिर रखकर रोने लगे, वह कुछ घबरा गया। हालाँकि उसे मजा भी आ रहा था।

"नहीं-नहीं, वकील साहब, आपने बहुत अच्छा किया। कितने लोग ऐसा कर पाते हैं, आपने बहुत बड़ा निर्णय लिया और उसे जी रहे हैं।" ऐसे औचक मौके पर उसे अपनी किताबी भाषा का सहारा लेना पड़ रहा था।

वकील साहब कुछ देर वैसे ही हिचकियाँ भरते रहे फिर प्रकृतस्थ हो गये, "मुझे माफ कीजिएगा ठाकुर साहब। यहाँ निपट अकेलेपन और वीराने में तरह-तरह के ख्याल सताते हैं। अपना किया-जिया सब बार-बार उमड़ता रहता है। आप जैसे लोग यहाँ आते कहाँ हैं? वैसे भी मैंने कोई वानप्रस्थ तो लिया नहीं है। सारी कमाई लगाकर एक नयी जिंदगी की शुरुआत कर रहा हूँ, पहली बार अपनी तरह से जीने की कोशिश।"

रात बहुत हो गयी होगी। कोई आदमी फिर बार-बार झाँक जाता था, उसे अचानक शकूर और लछमन की याद आयी। उसने पूछा, "वे कहाँ हैं?"

"वे मजे में हैं साहब, आप चिंता न करें।" झाँकनेवाले आदमी ने मुस्कराकर कहा। काफी देर बाद उन्होंने पालक-गोस्त और लकड़ी की आँच पर पकी

मोटी-मोटी रोटियाँ खायीं जो बहुत मीठी थीं। आटा भी शायद उन्हीं के खेत के गेहूँ का होगा।

वह बहुत गहरी नींद में सोया होगा। जब उसने झोंपड़ी के पीछे एक गंभीर हुँकार सुनी, वह हड़बड़ाकर उठ बैठा। नींद और नशे में उसे लगा कि 'वह' झोंपड़ी के ठीक पीछे आ गया है। पास ही वकील साहब की चारपाई थी। बीच में तिपाई पर मद्धिम लालटेन जल रही थी। चारपाई पर उसके उठ बैठने से इतनी तो आवाज हुई ही होगी कि वकील साहब की नींद उचट जाये। वे भी उठ बैठे। वह आवाज़ उन्होंने भी सुनी होगी, "वह रोज इसी वक्त बोलता है। आप परेशान न हों। सो जाइए, यह दूर जंगल से उठती आवाज है।" वह जिस तरह हड़बड़ाकर डरा हुआ उठा, उसी तरह शर्मिंदा वापस सो गया।

सुबह हल्की-हल्की बारिश हो रही थी और हवा में खुनक थी। झोंपड़ी के बाहर कीचड़ हो गया था, उन लोगों ने छतरी लगाकर हैंडपंप के पास जाकर कुल्ला-दातुन किया। उसे चिंता हुई कि वह 'फार्म' पर कैसे पहुँचेगा। लेकिन जल्दी ही आसमान साफ हो गया और धूप निकल आयी। जब वे लढ़िया पर चढ़ने लगे तो वकील साहब ने कहा, "लौटकर रात यहीं बितानी होगी। तब तक शाम हो जायेगी।" पत्तों पर पानी की बूँदें अभी अटकी हुई थीं। जरा-से हवा के झोंके से झरझराकर उन पर टपकने लगती थीं। पत्ते धूप में चमक रहे थे, वे फिर घने जंगल में घुस गये। भीगी जमीन और गीले जंगल की मिली-जुली गंध उसी ताजगी से सराबोर वे चल रहे थे।

"साहब यहाँ से दो घंटे का रास्ता और है," शकूर ने कहा। लछमन एक टिफिन कैरियर लटकाए बैठा था।

"इसमें क्या है ?" उसने पूछा।

"वकील साहब ने दोपहर का खाना रखवा दिया है। सुराही में पानी भी है, कह रहे थे वहाँ कुआँ तो है, पर रस्सी-डोल कुछ भी नहीं है।" ऐसी जगहों पर आकर लोग अचानक कितने आत्मीय और स्वजन हो जाते हैं। सचमुच वह जगह अब रहने के काबिल नहीं रही, वहाँ जाकर वकील साहब फिर वैसे ही हो जायेंगे। बशीर डाकू और शेरों की दहाड़ के बावजूद ये जगह अभी भी रहने के काबिल हैं लेकिन यहाँ भी वकील साहब हमेशा ऐसे ही रहेंगे ? और ये जगह भी ? हमेशा ?

फार्म पर जब वे लोग पहुँचे तो सूरज सिर पर आ गया था। जंगल अब

उतना अपरिचित और आकर्षक नहीं लग रहा था। वह मैदान पहाड़ों की तलहटी में था। उसके पार जंगल का एक टुकड़ा था और फिर पर्वत शुरू हो जाते थे। वे वहाँ से भी दिख रहे थे। पहले छोटे-छोटे साँवले दूह फिर क्रमशः ऊँचे होते हुए उनके शिखर, धुँध में खो गये थे. . .मैदान के ठीक बीचोबीच एक कुआँ था और उसके ठीक किनारे पर पेड़। मैदान तक पहुँचने के लिए एक छिछली नदी-सी पार करनी पड़ती थी। वह बाढ़ के दिनों में उमड़कर मैदान के काफी बड़े हिस्से को ढँक भी लेती होगी। उसने व्यावहारिक होते हुए सोचा, लेकिन इस वक्त वहाँ दूर-दूर तक केवल हरी दूब थी और सरकंडों के छोटे-छोटे गुच्छे। लेकिन नदी फिर भी उपयोगी हो सकती है। मैदान उससे काफी ऊँचाई पर था। वे पेड़ के नीचे घास पर बैठ गये। बरसाती धूप तेज थी, लेकिन बादलों के टुकड़े उन्हें बीच-बीच में काफी देर के लिए ढँक लेते थे। वह अपनी कल्पनाओं और योजनाओं की उत्तेजना में था। बादलों और पहाड़ों की ओर से उसने आँखें हटाईं तो लगा लछमन, शकूर और गाड़ीवान किसी प्रत्याशा में बैठे हैं। कुछ दूर पर लढ़िया के बैलों को खोलकर उनके सामने चारा डाल दिया गया था। वे गले की घंटियाँ बजाते हुए उन्हें खा रहे थे। लढ़िया के झुके बाजू जमीन पर फैले थे।

". . .शकूर मियाँ, जगह तो अच्छी है. . .कुछ खाना-पानी भी हो जाये।" शकूर के चेहरे पर संतोष दिखा, शायद इसलिए भी कि साहब को जमीन पसंद आ गयी और इसलिए अब कुछ खाया-पिया जा सकता है. . .लछमन ने टिफिन कैरियर खोलना शुरू किया तो खुशबू की लपटें उड़ने लगीं—सुनहरे पराँठे, गोश्त और टमाटर, प्याज के टुकड़े दो डिब्बों में ढेरों पराँठे ठसाठस भरे हुए थे और दो में सुर्ख शोरबे से लबरज गोश्त के टुकड़े। समस्या उन्हें खाने की थी। शकूर ने आनन-फानन में सागौन के पत्तों के पत्तल बना दिये और शोरबे से तर-ब-तर गोश्त पराँठे खाता हुआ वह अछोर हरियाली देखता रहा. . .

हवा कभी रुक जाती, कभी चले लगती, लेकिन गरम नहीं थी. . .बोरिंग कराना जरूरी होगा। कुछ टेंट्स और बिजली के लिए एक जेनरेटर। आदमी वह वकील साहब की तरह अपनी तरफ से ही लायेगा। ट्रैक्टर वह खुद चलाता रहा है। यहाँ के लोगों का भरोसा नहीं है। वह उन्हें जानता भी नहीं, अगर मैदान के तीन तरफ झोंपड़ियाँ बना दी जायें तो उनमें काम करनेवाले आदमी रह सकते हैं। बीच में वह अपना बड़ा टेंट खड़ा कर सकता है। कुछ बैलों की भी जरूरत पड़ेगी

ही यहाँ के बैल. . .? उसने लढ़िया के मरियल नाटे बैलों को देखते हुए सोचा।

"शकूर मियाँ, यहाँ किन-किन चीजों की अच्छी खेती हो सकती है?"

"जनाव, वैसे तो यह इलाका धान की खेती के लिए मशहूर है, मगर गन्ने और अरहर की भी अच्छी खेती होती है।"

"यह सब तो अच्छी फसलें हैं, बाजार के लिहाज़ से भी। मगर बाजार तो यहाँ से वहुत दूर होगा।" उसने दूरदर्शिता से सोचते हुए पूछा। तीन सौ एकड़ के इस हरे-भरे फार्म के लिए एक नया फर्ग्युसन ट्रैक्टर लाना होगा। धान और गन्ने का स्वर्ग है यह.. इतनी दूर आकर बेशुमार दौलतवाली इस जमीन को छोड़ना तो निहायत बेवकूफी होगी। लोगों ने कहाँ-कहाँ जाकर क्या-क्या करिश्मे नहीं किये हैं। यह बहुत बड़ी चुनौती थी। उस चुनौती के लिए वह सामने ऊँचे पहाड़ों को देख रहा था। वे 'हिमगिरि' तो नहीं थे, पर 'उत्तुंग शिखर जरूर थे।

"नूरपुर तक तो जाना ही होगा और वहाँ बाजार ही बाजार है। उसके लिए आपको ट्रैक्टर में ट्रॉली भर लगवानी होगी।" शकूर ने अपनी हाजिरजवाबी से तुरंत इस मामले का हल ढूँढ़ निकाला। भूखी अंतड़ियाँ गोश्त और पराँठे लील कर आँखों और दिमाग में अलसता उत्पन्न कर रही थीं। हाथ धोने के बाद वह नरम दूब पर तौलिया बिछाकर औंधा हो गया।

. . .शकूर ने उसे जगाया, "जनाब, आज रात भी वकील साहब के फार्म पर बितानी होगी और शाम होने से पहले ही वहाँ पहुँच जाना बेहतर होगा।" उसने अपने आसपास और दूर तक ललक और हसरत से देखा। आखिर लौटकर तो यहीं आना है। इसे लहलहाती फसल, ऊपर मँडराते असंख्य पक्षियों, मजदूरों और ट्रैक्टर की फट्फट् से गुंजान करना होगा।

"पुनः आऊँगा, भले ही. . ." और कपड़ों से दूब के तिनके अलग करता हुआ वह उठ खड़ा हुआ। पेट थोड़ा भारी किंतु दिमाग दीप्त था। लढ़िया के बैल भी अलसाए हुए बैठे पागुर कर रहे थे। उन्हें दुबारा जब लढ़िया में जोत दिया गया तो गले की घंटियाँ मैदान में तरंगों की तरह फैल गयीं। तीसरे पहर के सूरज के लिए वहाँ एकमात्र उनकी और इकलौते पेड़ की परछाइयाँ थीं।

. . .लढ़िया में बैठकर वे वापस चले तो वह सपनों और आलस्य से भरा हुआ था। दिन ढलते-ढलते वे वकील साहब के फार्म पर पहुँच गये। कल की तरह वे आज भी उसका इंतजार कर रहे थे।

"ठाकुर साहब, आपका आना मेरे लिए बहुत शुभ सिद्ध हुआ। पास ही एक अलग किस्म का जंगल है। उसमें कई तरह के पेड़ और लताएँ हैं। किस्म-किस्म के जानवर भी। गनीमत है, शेर और भालू अभी वहाँ नहीं पहुँचे हैं। पर दिक्कत उसमें चलना है। पैदल आप चल नहीं सकते और लढ़िया पर चलते समय कब कोई टहनी आपसे टकरा जाये या कब कोई लता आपको घेर ले, कुछ कहा नहीं जा सकता। वहाँ वे फंदों की तरह बेशुमार हैं। आपको लगातार अपना सिर भी बचाना पड़ता है। और हाथों को भी सक्रिय रखना पड़ता है। ऐसे में आपको कुछ भी मिल जाये तो आप सौभाग्यशाली हैं, मसलन—तीतर, बटेर, हारिल और कभी-कभी हिरन भी. . . कल आपके जाने के बाद मैंने सोचा क्यों न आपका स्वागत और विदाई भी अनोखे ढंग से की जाये।" वकील साहब अपने मिजाज के अनुरूप उत्फुल्ल और उत्साह में थे।

"वकील साहब विदाई कैसी? मैं तो आपका पड़ोसी होकर आ ही रहा हूँ।"

"नहीं भाई साहब, वह बात नहीं। पड़ोसी होकर तो जब आयेंगे तब आयेंगे। पर भविष्य को कौन जानता है। इसके अलावा यहाँ यही तो एक शगल है। दोपहर में बंदूक लेकर निकला तो ख्याल आया कि बहुत दिनों से इस नायाब जंगल की सैर नहीं की है, सो चला गया। क्या बताऊँ ठाकुर साहब, जंगल क्या है, स्वाभाविक रूप से बना राष्ट्रीय रक्षित वन है। कौन से पशु-पक्षी यहाँ नहीं हैं। लेकिन जैसा कि मैंने कहा न, शेर, भालू, चीते आदि को छोड़कर, वरना निरीह पशु इतने निर्द्वंद्व होकर नहीं विचरते। तोता, मैना, कोयल, कबूतर आदि से लेकर खरगोश, मोर, नील गाय क्या नहीं हैं वहाँ. . .और अचानक मिल गया 'काला तीतर' नौ नंबर से ढेर कर दिया उसे।" शकूर की आँखें चमकने लगीं। वही काला तीतर जो हाथ से निकल गया था उस दिन। वकील साहब के 'रसोईघर' में पक रहा है।

शाम धीरे-धीरे ठंडी होती जा रही थी. . फिर अचानक स्याह सूनापन छा गया। थकान घिर आयी और उदासी ने सपनों को दबोच लिया . . .लेकिन वकील साहब मौज में थे। उन्हें 'काला तीतर' नहीं मिल गया था, बल्कि शाम बिताने का एक और 'सामान' मिल गया था। बाहर चूँकि बारिश नहीं थमी थी, उमस भी नहीं थी, इसलिए वहीं टीन की कुर्सियाँ तथा मेज लगा दी गयी थीं। पेट्रोमैक्स जलाया जा रहा था जिसकी सफेद रेशमी जाली कभी चमकदार होकर रोशन हो

जाती और कभी चमककर लपट बन जाती। यह खेल कुछ देर यूँ ही चलता रहा। घनघोर अँधेरे के बीच उसका ध्यान उसी पर केंद्रित था। वकील साहब ने कल की तरह भुनी हुई कलेजियाँ और व्हिस्की की बोतल मँगवा ली थी। कुछ दूर स्टूल पर छोटा-सा ट्रांजिस्टर रखवा लिया था जो खनखनाती आवाज़ में उस जमाने के फिल्मी गीत उगल रहा था। उसने व्हिस्की पीना शुरू किया तो कुछ देर चुप्पी रही। वकील साहब ने भी अभी बोलना शुरू नहीं किया था। . . .अछोर अँधेरा, पेट्रोमैक्स के सफेद आलोक-वृत्त और उस छोटे-से डब्बे से निकलते फिल्मी गीतों के बीच एक अजीब-सा रिश्ता बन गया था. . . वकील साहब धीरे-धीरे तरन्नुम में आने लगे थे। लेकिन वे अभी भी कम ही बोल रहे थे। उन्होंने व्हिस्की की घूँटों और कलेजी के टुकड़ों के बीच 'युगलबंदी'-सी कायम कर रखी थी और फिलहाल उसी में मगन थे। उन्हें कलेजी में कभी काली मिर्च ज्यादा लगती और कभी नमक कम। और कभी-कभी इसका उलटा भी। कलेजियाँ खूब अच्छी तरह भूनी नहीं गयी थीं इसलिए वह उन्हें लगभग 'च्विइंगम' की तरह खा रहे थे। वकील साहब बीच-बीच में वाह-वाह जरूर कर रहे थे, जो पता नहीं कलेजियों के लिए, व्हिस्की के लिए या फिल्मी गीतों के लिए थी। गीत 'रेडियो सीलोन' से आ रहे थे। उन दिनों वे वहीं से आते थे।

. . .तभी 'काला तीतर' आ गया। सुर्ख शोरबे में डूबे डैने, गरदन, सीना और ऊपर को उठी हुई दो टाँगें। सब सुर्ख। बीच-बीच में कुछ सफेदी लिये हुए झाँकते पता नहीं कैसे उसने मान रखा था कि 'काले तीतर' का गोश्त भी कुछ साँवला होगा—आमतौर पर खाए जानेवाले पक्षियों से अलग। चूल्हे की आँच पर पकी, मोटी लेकिन सोंधी रोटियों के साथ उनके टुकड़े भी कच-कच कर चबाए जा सकते थे। व्हिस्की से तर-ब-तर गले के भीतर उनका स्वाद भी ठीक से अलग करके पहचाना नहीं जा सकता था।

"देखा ठाकुर साहब, आम गोश्त और काले तीतर के गोश्त का फर्क। महीनों बाद मयस्सर हुआ है यह। आपके कदम पड़े और काला तीतर हाजिर।"

. . .उसे थकान, नींद और नशा जकड़ रहे थे। गीत बंद हो चुके थे और रात के शायद ग्यारह बजे होंगे। बिस्तर आज भी बाहर ही लगे थे। वकील साहब अब भी कुछ बोल नहीं रहे थे, केवल हिल-डुल रहे थे. . . अँधेरे के बावजूद पता नहीं कहाँ से हल्की-सी उजास पैदा हो गयी थी . . .कुछ देर बाद वह और वकील

अपनी-अपनी मच्छरदानियों की सुरंगों में घुस गये। फिर कुछ देर तक झींगुरों, कुत्तों और चीतलों की मिली-जुली आवाजें आती रहीं।

...सुबह फिर शेरपुर। वकील साहब ने उनके रास्ते का 'पाथेय' बँधवा दिया था। "ठाकुर साहब जल्दी वापस आकर काम-धाम शुरू कर दीजिए। फसलों का मौसम आ रहा है। बस, एक बारिश पड़ने की देर है। बीजों की आप फिक्र मत कीजिएगा, मैं व्यवस्था करा दूँगा।" उत्साहित होकर वे ऐसे बोल रहे थे जैसे वह कल ही वापस आ रहा हो।

"जरूर-जरूर वकील साहब, एक बार वहाँ पहुँचकर आवश्यक चीजों का इंतजाम कर लेने दीजिए।" शकूर बार-बार उनका शुक्रिया अदा कर रहा था कि उन्होंने उसके मेहमानों की इतनी मेहमानवाजी की।

...यद्यपि उस सुबह यात्रा उन्होंने जल्दी शुरू की थी, पर पता नहीं क्यों लढ़िया के बैल उस वक्त कुछ ज्यादा ही सुस्त-रफ्तार थे। शायद लगातार यात्रा से थक-से गये थे। शेरपुर पहुँचते-पहुँचते सूरज फिर सिर पर था। दिन भी कुछ ज्यादा ही गरम था और चूँकि अभी एक दिन पहले ही उसी रास्ते से गुजरे थे इसलिए रास्ता काटे नहीं कट रहा था। जब वे नवाब साहब की अतिथिशाला के चबूतरे पर पहुँचे तो पसीने से लथपथ और अस्वाभाविक-सी थकान से चूर थे। लढ़िया से उतरते हुए उसने याद किया, रास्ते भर कोई कुछ नहीं बोला था।

...अचानक नवाब साहब अपनी 'तपाक वाली' मुद्रा में सामने आ गये, "देखिए, मैंने कहा था न, दशहरी आम खूब अच्छी तरह पक गये हैं—थोड़ी देर हो जाती तो उतरने लगते। मैंने नूरपुर से बर्फ की सिल्लियाँ मँगवाकर आमों में लगवा दी हैं, तब तक आप नहा-धोकर थोड़ा आराम कर लें। हमारी तरफ तो आमों का मजा तीसरे पहर के बाद ही आता है। कुछ लोग दोपहर के खाने के साथ भी खाते हैं। उसके बाद दोपहर में सोने का सुख कुछ और होता है क्योंकि आम का भी अपना एक नशा होता है।" फिर उन्होंने एक जोर का ठहाका लगाया और जैसे आये थे वैसे ही झपाटे के साथ चले गये।

...उनकी अतिथिशाला का आँगन दशहरी आमों की खुशबू से महमहा रहा था। वह खुशबू कुछ ज्यादा ही थी, इतनी कि दमघोंट भी लग सकती थी। ...नहाने और खाने के बाद वह सचमुच सो गया—दशहरी आमोंवाली साँसों

की खुशबू पीता हुआ. . . शाम को शकूर आया, "जनाब, रात का खाना नवाब साहब के हस्तरखान पर होगा, कचहरी के ऊपरवाले कमरे में।"

. . .कचहरी के ऊपरवाला कमरा कच्ची मिट्टी की दीवारों के ऊपर बना खपरैलों से ढँका एक हॉल था। नीचे गद्दों पर सफेद चाँदनी बिछी थी। ऊपर खपरैलों के नीचे सफेद चंदोवा टँगा था। बीचोबीच छत से लोहे की सलाखों के सहारे सफेद रोशनी बिखेरता पेट्रोमैक्स जल रहा था। यानी सब कुछ झकाझक फर्श पर चाँदी की नक्काशीदार ट्रे थी। नवाब साहब खस की खुशबू बिखेरते हुए लखनवी चिकन के कुर्ते-पाजामे में थे। उनका ऊपरी सुनहरा दाँत रोशनी में झिलमिला रहा था। चूँकि दीवार से दीवार तक बिछा गद्दा गुदगुदा था इसलिए उस पर चलने में भी परेशानी हो रही थी. . उसने नीचे की ट्रे की ओर देखा, वहाँ 'ब्लैक लेबल' स्कॉच की बोतल खुली थी और 'कट ग्लास' की गिलास में सुनहरी शराब भी झिलमिला रही थी।

"ठाकुर साहब, यह शाम आपके नाम! यह कचहरीवाला कमरा भी कभी-कभी ही खुलता है।" दरवाजे के बाहर शकूर इसी अंदाज में खड़ा था कि नवाब साहब बज़ा फरमा रहे हैं। चाँदी की तश्तरी में शायद 'हर शाम' वाले 'शामी कबाब' थे। "ठाकुर साहब, शकूर ने मुझे बताया कि हमारा फार्म आपको बेहद पसंद आया। यह शाम इसी खुशी में है।"

"नवाब साहब, उस फार्म का हकदार बनकर मैं कितना खुश हूँ, बयान नहीं कर सकता। मैं बड़बोलापन नहीं करता, पर साल-दो साल में ही उस फार्म में आप इतनी तब्दीलियाँ पायेंगे कि उस खुशी में कुछ शामें वहाँ के लिए भी सुरक्षित रखनी पड़ेंगी।" इस बार दोनों हँसे। छत से लटके पट्रोमैक्स को लगभग हिलाती हँसी।

". . .ठाकुर साहब, रजिस्ट्री वगैरह तो कल नूरपुर में हो जायेगी। वे तो फार्मेल्टीज हैं। असल चीज तो हमारा-आपका यहाँ होना है।" उन्होंने 'ब्लैक लेबल' की बोतल उठायी और उसके गिलास में ढेर-सी उड़ेल दी और फिर अपने गिलास में, "ठाकुर साहब, जिस फार्म पर कल आप गये थे, उस फार्म और शेरपुर में कोई फासला ही नहीं था और जिस नूरपुर स्टेशन से आप आये हैं, उसमें और शेरपुर में भी कोई फासला नहीं था।" . . .वे चुप हो गये, शकूर पेट्रोमैक्स में हवा भरने लगा क्योंकि वह बीच-बीच में नारंगी जीभें निकालने लगा था।

...कुछ देर बाद वे बोले, कुछ ऊँची आवाज में, "फासला पैदा कर दिया गया।" वे कुछ हाँफते से बोले, "मेरी पुरानी पीढ़ियों और आपकी पुरानी पीढ़ियों द्वारा।"

वह थोड़ा हैरान हो गया—"मेरी पुरानी पीढ़ियों और आपकी पुरानी पीढ़ियों द्वारा। मेरी पुरानी पीढ़ियाँ? वे तो यहाँ कभी तशरीफ लायी नहीं।"

"मेरा मतलब है ठाकुर साहब कि वे भी वहाँ वही कर रहे थे जो मेरी पुरानी पीढ़ियों में लोग यहाँ कर रहे थे। सब फासले बढ़ा रहे थे, जमीनें बेची जा रही थीं। जागीरें गिरवी रखी जा रही थीं। हमने बचपन से यही देखा है। अलीगढ़ पढ़ने जाने के पहले और अलीगढ़ में पढ़ने के बाद भी।" पट्रोमैक्स तमतमाने लगा था। अपनी सफेदी में एक गुलाबी धब्बा-सा।

"हमने तालीम हासिल करने के बाद लौटकर पाया क्या? फासलों के बढ़ने और सिमटने का सिलसिला। मेरा बेटा भी अलीगढ़ में है तालीम पा रहा है। अगले हफ्ते वह गर्मियों की छुट्टियों में आ रहा है। वह पायेगा कि एक 'फासला' आप ले गये।"

...अचानक वे दस्तरखान की ओर झुकने लगे तब तक वे बिरियानी खाने लगे थे। उसे हैरानी के साथ थोड़ा अजीब भी लगा कि नवाब साहब का हाथ दस्तरखान की ओर न बढ़कर चिकन के कुर्ते की जेब की ओर बढ़ रहा था लेकिन वहाँ पहुँच नहीं पा रहा था केवल उसके इर्द-गिर्द घूम रहा था।

उसने घबराकर कहा, "नवाब साहब बिरियानी बेहद लज़ीज है। केसर के खुशबुओं में बसी और रोगनी रोटी तो कमाल की है। घर के तंदूर में पकी लगती है।"

"रुकिए ठाकुर साहब बात दरअसल यह नहीं है, बात हमरे यहाँ मिलने की है। और बाकी रुपये वे बीस-पचीस हजार जो आपने फार्म के लिए दिये? वह फार्म तो आपका हो गया या कल तो हो ही जायेगा, लेकिन वे क्या है...?" अचानक वे उठे और लोहे की सलाखों से लटके पेट्रोमैक्स के नीचे जाकर कुर्ते की जेब से नोटों का बंडल निकालकर पेट्रोमैक्स पर रख दिया। इसके पहले कि वह कुछ सोच पता, कचहरीवाला कमरा जलते कागजों की रंगीन गंध से भर गया। शकूर नवाब साहब को सँहालने दौड़ा वे चाँदी के ट्रे की बिरियानी पर झुके पड़े थे... उस सुबह जब वह लढ़िया पर बैठने जा रहा तो सुबह तो रह नहीं गयी थी

पर धूप अभी भी कोमल थी नवाब साहब 'शार्क स्किन' के क्रीम कलर सूट में तरोताजा खड़े थे, "तो चलिए नूरपुर की कचहरी में दस-साढ़े दस तक पहुँच जाना है।"

कुछ घंटे बाद लढ़िया वहाँ खड़ी थी, जहाँ से एक सड़क कचहरी की ओर जाती थी और दूसरी जिसके किनारे झुके हुए पत्थर पर लिखा हुआ था शेरपुर 15 मील।

●●●